古典文學研究輯刊

二四編

曾永義 主編

第15冊

夏承燾詞學研究
——以日記、書信、論詞絕句為考察中心（上）

薛乃文 著

國家圖書館出版品預行編目資料

夏承燾詞學研究——以日記、書信、論詞絕句為考察中心（上）
／薛乃文 著 -- 初版 -- 新北市：花木蘭文化事業有限公司，
2021〔民110〕
目 4+156 面；19×26 公分
（古典文學研究輯刊 二四編；第 15 冊）
ISBN 978-986-518-577-0（精裝）
1. 夏承燾 2. 詞 3. 研究考訂
820.8 110011670

ISBN-978-986-518-577-0

9 789865 185770

古典文學研究輯刊
二四編 第十五冊 ISBN：978-986-518-577-0

夏承燾詞學研究
——以日記、書信、論詞絕句為考察中心（上）

作 者	薛乃文
主 編	曾永義
總 編 輯	杜潔祥
副總編輯	楊嘉樂
編 輯	許郁翎、張雅淋、潘玟靜 美術編輯 陳逸婷
出 版	花木蘭文化事業有限公司
發 行 人	高小娟
聯絡地址	235 新北市中和區中安街七二號十三樓
	電話：02-2923-1455／傳真：02-2923-1452
網 址	http://www.huamulan.tw 信箱 service@huamulans.com
印 刷	普羅文化出版廣告事業
初 版	2021 年 9 月
全書字數	520771 字
定 價	二四編 20 冊（精裝）台幣 45,000 元

夏承燾詞學研究
——以日記、書信、論詞絕句為考察中心（上）

薛乃文　著

作者簡介

薛乃文，女，生於 1983 年，高雄茄萣人。東吳大學中國文學系學士，國立成功大學中國文學系碩士、博士。博士論文《夏承燾詞學研究——以日記、書信、論詞絕句為考察中心》獲得行政院科技部 106 年「獎勵人文與社會科學領域博士候選人撰寫博士論文獎」補助。曾任國立成功大學人文社會科學中心專案行政助理、東方設計大學兼任講師、敏惠醫護管理專科學校兼任講師、兼任助理教授。

提　　要

　　本論文完成的項目與貢獻有三：（一）掌握材料，揭示二十世紀詞學生態與發展趨勢。（二）以時代為經，詞人為緯，呈現夏承燾的批評史觀。（三）以客觀多元之視角重探夏承燾詞學研究。

　　本論文可總結三點：第一、「夏承燾為民國詞學樹立的典範」。據夏承燾建構的研究體系，可論定他已突破傳統研究的藩籬，走向自覺性、系統性、全面性的堂廡。一方面採用考據的方法治詞，另一方面係採用新的論著形式、新的批評話語，以及科學舉證的方法進行詞學批評。此外，夏承燾將畢生的思想情感付諸於舊體詩詞的創作上。所以夏承燾為民國詞學樹立的典範，在於他不僅是一位「精於詞學研究」的學者，還是一位「工於填詞」的詞人。

　　第二、「夏承燾的批評精神與侷限」。夏承燾治學領域，由「考據」轉向「批評」的轉型過程，即是中國共產黨變革後的反映。夏承燾透過社會批評方法，滿足了當時共產社會的需要，一系列歌詠愛國詞人的作品及文章，正是時代下的反映。夏承燾以政治標準來評論歷代詞人，造成內容第一、形式第二，重視豪放派而忽視婉約派的傾向，正是毛澤東思想與馬列主義的催化結果。這般失衡的批評標準，也是他在論詞上的侷限。

　　第三、本論文撰寫之際，恰值《夏承燾全集》中《唐宋詞人年譜續編》、《詞例》、《永嘉詞徵》三書出版，其餘部分將陸續付梓。儘管筆者在材料運用上無法如預期想法，將《夏承燾全集》全面納入；然而在梳理夏承燾的詞體觀及批評史觀時，釐清了夏承燾對歷代詞人的批評見解，也客觀地凸顯夏承燾在時代風雲下的批判風向。

誌　謝

　　二〇〇六年，是我踏進成大校園的第一年；一腳踏入後，一待就是十二個年頭，歷經碩士班、博士班，以及在人文社會科學中心服務的三個階段。十二年寒窗苦讀，總算得到一張許可證，得以通向浩瀚無垠的學術殿堂。

　　「為什麼要讀博士班？」是每個博士生時常被問起的問題，而我每一次的回答都是一樣的答案：「因為喜歡學術研究，喜歡在古書堆中尋找答案」。「博士班畢業後找得到工作嗎？」也是另一個時常被問起的問題，當我面對這個問題時卻遲疑了；唯一比較確定的是，「工作」並不是讀博士班的最終目的，而是通過修讀博士班，邁向學術的殿堂！然而隨著年紀增長，加上外務纏身，博士班這八年已不如碩士班時期，可以心無旁騖的專注於課業。為了早日取得講師證，一年級開始，便汲汲營營的往返各個校園，將大量的時間與心力投注於教學上。學生眼中的天真與單純，雖然可以暫緩奔波時的勞累，卻也不得不讓我懷疑自己，是否還能堅持初衷，繼續走完這趟旅程。尤其經歷了論文稿件接連被否決，博士論文題目被審查委員質疑等挫折後，內心的不安一天比一天巨大，甚至出現了「趕快逃離現場」的念頭。

　　於是，我開始驅使雙腳，恣意的奔跑，從五公里跑到十公里，從十公里跑到二十四公里，讓快樂的腦內啡馴服內心的徬徨與焦躁，明白了實力「只有累積，沒有奇蹟」的道理。開始跑步之後，體力大概達到了人生的巔峰，我轉而爬山；在王偉建師叔的帶領下，第一次爬百岳，肩上擔荷起重達九公斤的行囊，登上海拔 3886 公尺的高峰。爬山時所踏出的每一步，都必須穩穩當當的，這是我頭一次體會如臨深淵、寸步維艱的心境。當我走在山岳的聖稜線上，才發現人類是多麼微不足道，唯有以一種更謙遜、更包容的態度，才能自在從容的徜徉在天地之間。置身於聳峻的山林中，那些曾經佔據心頭的不安、徬徨、焦慮、挫折，渺小的宛若一粒沙，風一吹好像不曾存在過。

　　學術研究好比跑步、爬山，是一步一步腳踏實地累積而來的。沿途時有春風徐來，鳥鳴相伴，卻也會有氣喘吁吁，體力不支，或是遇上烏雲密佈、打雷下雨的時候。若能適時的停下腳步，喘口氣、喝杯茶，這不也是一種人生享受嗎？等到呼吸調整好，心情整頓好後，再次出發，身邊的風景想必更加美麗了！

　　我在撰寫博士論文的過程中，可說是跌跌撞撞，經過幾次的退稿後，很幸運的在我畢業之前，發表了第一篇核心期刊論文；在經過第一次科技部「獎勵人文與社會科學領域博士候選人撰寫博士論文」計畫的申請失敗後，我更改了論文題目，在第二次申請時，終於獲得了獎勵補助。感謝那些不具名的審查委員，提供了非常可貴的審查建議，使得我的研究方向在一次又一次的檢討中確定下來。博士論文的初審和口試，承蒙黃文吉老師、林佳蓉老師、卓清芬老師、高美華老師賜正。五百頁的論文，諸位老師都能一字不漏的細心批閱，一一指正論文中的盲點與不足，使得論文內容趨於完善，在此衷心地獻上無比的感謝！

　　特別感謝諄諄教誨我十二年的恩師王偉勇老師，予以我最嚴格又最溫柔的把關和評騭！不論是課堂上，或課餘時間，偉勇老師似有用不完的精力，傳授學術上的專業見解，有時開了嗓吟唱，便欲罷不能。偉勇老師的魅力就是如此感染人心！在成大十二年的求學歷程中，偉勇老師總是傾囊相授、提攜後進，巴不得學生的翅膀早點變硬，有一片屬於自己的天空。老師的吟唱絕活，我學不來；然老師治學的態度、教學的熱忱、待人的善心，我始終銘記在心。感謝齊聖，往往為我從臺大圖書館偷渡書目給我，為我一解尋書之苦；感謝一路走來，陪伴我成長的學長姐、學弟妹，大家的經驗分享與支持打氣，讓我在撰寫論文的辛苦過程中，倍感溫馨。

　　感謝雙親，每每為我的恣意妄行，給予無限的支持，耐心的給了我八年的歲月，讓我無後顧之憂取得學位。感謝我生命中的另一半，身兼研究助理的邱威超先生，在追求的時候，幫我尋得《夏承燾集》PDF 檔，讓我極有效率的用一指神功蒐尋文本材料；在我專注於寫作的時候，給予我高度的包容，聽我宣洩，為我解勞。

　　博士生涯是一段孤獨的旅程，一路走來，看過了多少風景，也嘗遍了各種滋味。曾以為學位便是自己追尋的某個目的或終點，然心念一轉後，才發覺這一切只是茫茫學海中的過程而已；終點，好像在眼前，卻始終摸不著邊際！

我選擇了一條需要專注以赴的道路；博士班畢業，也只不過是跨出了第一步而已，而這一步卻是仰賴了這麼多人的支持和鼓勵。肩上所擔負的行囊，可以暫時放下，心頭上放不下的，是由衷的感動，是道不盡的感恩！

　　最後，謹以此論文獻給 Peter Chiu，謝謝你讓我在寫論文的最後一年，學會了什麼是「愛」！

目
次

第一章 緒 論

第一節 研究背景與目的

一、研究背景

夏承燾（1900～1986，字瞿禪，晚年改字瞿髯，別號謝鄰、夢栩生，室名月輪樓、天風閣、玉鄰堂、朝陽樓）是中國現代著名的詞學家、教育家，一生治學勤奮，碩果纍纍。於二十世紀新、舊交替的時代背景下，夏承燾能於傳統經、史治學的路徑中，突破晚清研究之窠臼，而自覺的建構系統性、全面性的詞學體系，為二十世紀民國詞壇開拓新境，堂廡宏大，遂有一代詞宗的美譽。其一系列關於詞人譜牒、詞學文獻、詞學批評的著述，更是詞學邁向現代化的具體成果。夏承燾亦於治詞之餘，兼擅填詞，此乃其生活經歷的體現與實踐。

本論文以現代詞學標誌性人物夏承燾作為研究對象，將夏承燾置於現代詞學〔註1〕發展的歷史軌跡之中，藉新、舊材料全方位董理夏承燾對傳統詞學的繼承與開拓，揭示二十世紀的詞學生態，探究民國詞學的演進過程與研究走向。

〔註1〕現代詞學的起點，始於 1900 年。劉揚忠〈二十世紀中國詞學學術史論綱（上）〉，分為四期：一、1901～1930 醞釀期；二、1931～1949 成熟期；三、1950～1978 困境期；1979～2000 多元期。《暨南學報》（哲學社會科學版）第 22 卷第 6 期，（2000 年 11 月），頁 8。曹辛華〈20 世紀詞學研究的現代化特色〉分為：一、1949 年以前；二、1949～1979；三、1979 迄今。《鄭州大學學報》2000 年第 2 期，頁 55～60。施議對〈百年詞學通論〉分為：一、1908～1919 開拓期；二、1919～1949 創造期；三、1949 迄今為蛻變期。《文學評論》，2009 年第 2 期，頁 43～53、73。傅宇斌《現代詞學的建立——《詞學季刊》與 20 世紀三、四十年代的詞學》分為：一、1900～1919 萌芽期；二、1919～1933 形成期；1933～1949 成熟期；四、1949 年迄今為發展期。（北京：商務印書館，2013 年 9 月），頁 10～11。

本論文之研究背景，可自四端言之：（一）詞學由傳統至現代的過渡與轉型；（二）經世致用的文學思潮與詞人憂患意識的高漲；（三）胡適重新定位詞體的影響；（四）學人日記、書信函札、論詞絕句的陸續出版。茲分述如次：

（一）詞學由傳統至現代的過渡與轉型

詞肇於唐，盛於宋，而衰於元明。至有清一代，詞學復興，詞人眾多、作品浩繁，且流派紛呈，風格競出，詞學理論亦邁向空前的黃金時期。然詞發展至晚清，已步入整理、總結階段，雖有浙、常二派〔註2〕在前，坐鎮詞壇，力尊詞體，卻無力突破傳統詞學窠臼。清季四大家——王鵬運（1848～1904，字佑遐、幼霞，自號半塘老人，又號鶩翁）、鄭文焯（1856～1918，字俊臣，號叔問）、朱祖謀（1857～1931，原名孝臧，字古微、號彊村）、況周頤（1959～1926，字夔笙，晚號蕙風詞隱）〔註3〕，積極參與詞籍整理與校勘，對詞學理論的探討亦有卓越貢獻。他們試圖擺脫浙、常二派的侷限，以考據學的觀點從事詞學研究，為現代詞學開闢蹊徑。如朱祖謀輯校唐宋金元詞編為《彊村叢書》〔註4〕，蒐羅詳備，考證精確。沈曾植〈彊村校詞圖序〉云：「蓋校詞之舉，鶩翁（王鵬運）造其端，而彊村（朱祖謀）竟其事。」〔註5〕次如況

〔註2〕浙西詞派創始者朱彝尊及主要作者均為浙江人，故名。渠等崇尚姜夔、張炎，標榜醇雅、清空，以婉約為正宗。清・蔣復敦《芬陀利室詞話》：「浙派詞，竹垞（朱彝尊）開其端，樊謝（屬鶚）振其緒，頻伽（郭麐）暢其風。皆奉石帚（姜夔）、玉田（張炎）為圭臬，不肯進入北宋人一步，況唐人乎？」見唐圭璋編：《詞話叢編》（北京：中華書局，2005年10月），冊4，卷1，頁3636。常州詞派創始者張惠言為江蘇常州人，故名。渠等強調比興寄託，一時和者頗多，蔚然成風。龍榆生〈論常州詞派〉：「常州派繼浙派而興，倡導於武進張臯文（惠言）、翰風（琦）兄弟，發揚於荊溪周止庵（濟，字保緒），而極其致於清季臨桂王半塘（鵬運，字幼霞）、歸安朱彊村（祖謀，原名孝臧，字古微）諸先生，流風餘沫，今尚未全歇。」《龍榆生詞學論文集》（上海：上海古籍出版社，1997年7月），頁387。

〔註3〕龍榆生、嚴迪昌、謝桃坊、葉嘉瑩等人均以王鵬運、鄭文焯、朱祖謀、況周頤為清末四大家。龍榆生〈清季四大詞人〉，《龍榆生詞學論文集》，頁436～470。嚴迪昌：《清詞史》（南京：江蘇古籍出版社，2001年7月），頁569。謝桃坊：《中國詞學史》（成都：巴蜀書社，1993年6月），頁270。葉嘉瑩：《清詞選講》（臺北：三民書局，1996年8月），頁143～180。

〔註4〕〔清〕朱祖謀：《彊村叢書》（臺北：廣文書局，1970年3月）。該書收詞總集五種，唐詞別集一種，宋詞別集一百二十餘種，金詞別集五種，元詞別集五十種等。

〔註5〕〔清〕沈曾植〈彊村校詞圖序〉，見施蟄存編：《詞籍序跋萃編》（北京：中國社會科學出版社，1994年12月），頁727。

周頤的詞學成就主要在詞學批評上，他提倡「重」、「拙」、「大」詞學三要〔註6〕，審視歷代詞體的創作與鑑賞。龍榆生云：「（況）周頤實為近代詞學一大批評家，發微闡幽，宣諸奧蘊。」〔註7〕其《蕙風詞話》更與陳廷焯《白雨齋詞話》、王國維《人間詞話》合稱「晚清三大詞話」。然儘管王鵬運、鄭文焯、朱祖謀、況周頤四人傾全力振興傳統詞學，實際上卻無力改變詞壇困境。

　　隨著西學引進，梁啟超（1873～1929，字卓如、任甫，別號任公）、王國維（1877～1927，字靜安）、胡適（1891～1962，字適之）等一批受西方文化薰陶的新派人物崛起，遂促使傳統詞學加速朝向現代化轉型，俾詞學研究煥發生機。論及詞學「現代化」開山，非梁啟超、王國維二人莫屬。梁啟超對晚清以來的傳統詞體觀，有著繼承、反思、革新的多層建構，他強調以文學改良國民品質，主張詞體的社會批評功能。謝桃坊《中國詞學史》云：

> 梁啟超在我國新舊文化思想交替之際，第一個在嚴格意義上，以社會批評方式來探討宋詞的社會意義，一反傳統的偏見高度評價了辛棄疾及宋代豪放詞的思想成就和藝術成就，開啟了現代詞學的社會批評傾向。他關於作品的分析，完全擺脫了舊的詞話和評點的形式，而能從政治的與歷史的，或心理的與文學的角度進行具體的分析，尤其體現出一種新的美學理想和美學趣味。他吸收了西方科學的實證方法，繼承了清代考據學優長，使詞學研究脫離了舊的考據模式，使詞學成為一種真正的學術研究。梁啟超雖然不是專門的詞學家，其詞學研究卻為現代詞學開闢了一條新路。〔註8〕

梁啟超一面繼承晚清常州詞派的思想，一面超越常州詞派的藩籬，曾倡導「詩界革命」〔註9〕，試圖通過文體改良，達到「新民」〔註10〕的目的，強調詞體

〔註6〕〔清〕況周頤《蕙風詞話》：「作詞有三要，曰重、拙、大。南渡諸賢不可及處在是。」唐圭璋編：《詞話叢編》，冊5，卷1，頁4406。

〔註7〕龍榆生：〈清季四大詞人〉，《龍榆生詞學論文集》，頁463。

〔註8〕謝桃坊：《中國詞學史》，頁346。

〔註9〕詩界革命即戊戌變法前後的詩歌改良運動。梁啟超《夏威夷遊記》說：「欲為詩界之哥倫布、瑪賽郎，不可不備三長：第一要新意境，第二要新語句，而又須以古人之風格入之，然後成其為詩。」見梁啟超著：《新大陸遊記節錄》（臺北：臺灣中華書局，1957年10月），頁153。

〔註10〕《新民說》是梁啟超在1902年至1906年間，用「中國之新民」的筆名，發表在《新民叢報》上的二十篇政論文章，主要期望在喚醒中國人民的自覺。梁啟超：《新民說》（臺北：中華書局，1959年11月）。

的社會意義和審美價值，可謂「傳統詞體觀的終結」〔註11〕者。

比起梁啟超，王國維實為詞學界公認的第一位劃時代人物，其《人間詞話》一出，正式標榜詞進入「現代」。方智範《中國古典詞學理論史》云：

> 《人間詞話》……超越了傳統的「知人論世」的道德批判及社會學批評這一層次，又非僅停留於藝術鑑賞、探求法度的舊有傳統，而是將詞學批評推上了美學、藝術哲學的新層次。〔註12〕

朱惠國《中國近世詞學思想研究》亦云：

> 在中國傳統詞學向現代詞學的轉換過程中，能比較全面、系統地運用西方文藝觀點和美學思想來研究中國詞學，使中國傳統詞學更具有科學性和合理性的第一人，非王國維莫屬。〔註13〕

王國維融會中西美學原理與文學觀念，建立具有現代意義的批評體系，是直接將西方文藝觀和美學思想納入詞學批評的第一人。他提出「境界」說，重視詞體的審美價值，將詞由原為詩餘的「小道」地位獨立出來，此與前代借助儒家詩教以求尊體的作法，實有不同。他能藉助西方理論，以新的批評標準與方法闡釋傳統詞體，體現西學東漸之後新舊文學交融的結果，為詞學研究現代化奠定堅厚的基石。

新文化運動的先驅——胡適倡導白話文學，卻未與傳統文學完全切割，不僅以〈沁園春·誓詩〉表達「造新文學」〔註14〕的宏願，還將詞視為「活文學」的一種，以「歸納的理論」、「歷史的眼光」、「進化的觀念」〔註15〕，會通中西，係將詞學研究向現代化往前推進的一大功臣。曹辛華、張幼良《中

〔註11〕楊伯嶺：《晚清民初詞學思想建構》（合肥：安徽大學出版社，2006年1月），頁379。

〔註12〕方智範：《中國古典詞學理論史》（上海：華東師範大學出版社，2005年4月），頁404。

〔註13〕朱惠國：《中國近世詞學思想研究》（上海：上海古籍出版社，2005年6月），頁229。

〔註14〕胡適〈沁園春·誓詩〉：「更不傷春，更不悲秋，以此誓詩。任花開也好，花飛也好，月圓固好，日落何悲？我聞之曰，『從天而頌，孰與制天而用之？』更安用為蒼天歌哭，作彼奴為！　文章革命何疑！且準備賽旗作健兒。要前空千古，下開百世，收他臭腐，還我神奇。為大中華，造新文學，此業吾曹欲讓誰？詩材料，有簇新世界，供我驅馳。」見胡適：《嘗試集》（臺北：遠流出版公司，1997年8月），頁224。

〔註15〕胡適著、曹伯言整理：《胡適日記全集》（臺北：聯經出版社，2004年5月），〈1914年1月25日〉，頁263。

國詞學研究》論之曰：

> 如果說王國維為 20 世紀詞學研究的奠基者，梁啟超為 20 世紀詞學
> 研究的開路先鋒，那麼胡適則為其「革故鼎新」者。他以新的文學
> 觀念徹底地更新了詞史觀念，引進了新的詞學方法，建構了詞學研
> 究的新框架新體系，促使了詞學由詞體創作向學術研究轉變，初步
> 完成了詞學研究傳統向現代的轉型。〔註16〕

梁啟超、王國維、胡適等人為現代詞學開疆闢土的貢獻在前，夏承燾、唐圭
璋（1901～1990，字季特）、龍沐勛（1902～1966，字榆生，號忍寒）、詹安泰
（1902～1967，字祝南，號無庵）、趙萬里（1905～1980，字斐雲，別號芸盦、
舜盦）、胡雲翼（1906～1965，字南翔、北海）、鄭騫（1906～1991，字因百）、
葉嘉瑩（1924～，號迦陵）等人承繼在後。夏承燾位居詞學通古變今的世代，
在傳統詞學轉型過程中，具有舉足輕重的地位，因此欲窺現代詞學的演進，
正可自此著手研究。

（二）經世致用的文學思潮與詞人憂患意識的高漲

自古以還，有識之士無不秉持「文須有益於天下」（顧炎武《日知錄》）
的觀念；尤其在內外肆虐的晚清，文人憂患意識高漲，經世致用風氣更是大
行於世。就詞學而言，常州詞派張惠言提出「比興寄託」，周濟強調「非寄託
不入，專寄託不出」〔註17〕，他們係用儒家詩論標準批評詞人及其作品，乃
至羅織作品中所蘊含的政治內涵與社會面向。而後，譚獻提出「折中柔厚」
〔註18〕說，寓溫厚和平之教於詞人及其作品上；劉熙載「詞之三品」說，以
「元分人物為最上」〔註19〕，將詞之緣情功能拉回到詩之言志功能的軌道上。
謝章鋌要求填詞之題材需「敢拈大題目，出大意義」〔註20〕，內容則需符合

〔註16〕曹辛華、張幼良：《中國詞學研究》（福州：福建人民出版社，2006 年 6 月），
　　　　頁 106～107。

〔註17〕〔清〕周濟：〈宋四家詞選目錄序論〉，唐圭璋：《詞話叢編》，冊 2，頁 1643。

〔註18〕〔清〕譚獻：《復堂詞話·詞辨跋》：「大抵周氏所謂變，亦予所謂正也。而折
　　　　中柔厚則同。」見唐圭璋：《詞話叢編》，冊 4，頁 3989。

〔註19〕〔清〕劉熙載《藝概·詞概》：「『沒些兒婆珊勃窣，也不是崢嶸突兀，管做徹
　　　　元分人物』，此陳同甫三部樂詞也。余欲借其語以判詞品，以元分人物為最上，
　　　　崢嶸突兀猶不失為奇傑，婆珊勃窣則淪於側媚矣。」又云「詞家先要辨得情
　　　　字，〈詩序〉言發乎情，〈文賦〉言詩緣情，所貴於情者，為得其正也。」唐
　　　　圭璋：《詞話叢編》，冊 4，頁 3710～3711。

〔註20〕〔清〕謝章鋌《賭棋山莊詞話》，唐圭璋：《詞話叢編》，冊 4，頁 3423。

立身、論世的標準。陳廷焯「沉鬱溫厚」〔註21〕說，強調詞體應傳達詞人對時世、政局的感受與傾向；況周頤提出「重、拙、大」作詞三要，要求情真、景真，造語自然。詞體遂在經世致用的文學波瀾中，登上大雅之堂，由娛賓遣興的小道，爭得獨立的地位。

清末之際，在甲午戰爭、戊戌變法、義和團運動、八國聯軍、庚子賠款、辛亥革命，以致清廷滅亡等一連串社會變革與民族危機的催化之下，經世致用的文學思潮〔註22〕更加高漲，文學不僅作為教化的媒介，更成為改造國民、社會的工具。梁啟超即強調以文學改良國民品質，其言曰：

> 蓋欲改造國民之品質，則詩歌音樂為精神教育之一要件，此稍有識者所能知也。……宋之詞，元之曲又其顯而易見也。〔註23〕

梁啟超將文學視為救國改良的工具，在詞學研究上，更看重詞在社會、政治上的功能，此可視為經世致用文學思潮的再延續。

夏承燾處於時代動盪不安的社會背景下，背負國家救亡圖存的重責大任，日記中亦不時表露此番心思，如 1931 年 9 月中旬，日軍已陷吉林，日記載：「念國事日亟，猶敝心力於故紙中，將貽陸沉之悔。」〔註24〕11 月 10 日，接任中敏（1897～1991，名訥，字中敏，號二北、半塘）感東省事作〈滿江紅〉一詞，稱許任中敏乃「不忘經世者」（冊 5，頁 243）。夏承燾的憂患意識，促使他更重視詞蘊含的言外之意，強調詞人在作品中表現對時代的真實感受，其〈辛詞論綱〉論云：

> 宋詞反映民族矛盾的，在文人作品裡，最早最著名的一首是范仲淹的〈漁家傲〉。到了南渡時期，這種文學的政治內容有更高的發展，第一個拿起這種文學形式向投奔分子作鬥爭武器的，是福建長樂的張元幹，……後來張孝祥在健康留守席上作的〈六州歌頭〉和詠采石戰役的〈水調歌頭〉，激昂的聲調，也很振奮人心。在這個大時代裡，詞風起了急劇的轉變，在北中國烽火連天、哀鴻遍野的慘

〔註21〕〔清〕陳廷焯《白雨齋詞話》旨在「本諸風騷，正其情性，溫厚以為體，沉鬱以為用」。《白雨齋詞話·自敘》，唐圭璋：《詞話叢編》，冊 4，頁 3776。

〔註22〕曹辛華、張幼良：《中國詞學研究》，頁 28。

〔註23〕梁啟超：《飲冰室詩話》，見《飲冰室合集·文集之四十五上》（北京：中華書局，1989 年），頁 45～47。

〔註24〕夏承燾：《夏承燾集·天風閣學詞日記》（浙江：杭州古籍出版社、杭州教育出版社，1997 年），冊 5，頁 235。以下凡引用《夏承燾集》者，逕於文末標上冊數、頁碼，除非必要，否則不再贅註。

酷的現實面前，五代北宋「花間」「尊前」的靡靡之音自然不能適
應了。〔註25〕

此段文字體現夏承燾以「詞史」概念論詞，將詞人及其作品置於大時代的歷史意義上探究，而詞這類文體，便能體現詞人哀時感事、苦心孤詣之下，所注入的時代精神與歷史脈絡。

（三）胡適重新定位詞體的影響

　　胡適畢生致力於新文學革命，倡導白話文，曾決定不再寫舊體文學，而專門以活的語言文字來寫白話詩。然而胡適終其一生，未曾與詞體創作脫鉤，甚至將它視為「活文學」，其〈答錢玄同書〉即云：

　　　　由詩變而為詞，乃是中國韻文史上一大革命。五言七言之詩，不合
　　　　語言之自然，故變而為詞。詞舊名長短句。其長處正在長短互用，
　　　　稍近語言自然耳。〔註26〕

胡適甚至選詞、論詞、考訂詞人生平，並以新史觀治詞，將詞壇發展劃為三期：一是晚唐至元初自然演變的時期；二是元至明清曲子的時期；三是清初至今日模仿填詞的時期。這種分期，為詞壇奠定新的詞史觀，揭示詞在个同世代的歷史見解。〔註27〕胡適亦將實證方法運用於詞學研究上，如探討詞的起源，〔註28〕以及其《詞選》中詞人小傳考辨等。胡適以歷史眼光進行系統性整理，以實證方法進行事實考辨，正為傳統詞學建構新的理論框架。劉少雄〈論胡適的詞史觀〉一文即認為胡適的詞學論見，所以引起廣泛的回響，主要歸功於傳統的文體演進的歷史觀與考證工夫上。〔註29〕曹辛華、張幼良

〔註25〕夏承燾：《月輪山詞論集》，《夏承燾集》（杭州：浙江古籍出版社、浙江教育
　　　　出版社），1997 年。冊 2，頁 271。以下引文凡出自《夏承燾集》者，逕於文
　　　　末標註冊數、頁碼，不再另行附註。

〔註26〕胡適：《胡適古典文學研究論集‧答錢玄同書》（上海：上海古籍出版社，1988
　　　　年 8 月），頁 724。

〔註27〕胡適選注、劉石導讀：《詞選‧序》：「我是一個有歷史癖的人，所以我的《詞
　　　　選》就代表我對於詞的歷史的見解。」（北京：中華書局，2007 年 4 月），
　　　　頁 2。

〔註28〕關於詞的起源問題，胡適有兩則發現：一、劉禹錫集裡有和白居易〈憶江南〉
　　　　詞，詞題為「和樂天春詞，依〈憶江南〉曲拍為句」，此乃依調填詞的第一次
　　　　明例。二、胡適以〈思帝鄉〉為例，舉溫庭筠、韋莊、孫光憲三家四首詞相
　　　　比，否定「泛聲填為長短句」之說。參胡適：《胡適古典文學研究論集‧詞的
　　　　起原》，頁 540～543。

〔註29〕劉少雄：《詞學文體與史觀新論》（臺北：里仁書局，2010 年 8 月），頁 252。

《中國詞學研究》即稱之為「革故鼎新者」。〔註30〕對胡適而言，詞之所以作為活文學，其重要性必須擺在白話文學進化的歷史中來理解才有意義。與詩相較，詞產生於民間，以自然的語言填製，藉由長短句式，表達詩所不能盡的曲折之情。故胡適將詞從傳統舊詩之中獨立而出，係基於詞體所蘊含的「白話性質」，此乃胡適認為真正有價值的文學。〔註31〕

夏承燾自溫州師範學校畢業後，於任橋第四高小任教；1920 年夏天，以教員身分前往南京高等師範暑期學校聽課，教師有胡適、梅光迪（1890～1945）、胡先驌（1894～1968）等學界巨子，此次乃夏承燾與胡適的首次接觸。〔註32〕夏承燾聆聽了胡適《古代哲學史》、《白話文法》、梅光迪《近世歐美文學趨勢》及其他課程，從夏承燾的日記、書信、與師友談話中，可知胡適是暑期班中影響夏承燾最深刻的教師。如夏承燾結束課程，返回溫州後，便向老師張棡（1860～1942，字震軒）〔註33〕分享南京聽課心得，《張棡日記》寫道：「下午，夏生承燾來訪，⋯⋯又言胡適之在南京演說，語尚中肯，謂人必須先蓄根柢乃可言新文化也」，〔註34〕顯然夏承燾已關注新學與舊學的關係。他曾作〈墨子哲學長處與短處〉，可說是聆聽胡適講學後，以白話文法寫作的一種嘗試。

夏承燾與胡適之間最重要的連結，當屬夏承燾於 1927 年 10 月確定治學方向，於 1928 年讀胡適《詞選》後，所作的〈致胡適之論詞書〉一札。《詞選》是胡適從白話文學和民間文學的視角出發，以新學重新梳理舊學的一項成果，儘管夏承燾對胡適「調早於詞」、「劉過詞風」、「晚唐至東坡以前皆娼妓歌人之詞」〔註35〕等論點有所商榷，但夏承燾的詞體起源說及詞史觀，皆有受胡適影響的痕跡。而夏承燾於 1928 年陸續完成《詞林年表》〔註36〕（後

〔註30〕曹辛華、張幼良：《中國詞學研究》，頁 106～107。

〔註31〕胡適：《胡適古典文學研究論集・建設的文學革命論》，頁 50～68。

〔註32〕夏承燾：〈自述：我的治學道路〉，見李劍亮：《夏承燾年譜》（杭州：光明出版社，2012 年 4 月），頁 3。

〔註33〕張棡，里安市汀田人，終生獻身教育事業，擔任里安中學堂、浙江省立第十中學（溫州中學前身）等學校教師 40 餘年。

〔註34〕俞雄選編：《張棡日記・夏生承燾來談南京蘇州事 1928 年 10 月 21 日》（上海：上海社會科學院出版社，2003 年《溫州文獻叢書》），頁 283。

〔註35〕夏承燾：〈致胡適之論詞書〉，見《夏承燾集・天風閣學詞日記》，冊 5，頁 19～23。

〔註36〕據夏承燾《天風閣學詞日記・前言》：「爰選抄自 1928 年至 1937 年十年之日

刪減整理成《唐宋詞人年譜》），除翻閱《宋史》、唐宋傳奇外，亦將胡適《詞選》各詞人小傳中言而有據的資料補入，曰：「考證時代，亦有補於拙作《詞林年表》」，〔註37〕即是深受胡適實證方法影響之一證。龍榆生於 1933 年嘗撰〈論賀方回詞質胡適之先生〉一文有云：

> 自胡適之先生《詞選》出，而中等學校學生，始稍稍注意於詞；學
> 校中之教授詞學者，亦已全奉此書為圭臬；其權威之大，殆駕任何
> 詞選而上之。〔註38〕

此文初刊時間，距離《詞選》初版時間已六年之久，夏承燾對胡適《詞選》的關注顯然早於龍榆生及其他學者，胡適可謂夏承燾治詞啟蒙之一。

（四）學人日記、書信函札、論詞絕句的陸續出版

本論文以夏承燾日記、書信、論詞絕句為考察中心，此三種資料陸續出版，其文獻價值與學術意義如下：

1. 學人日記

日記所載，或天候節氣、時事變化，或記錄旅程、描繪勝跡，或考辨經史、綜談掌故，或閒談日常，書寫心情等，內容廣泛、形式活潑，見其日記，如見其人。周作人〈日記與尺牘〉謂日記乃「文學中特別有趣味的東西」，「比別的文章更鮮明地表出作者的個性」，是具有文學性、真實性、趣味性、史料性的一種文獻資料。〔註39〕朱光潛《日記——小品文略談之一》認為「日記脫胎於編年紀事史」，文中強調日記價值在於「赤裸裸地直說事實或感想」，可視為很好的歷史資料、傳記資料和文學研究資料。〔註40〕

晚清李慈銘（1830～1895）《越縵堂日記》係一部廣為人知的代表著作，作者積四十年心力，銖積寸累寫成，洋洋數百萬言，不僅記載了清咸豐到光緒四十年間的朝野見聞、朋蹤聚散、人物評述、古物考據、書畫鑒賞、山川遊

記為第一冊，先付剞劂。此年正值予作唐宋詞人年譜及白石道人歌曲斠律諸篇。」（冊 5，頁 2）。
〔註37〕夏承燾：〈致胡適之論詞書〉，見《夏承燾集·天風閣學詞日記》，冊 5，頁 19。
〔註38〕該文發表於《中國與文學叢刊》1933 年創刊號，頁 4～11；後收入《詞學季刊》第 3 卷第 3 號（臺北：臺灣學生書局，1936 年 9 月），頁 1～10。
〔註39〕周作人：《雨天的書·日記與尺牘》（石家莊：河北教育出版社，2002 年 1 月），頁 12。
〔註40〕朱光潛：〈日記——小品文略談之一〉，見《朱光潛全集》（合肥：安徽教育出版社，1987 年 8 月），頁 358～363。

歷及各地風俗，足資後世學者參考，同時書中也記錄了作者大量讀書札記，學術價值極高。《越縵堂日記》在二十世紀二、三十年代影印出版後，風行海內，士林爭相一睹為快。與《越縵堂日記》並列為晚清四大日記者，有翁同龢（1830～1904）《翁同龢日記》、王闓運（1833～1916）《湘綺樓日記》、葉昌熾（1849～1917）《緣督廬日記》，〔註41〕均是研究中國近代學術的重要文獻。

　　五四運動以還，人文精神覺醒，許多作家均將所見所聞、所感所想如實記錄於日記中，為後人留下珍貴史料。如魯迅日記，自 1912 年 5 月 5 日起記，止於 1936 年 10 月 17 日，所記包含作者起居飲食、書信來往、文稿紀錄、旅行遊歷、書帳雜記等，是研究魯迅生平的第一手文獻。又如胡適一生堅持寫日記，從 1906 年於上海中國公學求學，直至 1962 年在臺北南港中研院逝世，先後五十餘年，期間雖有缺寫和中斷，但總體上是完整的，余英時曾說胡適日記所折射的「不僅僅是他一個人的生活世界，而是整個時代的一個縮影」。〔註42〕此外，葉聖陶（1894～1988）〔註43〕、吳宓（1894～1978）〔註44〕、郁達夫（1896～1945）〔註45〕、朱自清（1898～1948）〔註46〕等，均有日記傳世，真實的紀錄了二十世紀學人的生命歷程與生活鏡象。

　　夏承燾作為二十世紀的詞學研究者，他於《天風閣學詞日記‧前言》自題七絕云：

〔註41〕翁同龢著、陳義傑整理：《翁同龢日記》（北京：中華書局，2006 年 12 月）。王闓運：《湘綺樓日記》（臺北：臺灣商務印書館，1973 年 3 月）。葉昌熾：《緣督廬日記》（臺北：臺灣學生書局，1964 年 12 月）。

〔註42〕余英時：《重尋胡適歷程：胡適生平與思想再認識》（臺北：聯經出版社，2014 年 8 月），頁 1。

〔註43〕葉聖陶，原名葉紹鈞，字秉臣，筆名有葉陶、聖陶、桂山等。日記見收於《葉聖陶集》（南京：江蘇教育出版社，2004 年 12 月），卷 19 至卷 23。

〔註44〕吳宓，原名玉衡，後改陀曼，又改宓，字雨生（又作雨僧），筆名餘生。日記由吳學昭整理注釋，見《吳宓日記》、《吳宓日記續編》（北京：生活‧讀書‧新知三聯出版社，1998 年 3 月、2006 年 5 月）。

〔註45〕1927 年，郁達夫將其《日記九種》結集出版，是中國新文學史上第一位在世時就已出版日記的作家。而後陸續撰成《滄州日記》、《水明樓日記》、《避暑日記》、《故都日記》、《梅雨日記》、《秋霖日記》、《冬餘日記》、《閩游日記》《濃春日記》、《回程日記》等，見《郁達夫日記》（臺北：河洛圖書公司，1978 年 5 月）。

〔註46〕朱自清，原名自華，字佩弦，號秋實。朱自清生前明確表示日記是不準備發表的，為了尊重他的意願，夫人陳竹隱在其逝世後的三十多年裡，都只是保存著，直至 1978 年。日記見收於朱橋森編：《朱自清全集》（南京：江蘇教育出版社，1996 年 8 月），卷 9、10。

行盡雞鳴日入餘，問君退後思何如。平生無甚難言事，且向燈前直
筆書。　　（冊 5，頁 1）

夏承燾以直筆紀錄的精神，忠實將「讀書、撰述、游覽、詩詞創作、友好過
從、函札磋商等等事迹」（冊 5，頁 2），紀錄於日記之中，堪稱民國詞壇的一
部縮影，被學界視為二十世紀詞學研究的重要文獻之一。

2. 書信往來

書信係通過文字、符號等形式，用以表達心意、溝通感情、相互存問之
應用文類，是人際關係傳播的重要媒介。古人即有「右師不敢對，受牒而退」
（《左傳》昭公二十五年）之文字記載，「牒」即現今之「信函」。另如「緹縈
通尺牘，父得以後寧」（《史記‧扁鵲倉公列傳》），緹縈之尺牘，即是她上呈漢
文帝，用以替父贖刑的文書。「漢遺單于書，以尺一牘，辭曰：『皇帝敬問匈奴
大單于無恙』。」（《漢書‧匈奴傳》）「尺一牘」即漢代詔書，因書於一尺一寸
之書版上，故名。自兩漢而後，尺牘一詞遂成為公私文書的通稱。而人們為
求變化，也開始以尺書、尺札、尺簡、尺翰、尺素、尺鴻、尺鯉等詞稱之；近
人則多以書札、信札、札翰、書簡、函、小柬、手簡等稱之。

文人書信具有隱私性，少有掩飾，有別於苦心經營的文章，書信內容由
衷而發，能體現文人所處的時間性、地域性，讀者自可從中窺得文人學與年
俱進的歷史軌跡。書寫者如何親師取友、提攜後進，如何治學研究、博覽群
觀，都能於書信之中以小見大，一探蛛絲馬跡。換言之，文人書信記錄了時
代的風雲變幻，折射社會各個層面，它為瞭解整個文人階層以及他們所處的
時代提供一條清晰的途徑，足以成為解讀歷史、社會、文人活動的第一手資
料。〔註 47〕

二十世紀中國名人書信陸續出版，如楊逢彬將近現代政界及學術界名人寫
給他祖父楊樹達（1885～1956）的 188 封書札加以整理，編成《積微居友朋書
札》，該書由湖南教育出版社於 1986 年公開出版。而《陳垣來往書信集》收入
致他人書信 375 封，他人來信 892 封，於 1990 年於上海古籍出版社出版。耿
雲志主編《胡適遺稿及秘藏書信》，於 1994 年黃山書社出版。1995 年，劉潞、
崔永華整理史學家劉大年（1915～1999）所保存的 183 封書札，編成《劉大年

〔註 47〕王安功：〈淺談古代尺牘的檔案文獻價值〉，《學術園地》2008 年第 3 期，頁
20。

存當代學人手札》，由中國社會科學院近代史研究所內部印行。〔註48〕另如《周
恩來書信選集》、《陳寅恪集・書信集》、《毛澤東書信選集》、《盧作孚書信集》、
《詹天佑日記書信選集》、《胡風致舒蕪書信全編》、《夏志清夏濟安書信集》、
《陳誠先生書信集》等皆是其例。〔註49〕

　　書信可作為第一手文獻研究的補充資料，甚至可作為歷史發展過程的見
證，其文獻價值有二：一、呈現歷史的真相。回憶錄、日記、書信、均屬作者
親自撰寫，紀錄自身經歷的文獻材料。三者相較，日記或回憶錄，均有可能
經過當事人或他人進行內容的增減或修訂，尤其是要公開出版的部分，更需
謹慎萬分。至於書信這類材料，一經郵寄或託人交遞，即保存於收信人手中，
即使散失，也難以回到作者身上，遂無修改機會，史料價值頗具真實性，有
助於我們能更加準確、客觀、全面、公正的還原歷史真相，勾勒作者人際交
往的若干脈絡。魯迅（1881～1936）於〈當代文人尺牘鈔序〉有云：

> 因為一個人的言行，總有一部分願意別人知道，或者不妨給別人
> 知道，但有一部分卻不然。……所以從作家的日記或尺牘上，往
> 往能得到比看他的作品更其明晰的意見，也就是他自己的簡潔的
> 注釋。〔註50〕

二、補充文獻史料的不足。學人之間的書信往來，保有珍貴、獨家的文獻資
料，能夠為某些歷史環節進行補充與修正，有助於讀者對歷史事件充分認識

〔註48〕楊逢彬整理：《積微居友朋書札》（長沙：湖南教育出版社，1986 年 7 月）。
　　　　陳智超編注：《陳垣來往書信集》（上海：上海古籍出版社，1990 年 6 月）。
　　　　耿雲志主編：《胡適遺稿及秘藏書信》（合肥：黃山書社，1994 年 12 月）。劉
　　　　潞、崔永華整理：《劉大年存當代學人手札》（北京：中國社會科學院近代史
　　　　研究所內部印行，1995 年 8 月），王玉璞、朱薇又編成《劉大年來往書信選》
　　　　（上、下），由中央文獻出版社於 2006 年 9 月公開出版。書中收錄劉大年自
　　　　1946 年至 1999 年的部分來往書信，計 487 封，其中來信 309 封，去信 158
　　　　封，以及他人書信 20 封。
〔註49〕《周恩來書信選集》（北京：中央文獻出版社，1988 年 1 月）、《陳寅恪集—
　　　　—書信集》（北京：三聯書店，2001 年 6 月）、《毛澤東書信選集》（北京：人
　　　　民出版社，1983 年 12 月）、《盧作孚書信集》（成都：四川人民出版社，2003
　　　　年 11 月）、《詹天佑日記書信選集》（珠海：珠海出版社，2008 年 5 月）、《胡
　　　　風致舒蕪書信全編》（北京：中華書局，2014 年 1 月）、《夏志清夏濟安書信
　　　　集》（臺北：聯經出版公司，2015 年～）、《陳誠先生書信集》（臺北：國史館，
　　　　2006～2009 年）。
〔註50〕魯迅：《魯迅全集・且介亭雜文二集》（臺北：谷風出版社，1980 年 12 月），
　　　　卷 6，頁 412。

與理解，學人們不為人熟知的性情、態度，甚至經濟能力、夫妻關係等，亦能藉書信的傳遞躍於紙上。如《王國維羅振玉往來書信》中收羅札 697 封，王札 273 封，可知兩人交往點滴，並釐清史實真相，頗具學術價值。〔註 51〕

今所見已出版之《夏承燾集》，尚未對「書信」進行整理，然從《天風閣學詞日記》三冊、他人保留的書信以及未刊刻的文稿之中，可蒐得書信函札篇數甚多，足供研究者取之與日記及其他相關論著進行歸納、比較、分析，俾夏承燾詞學研究全面且完整。

3. 論詞絕句

有清一代，詞學批評蓬勃發展，歷代詩話、詞話及相關論著，汗牛充棟，論詞絕句的創作更蔚為大觀，成為可以與傳統批評形式分庭抗禮的載體。嚴迪昌《清詞史》云：

> 以絕句形式論詞，在清代是新創，從此「論詞絕句」與「論詩絕句」
> 等並駕齊驅，成為古代詩論詞論的一種獨特形式。〔註 52〕

目前蒐得清代最早以絕句論詞的作品，乃曹溶〈題周青士詞卷四首〉〔註 53〕，此四首歸屬題辭一類，然就其內容言之，實為以詩論詞的作品。自茲以降，創作者不絕如縷，如朱彝尊〈題陳（履端）詞稿〉、仇元吉〈題《菊莊詞》〉、田雯〈讀東坡集偶題〉之四、李必恆〈呈朱竹垞先生八絕句〉之五、陳聶恒〈讀宋詞偶成絕句十首〉、李國柱〈讀《五代詩話》題南唐後主二絕句〉等。〔註 54〕而逕自於詩題上標示「論詞絕句」四字者，始於厲鶚「論詞絕句十二

〔註 51〕王慶祥、蕭立文校注：《王國維羅振玉往來書信》（北京：東方出版社，2000年 7 月）。

〔註 52〕嚴迪昌：《清詞史》，頁 351。

〔註 53〕〔清〕曹溶：〈題周青士詞卷四首〉，《靜惕堂詩集》（臺南：莊嚴文化事業有限公司，1997 年《四庫全書存目叢書》集部冊 198），卷 43，頁 371。

〔註 54〕〔清〕朱彝尊：〈題陳（履端）詞稿〉，《曝書亭集》（臺北：臺灣商務印書館，1967 年《四部叢刊初編》），卷 12，頁 132。仇元吉：〈題《菊莊詞》〉，見徐釚編著，王百里校箋：《詞苑叢談校箋》（臺北：文史哲出版社，1989 年 6 月），卷 5〈品藻三〉，頁 292。田雯：〈讀東坡集偶題〉之四，《古歡堂集》（臺北：臺灣商務印書館，1983 年《景印文淵閣四庫全書》冊 1324），卷 13，頁 157。李必恆〈呈朱竹垞先生八絕句〉之五，見郭紹虞、錢仲聯、王遽常編：《萬首論詩絕句》（北京：人民文學出版社，1991 年 2 月），冊 1，頁 335。陳聶恒〈讀宋詞偶成絕句十首〉，《栩園詞棄稿》，卷 4，見吳熊和主編：《唐宋詞匯評（兩宋卷）》（杭州：浙江教育出版社，2004 年 12 月），冊 5，頁 4387～4388。李國柱〈讀《五代詩話》題南唐後主二絕句〉，見郭紹虞、錢仲聯、王遽常編：《萬首論詩絕句》，冊 1，頁 366～367。

首」〔註55〕，清代錢大昕《十駕齋養新錄》曰：

> 元遺山論詩絕句效少陵「庾信文章老更成」諸篇而作也，王貽上仿
> 其體，一時爭效之。厥後宋牧仲、朱錫鬯之論畫，厲太鴻之論詞、
> 論印，遞相祖述，而七絕中又別啟一戶牖矣。〔註56〕

厲鶚並非論詞絕句先河〔註57〕，然而他奠定了論詞絕句的基本格局與批評範式，影響最為深遠，自此以後，以詩論詞的風氣大開。清人論詞絕句作品達30 首以上者，有厲鶚 33 首、鄭方坤 36 首、李其永 30 首、沈道寬 42 首、王僧保 36 首、譚瑩 177 首、華長卿 37 首、楊恩壽 30 首、高旭 40 首等，〔註58〕其餘創作 30 首論詞絕句以下的作家，不計其數。民國以還，詞壇前輩遵循清代論詞絕句的批評方式，夏承燾 100 首〔註59〕，鄭騫 30 首〔註60〕，葉嘉瑩49 首〔註61〕，皆享譽詞壇。

論詞絕句在詞史上的發展，顯然已由隨興式的感發，變成詞論家以自覺意識進行論述的一種批評形式，將濃厚的論述性蘊含於富於精鍊典雅的絕句之中，非但寄託了自身的性情懷抱，表達詩作本身的興味，更重要的是呈現出深微精到的思想體系。孫克強〈清代論詞詩詞的理論價值〉一文指出論詞絕句的價值凡五：1. 詞學家批評理論的重要補充；2. 可作為簡明的詞學史；3. 詞學史的豐富與補充；4. 詞學問題的辨析；5. 對歷代詞人的評議。〔註62〕

〔註55〕〔清〕厲鶚：〈論詞絕句十二首〉，《樊榭山房集》（臺北：臺灣商務印書館，1967 年《四部叢刊初編》冊 368），卷 7，頁 73。

〔註56〕〔清〕錢大昕：《十駕齋養新錄》（上海：上海古籍出版社，2002 年《續修四庫全書》冊 1151），卷 16〈論詩絕句〉，頁 306。

〔註57〕關於論詞絕句的濫觴，上推至唐代白居易〈聽歌六絕句〉之〈何滿子〉。參趙福勇：《清代「論詞絕句」論北宋詞人及其作品研究》（臺北：花木蘭文化出版社，2012 年 3 月），頁 39～52。

〔註58〕據王偉勇所蒐清代作家 133 家，作品 1060 首目錄而來。參《清代論詞絕句初編》（臺北：里仁書局，2010 年 9 月），頁 2～3。

〔註59〕夏承燾：《瞿髯論詞絕句》，見收於《夏承燾集》，冊 2，頁 505～596；並由夫人吳无聞為之箋注。

〔註60〕鄭騫〈論詞絕句三十首〉，見收於鄭騫：《清畫堂詩集》（臺北：大安出版社，1988 年 12 月），卷 9，頁 307～321。

〔註61〕葉嘉瑩「論詞絕句」49 首，見與繆鉞合撰《靈谿詞說》（新北市：正中書局，2013 年 3 月）。另見葉嘉瑩：《唐宋詞名家論集》（臺北：桂冠圖書股份有限公司，2003 年 10 月）。

〔註62〕孫克強：《清代詞學批評史論》（上海：上海古籍出版社，2008 年 11 月），頁286～335。

王師偉勇〈清代論詞絕句之整理、研究及其價值〉一文，得其價值有四：1. 擴大詞學批評的視野；2. 廣泛反映詞人的接受；3. 輔助建構論詞的觀點；4. 指出詞壇爭議的論題。〔註63〕程郁綴、李靜《歷代論詞絕句箋注》一書，亦歸納其四項特點：1. 簡約而形象的詞學批評特徵；2. 具有宏通的詞學批評視野；3. 反映了詞壇不同時期的風氣時尚。4. 保存和豐富了詞學批評史料。〔註64〕不論是清代，抑或民國，論詞絕句自有不容忽略的批評價值。

二、研究目的

（一）藉學人日記、書信函札，揭示二十世紀的詞學生態

夏承燾作為二十世紀的詞學研究者，其治詞日記堪稱民國詞學的一部縮影；《天風閣學詞日記·前言》有云：

> 予兒時讀李蓴客（李慈銘）《越縵堂日記》，心甚好之。故自十餘歲輒學為日記，迄今已七十年矣。……今存日記始自一九一六年丙辰正月初一日，時予肄業於溫州師範學校。　（冊5，頁1）

夏承燾深受李慈銘《越縵堂日記》影響，自十六歲始，養成撰寫日記習慣，一生雖經戰亂，未嘗一日中斷。日前出版之《夏承燾集》，收錄夏氏自1928年7月至1965年8月的學詞日記；1916年至1928年6月，及1966年文化大革命後至1986年逝世前的日記手稿尚未刊刻，現存於三處：一為夏承燾嗣子吳常雲先生手上（目前暫存於吳蓓（吳戰壘之女）聽風樓處），二為浙江大學人文學院資料室，三為溫州圖書館；吳蓓〈夏承燾日記手稿考錄〉一文，已將未刊日記手稿逐冊條列，並與《天風閣學詞日記》較其出入，可供研究者一窺端倪，有待《夏承燾日記全編》付梓出版，始可問世。〔註65〕目前筆者所見，雖未能窺得全豹，然夏承燾以直筆、真情記載之「讀書、撰述、游覽、詩詞創作、友好過從、函札磋商等等事迹」（冊5，頁2），可自37年間日記之中得知，施蟄存謂此為「20世紀最重要的詞學文獻」，係「日記文

〔註63〕王偉勇：《清代論詞絕句初編》，頁15～43。

〔註64〕程郁綴、李靜：《歷代論詞絕句箋注·前言》（北京：北京大學出版社，2014年7月），頁4～6。

〔註65〕吳蓓：〈夏承燾日記手稿考錄〉，《詞學》第35輯（上海：華東師範大學出版社，2016年6月），頁160。筆者於2017年據吳蓓來函得知，《夏承燾日記全編》訂於該年出版。然筆者提交論文時，已是2019年1月，依舊不見出版消息。

學的上乘之作」。〔註66〕其文獻價值大抵有四：一、記錄夏承燾詩詞創作與詞學研究的歷程，如《唐宋詞人年譜》、《姜白石詞編年箋校》考證、繫年的編撰過程；二、反映夏承燾的學術交往，如與朱祖謀、張爾田（1874～1945，字孟劬，號遁庵）、錢名山（1875～1944，名振鍠，號名山）、吳梅（1884～1939，字瞿安，號霜崖）、謝玉岑（1899～1935，名觀虞）諸家交往事跡等；三、揭示夏承燾的學術理想與人生態度，如治學與救世的矛盾心態等；四、凸顯二十世紀詞壇發展概況與走向，如況周頤、胡適之論詞主張、詞社活動與季刊發行等。五、揭露未曾發表的詞學構想、見解及民國軼聞遺事，如1929年2月20日載「擬將詞人年譜自有創獲者，另札一本，曰讀詞札記。上半部考證，下半部賞鑒」（冊5，頁80）；1935年1月8日載夏承燾對秦玉生《詞繫》一書的品評（冊5，頁354）；1934年11月載吳梅談鄭文焯、況周頤遺事（冊5，頁340）等。藉日記載錄，夏承燾治學過程了了分明，研究脈絡歷歷在目，雪泥鴻爪，全在字裡行間，殊堪珍貴；而一代詞學發展概況，包括詞人往來、詞社活動、報刊發行等，亦逐一現形。學人日記的可貴，當能與其學術論著相提並論。曹辛華〈夏承燾的詞學研究〉曰：

> 夏氏的《天風閣學詞日記》是一部現代詞學外史，於中可見民國詞學界的脈動，又是夏氏個人研治詞學心路歷程的寫照，於中可知學詞當具備的各種素質與方法；也是一座藏著各種寶藏和秘笈的大山，可供當今乃至後來學者去淘寶與開拓；更是一個珍藏現當代學林歷史人物資料的倉庫，有助人們獲取各種信息。〔註67〕

　　再者，夏承燾之書信函札，大部分可自日記進行蒐羅，如《天風閣學詞日記》於1928年8月4日載夏承燾〈致胡適之論詞書〉一函，對於胡適「詞有泛聲說」、「詞起於中唐說」表達贊同；並質疑胡適「聲調早於詞」、「劉過詞風」等說法；兼及「況周頤論詞」等事（冊5，頁19～23）。8月18日，作致胡適之書，詰其詞的起源篇論調早於詞的看法；8月19日，發胡適之上海中國公學一函論詞，問學術大事表，並附〈詞有襯字考〉一文（冊5，頁25）。一部分則需透過其他學人所藏信札中見其端倪。如溫州圖書館藏〈冷生先生

〔註66〕參丹文：〈吳戰壘細說恩師夏承燾及其全集〉2004年4月24日，2019年1月16日網頁檢索 https://www.douban.com/group/topic/26050995/。

〔註67〕曹辛華：〈夏承燾的詞學研究〉，《20世紀中國古代文學研究史‧詞學卷》（上海：東方出版中心，2006年1月）。

師友信札〉〔註68〕、謝玉岑遺札〔註69〕等。故全面蒐集夏承燾與其他學人往來之信函，自有學術研究上的必要性，其文獻價值有以下四端：一、窺得夏承燾尋訪師友的經過；二、交換詞學研究與詩詞創作的看法；三、耙梳民國詞壇學術交流的情形；四、凸顯夏承燾珍視友誼、珍惜人才的心境。

（二）分析夏承燾與學人的交游行跡，反映二十世紀詞壇發展面貌

夏承燾《天風閣學詞日記》（本文簡稱《日記》）（1941 年 6 月 6 日）有云：

> 予他日所學萬一有成，當寫一詳冊，備述為學經過，平生詩友，一字一言有益於我，皆記之。無論直接間接，有意無意。　　（冊 6，頁 309）

交天下士與讀萬卷書同等重要，不但能豐富己身修養，還能開拓廣泛視野。與夏承燾交游者，有學術家、書畫家、詩人、詞人、詞學專家、政界人士等，不下數百，其中較著名者，有朱祖謀、林鵾翔（1871～1940，字鐵尊，號半櫻）、冒廣生（1873～1959，字鶴亭，號疚齋）、金松岑（1873～1947，原名天翮，號鶴望、天放）、張爾田、夏敬觀（1875～1953，字劍丞，號映庵）、錢名山、陳思（1875～1932，字慈首）、吳庠（1879～1961，字眉孫）、馬一浮（1883～1967，號湛翁）、吳梅、陳匪石（1884～1959，原名世宜，字小樹，號匪石）、胡汀鷺（1884～1943，名振，字汀鷺）、熊十力（1885～1968，號子真、逸翁）、劉永濟（1887～1966，字弘度，號誦叟）、陳鍾凡（1888～1982）、汪東（1890～1963，原名東寶，字叔初，後改字旭初，號寧庵）、蔡楨（1891～1944，字嵩雲，號柯亭）、胡適、郭沫若（1892～1978，字鼎堂）、顧頡剛（1893～1980，字銘堅）、郭紹虞（1893～1984）、李笠（1894～1962，字雁晴）、葉聖陶、錢穆（1895～1990，字賓四）、梅雨清（1895～1976，字冷生）、任訥、朱光潛（1897～1986，字孟實）、神田喜一郎（1897～1984，字子允，又號鬯盦）、趙尊嶽（1898～1965，字叔雍）、謝玉岑、陳寅恪（1890～1969，字鶴壽）、馮沅君（1900～1974，原名淑蘭，字德馥）、唐圭璋、王仲聞（1901～1969，名高明，以字行）、龍榆生、詹安泰、繆鉞（1904～1995）、施蟄存（1905～2003）、胡雲翼、鄭騫、王季思（1906～1996，名起，以字行）、鄧廣銘（1907～1998，

〔註68〕盧禮陽：〈夏承燾未刊手札考釋〉，《文獻》2012 年第 1 期，頁 95。

〔註69〕錢璱之：〈記夏承燾的七十二封手札〉，《鎮江師專學報》（社會科學版）1986 年第 4 期，頁 4。沈迦編撰：《夏承燾致謝玉岑手札箋釋》（北京：國家圖書館，2011 年 11 月）。

字恭三）、錢仲聯（1908～2003，號夢苕）、吳天五（1910～1986，字天五，號
鷺山）、錢鍾書（1910～1998，字默存，號槐聚）、朱生豪（1912～1944，原名
文森，又名文生）、任銘善（1912～1967，字心叔）、程千帆（1913～2000）、
吳則虞（1913～1977）。以上諸家，或為夏承燾師長輩，或為同在浙江任教的
同事，或為詞社詞友；或為後生晚輩，本論文試圖通過夏承燾與並世學人的
交游記載，進行歸納、組織，勾勒夏承燾與之切磋文學的互動情形，進而反
映二十世紀詞壇的發展面貌，包括：一、詞學研究的走向，如詞學議題的商
榷、詞集（籍）與普及讀物的出版等。二、詞學刊物的發行與傳播，如《詞學
季刊》、《同聲月刊》、《詞學》等；三、社團流派的興盛與發展，如甌社、午
社、之江大學詞學研究會、浙東詞派等。

（三）以論詞絕句為主，其他著述為輔，反映夏承燾對詞人的批評

傳統研究中，文學作品常被視為研究主體，而讀者僅擔任陪襯角色；「接
受理論」〔註70〕卻持相反意見，研究主體由作品轉向讀者，作品本身反而是
一種客觀的存在。〔註71〕德國・姚斯認為：

> 一部文學作品，並不是一個自身獨立、向每一個時代的每一讀者均
> 提供同樣的觀點的客體。它不是一尊紀念碑，形而上學地展示其超
> 時代的本質。它更多地像一部管弦樂譜，在其演奏中不斷獲得讀者
> 新的反響。〔註72〕

文學作品經過讀者接受，或大肆著墨、抑揚闡發，或褒貶得失、批判舊論，或
增補缺漏、充實內容，可持續地在不同時代下活出自身的生命力；作品的歷
史性，便通過讀者之間的傳遞與接受過程，體現多元面貌。

日記與書信，真實反映夏承燾的日常點滴；百首論詞絕句，則是有意識
的呈現二十世紀的「讀者」──夏承燾對唐五代以還歷代詞人的獨特見解。
畢竟夏承燾在家庭環境、教育背景、個人氣質、藝術修養、生活經驗、文學趣
味，以及所處的政治、社會等因素的影響下，產生了獨一無二的思想體系及

〔註70〕「接受理論」又稱「接受美學」，源起於德國・康茨坦斯大學，漢斯・羅伯特・
　　　　姚斯（Hans Robert Jauss）於1967年發表的〈文學史作為向文學理論的挑戰〉
　　　　一文。見（德）姚斯、（美）霍拉勃著、周寧、金元浦譯：《接受美學與接受
　　　　理論・走向接受美學》（瀋陽：遼寧人民出版社，1987年9月），頁3～56。
〔註71〕馬以鑫：《接受美學新論》（上海：學林出版社，1995年10月），頁20。
〔註72〕（德）姚斯、（美）霍拉勃著、周寧、金元浦譯：《接受美學與接受理論・走
　　　　向接受美學》，頁26。

價值判斷。每位詞人、每首作品在夏承燾的眼中，均有其獨特樣貌。1930 年，夏承燾以論辛棄疾「青兕詞壇一老兵」一首示朱祖謀，後得鼓勵，陸續完稿，遂編為《瞿髯論詞絕句》。〔註 73〕夏承燾云：

> 予年三十，謁朱彊村先生於上海。先生見予論辛詞「青兕詞壇一老兵」絕句，問：「何不多為之？」中心藏之，因循未能著筆。六十餘歲，禁足居西湖，乃陸續積稿得數十首，亦倉卒未寫定。一九七三年，无聞撿篋得知，取以相玩，謂稍加理董，或可承教通學。爰以暇日，同斟酌疏釋。近三年來，以宿疾來京治療，出版單位諸同志時來督勉，乃隨改隨增，至一九七八年初春脫稿，共得八十餘首。
> 上距初謁彊村先生時，將五十年矣。〔註 74〕

夏承燾論詞絕句後由八十餘首增為百首〔註 75〕，評騭唐代至晚清詞人，兼論詞的起源及詞壇新境，亦涉及日本、越南、朝鮮等域外詞人批評，實可視為一部簡明詞史。本文以《瞿髯論詞絕句》百首所論詞人為考察中心，輔以單篇詞學論文、詞籍序跋及其他散見各處的詞學主張，互相參照，以董理夏承燾對歷代詞人的接受情形及批評見解。

　　《瞿髯論詞絕句》大部分為夏承燾晚年讀詞、論詞、評詞的總結，又經歷十年文化革命之浩劫，他身陷其中，拘禁於牛棚〔註 76〕，長期煎熬下，遂重病長休，身心靈均蒙受難以想像的衝擊。1973 年 11 月，夏承燾於西湖期間

〔註 73〕夏承燾《天風閣學詞日記》（1930 年 10 月 15 日）載〈題稼軒詞〉：「青兕詞壇一老兵，偶能側媚倍移情。好風只在朱闌角，自有千門萬戶聲。」同月 22 日發函致朱祖謀，以此示之。11 月 4 日得朱氏回函，以為論詞絕句「持論甚新」，勉夏承燾「何不多為之。」（冊 5，頁 154、167、163）

〔註 74〕夏承燾：《瞿髯論詞絕句・前言》，見《夏承燾集》，冊 2，頁 505。下文凡引用該書者，逕於文末標示冊數、頁碼，不另行附註。

〔註 75〕關於夏氏論詞絕句的來龍去脈，林玫儀〈《瞿髯論詞絕句》初探〉考述曰：「夏氏的論詞絕句，最先名為《詞問》，又曾名為《詞識》，後來始易為今名。自一九七九年一月在香港《大公報》連載，至一九七九年三月連載完畢，共八十二首，同時由北京中華書局出版專書；同年五月，又發表《瞿髯論詞絕句外編》，錄詩五首，其中詠朱彝尊「酛韻風懷繫夢思」一首重複，實得四首。一九八三年二月出版增訂本，在初版八十二首的基礎上，增加了十八首，包括原發表在杭大學報的四首及新增的十四首，並將其中論域外詞的七首作為外編。原詩字句及夏夫人吳无聞所作之注釋、題解等亦略有訂補。」參《第一屆詞學國際研討會論文集》（臺北：中央研究院中國文哲研究所籌備處，1994 年 11 月），頁 455～482。

〔註 76〕牛棚是指文革時期各單位（機關、團體、學校、村鎮等）拘禁知識分子的地方。

有〈无聞注論詞絕句‧囑題〉四首；〔註77〕1974年10月31日，夏承燾致王季思函，云：「前承對《詞問》（按即「論詞絕句」）提許多珍貴意見，感謝不盡。頃刪十之二三。囑无聞作注解初稿成。」〔註78〕可見這段期間，夏承燾與吳无聞（1917～1990）、王季思等人均潛心於論詞絕句的工夫上。夏承燾亦云：「《論詞絕句》是我在『文化大革命』期間蹲『牛棚』的收穫。」〔註79〕是知夏承燾於文革期間蹲「牛棚」、「禁足西湖」之際，有意識完成《瞿髯論詞絕句》；而他以極精鍊的文字評論詞人及其作品，除體現他對詞人的批評接受之外，其主觀意識當蘊含對國家、社會，以及所處時代的種種感受。

因此，本文站在詞學批評的角度，審視詞人及其詞在具有讀者身分的夏承燾筆下，如何體現不同以往的時代意義；探討歷代詞人及其作品，透過夏承燾有意識的閱讀與批評，如何展現自身的文學價值與藝術性。

（四）探究夏承燾對傳統詞學的傳承、開拓，以及其詞學觀的建構

晚清末年，四大詞人——王鵬運、鄭文焯、朱祖謀、況周頤，將舊時代的詞學研究推衍至現代；梁啟超、王國維、胡適等人，則融入西學，以新方法、新思維開創民國詞學。夏承燾生於1900年，卒於1986年，正可作為二十世紀新、舊世代交替的關鍵人物，其詞學研究亦隨二十世紀民國詞壇而遞進。

夏承燾早期致力於譜牒、校箋、考證等詞學文獻學研究，中後期轉向詞學批評研究。從《瞿髯論詞絕句》、《月輪山詞論集》、《唐宋詞欣賞》等著作之中，可一探夏承燾的詞史觀、詞論觀，以及文學鑑賞的視野。他一方面擺脫傳統詞話、序跋方式，以現代論文形式對詞人進行歷史定位、對作品進行藝術剖析；一方面以舊瓶裝新酒的樣式，透過七言絕句，建構一部微型的新詞史。曹辛華即論之曰：

> 夏承燾的詞學批評雖多成於建國後，但仍與其民國時期的詞學經歷密切相關。……隨著社會政治的新變，夏承燾逐漸由「考證」向「批評」轉型。他的這一轉型，與其他「新變派」如詹安泰等詞學家一樣，完成了對傳統詞學的二度批評與繼承，也促進了詞學研究尤其

〔註77〕李劍亮：《夏承燾年譜》，頁239；夏承燾：《天風閣詩集》，見《夏承燾集》，冊4，頁74。

〔註78〕李劍亮：《夏承燾年譜》，頁240。

〔註79〕楊牧之：〈千年流派我猶疑——《瞿髯論詞絕句》讀後〉，《讀書》1980年第10期，頁45。

詞學批評的進一步「現代化」轉型。〔註80〕

梁啟超、王國維、胡適等人為現代詞學開疆闢土的貢獻在前，夏承燾承繼在後；一則以乾嘉考據工夫為治詞的學術基礎，一則深受梁啟超社會批評方法、胡適實證方法的影響，在傳統詞學的轉型與新變的過程中，扮演舉足輕重的角色。夏承燾如何傳承傳統詞學？又如何另闢蹊徑，建立其自身的詞學觀？均值一探究竟。

（五）透過夏承燾詞作的分析，反映其詞學理論的實踐

夏承燾在 1913 年考入浙江省立溫州師範學校之前，已學作五、七言詩；逮入溫師，與同窗李驤（生卒不詳，字仲騫）晨夕相處，日以詩詞韻語相切磋，有〈調笑令〉一闋，結語：「鸚鵡。鸚鵡。知否夢中言語」，獲國文教師張楜讚許，開啟創作之路，一生詩、詞創作不輟。夏承燾嘗親述學詞經歷云：

> 一九二〇年，林鐵尊（林鶤翔）師宦遊甌海，與同里諸子結甌社，時
> 相唱和……三十左右，居杭州之江十年。講誦之暇，成詞人年譜數種，
> 而詞則不常作。抗戰以後，違難上海，根觸時事，輒借長短句為之發
> 抒。林師與昳庵（夏敬觀）、鶴亭（冒廣生）、眉孫（吳眉）諸老結午
> 社，予亦預座末。……昔沈寐叟（沈曾植）自謂「詩學深，詩功淺」，
> 予於寐叟無能為役，自忖為詞，則正同此。故涉獵雖廣，而作者甘苦，
> 心獲殊少。若夫時流填澀體、辨宗派之論，尤期期不敢苟同。早年妄
> 意合稼軒、白石、遺山、碧山為一家，終僅差近蔣竹山而已。〔註81〕

據夏承燾所記推斷，夏承燾於 1930 年前後專心治年譜期間，不常創作；至抗戰後，輒以詞抒發時事。而後參與詞社活動，得以向諸位前輩商量切磋，對夏承燾而言，此乃增進創作技巧的重要階段。創作風格則以稼軒（辛棄疾）、白石（姜夔）、遺山（元好問）、碧山（王沂孫）四家為指標。夏承燾作品，多收錄於《天風閣詞集》前、後二編，〔註82〕夏承燾創作的題材、內容、風格，特色，可從中窺得全貌。程千帆〈論瞿翁之詞學〉曰：

〔註80〕曹辛華、張幼良：《中國詞學研究》，頁 191～192。

〔註81〕夏承燾：《天風閣詞集·前言》，《夏承燾集》，冊 4，頁 113。

〔註82〕夏承燾於 1942 年編有《瞿髯詞》一冊，至 1976 年於長沙油印成冊；1979 年，湖南人民出版社於《瞿髯詞》油印本的基礎上，擴選共得三百首，為今日所見《天風閣詞集》前、後二編，見《夏承燾集》冊 4；《夏承燾全集》欲增補缺漏部分。

精於詞學者，或不工於作詞，工於詞者又往往不以詞學之研究為意，

故考訂詞章，每難兼擅，而翁（夏承燾）能兼之。〔註83〕

夏承燾治學與創作兼擅，檢視並分析作品內容，可了解其詞學理論在作品中
的實踐與印證。

第二節　文獻回顧與評述

夏承燾為一代詞宗，著作甚豐。1997 年，吳熊和、吳戰壘、吳常雲主
編《夏承燾集》，將夏承燾畢生「最足以代表其學術成就之著作」〔註84〕集
成八冊，包含《唐宋詞人年譜》、《唐宋詞論叢》、《月輪山詞論集》、《瞿髯論
詞絕句》、《唐宋詞欣賞》、《姜白石詞編年箋校》、《龍川詞校箋》、《宋詞繫》、
《天風閣詩集》、《天風閣詞集》、《天風閣學詞日記》、《詞學論札》等。其餘
已出版的作品，包含校注類，如《白石詩詞集》〔註85〕、《詞源注》〔註86〕、
《放翁詞編年箋注》〔註87〕、《韋莊詞校注》〔註88〕、《蘇軾詩選注》〔註89〕、
《姜白石詞校注》〔註90〕；讀詞常識類：《作詞法》〔註91〕、《怎樣讀唐宋
詞》〔註92〕、《辛棄疾》〔註93〕；詞選類：《唐宋詞錄最》〔註94〕、《唐宋詞

〔註83〕程千帆：〈論瞿翁之詞學〉，《詞學》（上海：華東師範大學出版社，1988 年 7
　　　　月）第 6 輯，頁 254。
〔註84〕吳戰壘：《夏承燾集·前言》，頁 6。
〔註85〕夏承燾：《白石詩詞集》（臺北：華正書局，1981 年 9 月），原於 1959 年由北
　　　　京人民文學出版社出版。
〔註86〕夏承燾：《詞源注》（臺北：木鐸出版社，1982 年 5 月），原於 1963 年由北京
　　　　人民文學出版社出版。
〔註87〕夏承燾、吳熊和箋注：《放翁詞編年箋注》（臺北：木鐸出版社，1982 年 5 月），
　　　　原於 1981 年由上海古籍出版社出版。
〔註88〕劉金城校注、夏承燾審訂：《韋莊詞校注》（北京：中國社會科學出版社，1981
　　　　年 3 月）。
〔註89〕吳鷺山、夏承燾、蕭湄選注：《蘇軾詩選注》（天津：百花文藝出版社，1982
　　　　年 4 月）。
〔註90〕夏承燾：《姜白石詞校注》（廣州：廣東人民出版社，1983 年 11 月）。
〔註91〕夏承燾：《作詞法》（上海：世界書局，1937 年）。
〔註92〕夏承燾、吳熊和著：《怎樣讀唐宋詞》（杭州：人民出版社，1958 年），後改名
　　　　為《讀詞常識》（北京：中華書局，1962 年）。
〔註93〕夏承燾、游止水著：《辛棄疾》（臺北：萬卷樓圖書公司，1993 年 4 月），原
　　　　於 1962 年由北京中華書局出版。
〔註94〕夏承燾：《唐宋詞錄最》（上海：華夏圖書出版公司，1948 年）。

選》〔註95〕、《金元明清詞選》〔註96〕、《域外詞選》〔註97〕等。此外，浙江古籍出版社於 2017 年 5 月出版《唐宋詞人年譜續編》，收《龍川年譜》、《放翁年譜》、《張元幹年譜》（附向子諲）、《張于湖年譜》、《劉後村年譜》五種；於同年 8、11 月出版《詞例》、《永嘉詞徵》（以上三書屬《夏承燾全集》）。另有一部分即將出版的著述，如《詞林繫年》、《白石詩集校箋》、《詞譜駢枝》、《荀子界說》、《大哀賦箋注》、《瞿禪講義》、《宋詞微》、《清詞人小傳》、《西湖聯語》、《天風閣書札》，以及《天風閣學詞日記》缺漏的部分，亦將收錄於吳蓓主編之《夏承燾全集》中。以上均為研究夏承燾的重要參考材料。

　　夏承燾逝世後，《詞學》第 6 輯設有「夏承燾先生紀念特輯」一欄，徵集夏承燾平生友好及門生弟子之紀念專文，計 12 篇，以為夏承燾逝世週年紀念，篇目如下：王季思〈三年風雨對床眠〉、何之碩〈回憶瞿禪在上海〉、馬茂元〈高樓風雨感斯文〉、任半塘〈堅決廢除「唐詞」名稱〉、程千帆〈論瞿翁詞學──臥疾致編者書〉、陳貽焮〈瞿禪先生二三事〉、周篤文〈夏先生教我改詩詞〉、陳翔華〈瞿禪師治學三教〉、吳肅森〈從夏老問學二三事〉、施議對〈我的老師夏承燾教授〉、秦子卿〈天風閣遺事〉、彭靖〈飛虎營頭聽鼓角──記夏承燾先生在長沙〉等。〔註98〕以上撰文者，是夏承燾最熟悉的故友或弟子，如王季思回顧與夏承燾於浙江大學龍泉分校共事，「白天對桌，夜裡對床」的同居生活，並談及夏承燾嚴謹治學的工夫；何之碩（1911～1990）與夏承燾同為午社詞友，文中談及與林鷗翔、冒廣生、龍榆生、夏敬觀等詞友的往來經過。程千帆一文，指出夏承燾「用力專且久」、「以治群經子史之法治詞」，以及「作詞」、「研詞」兼擅的三項本事。其餘如陳翔華、吳肅森、施議對、彭靖等，以後生晚輩身分，追憶夏承燾為人師、治學問的精神與態度，也表達了緬懷與敬仰之情。

　　夏承燾夫人吳无聞於 1988 年編成《夏承燾教授紀念集》，分為「長懷編」、「祝嘏編」、「哀悼編」、「學問編」及「附錄」五部分。〔註99〕「長懷編」前

〔註95〕夏承燾、盛弢青合編：《唐宋詞選》（北京：中國青年出版社，1959 年）。

〔註96〕夏承燾、張璋編選：《金元明清詞選》（北京：人民文學出版社，1997 年 7 月），該書於 1983 年 1 月初版。

〔註97〕夏承燾：《域外詞選》（北京：書目文獻出版社，1981 年 11 月）。

〔註98〕《詞學》第 6 輯（上海：華東師範大學出版社，1988 年 7 月），頁 246～268。

〔註99〕吳无聞編：《夏承燾教授紀念集》（北京：中國文聯出版公司，1988 年 10 月）。

有〈夏承燾教授簡歷〉、〈夏承燾教授主要著作〉，以及 13 篇故友、弟子撰寫的懷念文章，包括：沈善洪、金鏘、江熊堅合撰〈教育家、學者、詩人夏承燾教授的一生〉、馬敘倫〈上揖靈均，下攀柴桑草堂〉、湯國梨〈奇思壯采萬感橫集〉、唐圭璋〈瞿禪對詞學之貢獻〉、王季思〈一代詞宗今往矣——記夏瞿禪（承燾）先生〉、任銘善的〈讀瞿禪師詞後〉、徐朔方〈不是抽象思維，卻有耐人尋味的理趣——喜讀《天風閣詩集》〉、彭靖〈開拓者給我們的啟示——試說夏承燾先生在詞學上的貢獻〉、周篤文〈詞壇泰斗學海名師——紀念夏承燾先生逝世一周年〉、是水〈想落天外，硬語盤空——讀《天風閣詞集》〉、王延齡〈天籟人聲，盡在抑揚吟詠中——夏承燾先生的詞樂研究〉、施議對〈心潮詩潮與時代脈搏一起躍動——夏承燾先生舊體詩試論〉、陳翔華〈詩心斥惡傳友情〉。「祝嘏」、「哀悼」二編，是他人所寫的賀詩、賀詞、賀聯，以及挽詩、挽詞、挽聯。「問學編」則是收錄門人懷念的文章，如琦君有〈春風化雨——懷恩師夏承燾先生〉及〈卅年點滴念師恩〉二文、王權〈師門回憶錄〉、吳熊和〈汲取到清澈百丈的源頭活水〉、牟家寬〈熱心培養後進的夏承燾老師〉、史鵬〈何物人間情一點——憶瞿禪詞丈〉、黃禮芳〈瘤翁舊事〉、王尚文〈潤物細無聲〉、徐潤芝〈春風風人　夏雨雨人〉、王玉祥〈夏承燾先生印象散記〉等 12 篇。「附錄」部分則是「夏承燾教授學術活動年表」。無論是《詞學》所設的「紀念特輯」，或吳无聞編成的《紀念集》，撰文的友朋及門人，都在不同程度上與夏承燾共識、共處，或親炙於夏氏的教誨之下，他們藉由對夏承燾的了解而揭示的學人風範與學術成就，當是最無隔閡的陳述，此乃研究夏承燾者，必須全盤掌握的材料。

此外，在各大報紙中亦刊登不少相關文章，例如江熊堅〈詞學宗師夏承燾〉，刊於《浙江教育報》（1985 年 1 月 6 日）；胡紹芳、韓宗燕〈愛國詞人、凜然正氣——夏承燾夫人談夏承燾〉，刊於《團結報》（1986 年 5 月 24 日）；施議對〈當代十詞人述論（夏承燾）——百年詞壇論述九〉，以及張珍懷〈一夜神游周九塞——懷念夏承燾先生〉二文，刊於香港《大公報》（1986 年 8 月 16 日）；施議對〈老罷尚欲身當道——悼夏承燾先生〉，刊於《北京晚報》（1986 年 5 月 24 日）；施議對〈「安得魯戈真在手，重揮夕日行東」——夏承燾的晚年生活之一〉、〈我愛青年似青竹，凌霄氣概要虛心——夏承燾的晚年生活之二〉二文，刊於香港《大公報》（1990 年 6 月 22、1990 年 8 月 3 日）等，均

可以互為表裡，作為研究夏承燾平生行誼的重要補充材料。

　　自此之後，夏承燾的相關專著也陸續出版。如陸蓓容編《大家國學・夏承燾卷》，概述性介紹夏承燾的國學貢獻；〔註100〕沈迦《夏承燾致謝玉岑手札箋釋》一書將夏承燾與謝玉岑的通信手札彙編成冊，並加以箋釋，可作為研究夏承燾與友人書信往返的文獻材料；〔註101〕李劍亮著《夏承燾年譜》為編年記事之屬，是以吳无聞所輯的「夏承燾教授學術活動年表」為基礎，加以補充。〔註102〕以上所揭，雖非研究專著，卻是研究夏承燾的重要材料；至於研究論文，則以大陸學者研究成果最夥。茲將相關論文臚列如下：

一、學位論文

作　者	著作名稱	畢業學校	年　度
徐笑珍	夏承燾的詞學研究	香港中文大學碩士論文	2002
戴立	論夏承燾的詞學批評思想	浙江工業大學碩士論文	2009
王紅英	夏承燾詞作綜論——兼談現代舊體詩詞入史問題	溫州大學碩士論文	2011
胡永啟	夏承燾詞學研究	河南大學博士論文	2011

　　以夏承燾為研究對象的學位論文，計有 3 本碩士論文，1 本博士論文，是大陸、香港的研究生所撰。戴立《論夏承燾的詞學批評思想》一文，從夏承燾批評的對象、方法、形式切入，兼及創作實踐與批評理論的融合，以凸顯夏承燾詞學批評價值。王紅英《夏承燾詞作綜論——兼談現代舊體詩詞入史問題》一文，以夏承燾詞作為研究範疇，第一、二章介紹夏承燾的生平與創作歷程；第三章歸納夏承燾的填詞藝術；末章將夏承燾的時代背景與其作品予以會通。以上二文，均不足 50 頁，內容率屬通論，未能掌握日記、書信等文獻材料作為補充，論及夏承燾「以詩詞論詞」的文學形式，亦是隔靴搔癢而已。其餘 2 本，一為香港中文大學徐笑珍所撰《夏承燾的詞學研究》，該文為碩士論文，卻有 200 餘頁，夏承燾的譜牒之學、校勘箋注之學、

〔註100〕陸蓓容編：《大家國學・夏承燾卷》（天津：天津人民出版社，2008 年 1 月）。
〔註101〕沈迦：《夏承燾致謝玉岑手札箋釋》（北京：國家圖書館，2011 年 11 月）。
〔註102〕李劍亮：《夏承燾年譜》（杭州：光明出版社，2012 年 4 月）。

詞樂之學、詞籍編纂之學、批評之學等部分，幸能藉此論文的提出，為學界初步了解。另一本為胡永啟《夏承燾詞學研究》，該文可說是徐笑珍碩士論文的擴充，章節架構以夏承燾之生平著述、年譜之學、編年與箋校之學、批評之學、學詞日記等面向分章探究，是目前研究夏承燾者，較為詳盡的學位論文，但仍有缺漏之處。如第二節述及夏承燾未出版之著述，僅列《詞林繫年》〔註103〕及日記部分；然根據《天風閣學詞日記》及〈夏承燾教授學術活動年表〉、《夏承燾年譜》，以及陶然〈規模宏度　金針度人——記夏承燾先生未及成書的著述〉〔註104〕一文，夏承燾已成書未出版，或未及成書之作品，除詞學類外，尚有史學類、詩學類及其他著述，其中，宋學之研究誠屬豐富，此乃探討夏承燾治學路徑的一條重要線索，實不容忽略。又如論及《瞿髯論詞絕句》，胡永啟大多摘錄自吳无聞為之箋注的文字與題解，僅概括式的舉例說明論詞絕句的詞學價值與論詞主張，卻忽略了將論詞絕句與夏承燾其他論詞篇章相呼應，論及域外詞人時，也未能將夏承燾編選之《域外詞選》並舉。而此論文列出夏承燾與當代三十四位主要學人有通信紀錄，並舉胡適、周岸登（1872～1942，字道援，號癸叔）、龍榆生、朱祖謀、吳梅、陳思、張爾田等人為例進行分析。〔註105〕透過日記所載錄的書札，探討學人之間往來論詞的經過與時代意義，相較於其他學位論文，仍是頗具份量及學術價值。

本論文在上揭學位論文的基礎上，從夏承燾自身的詞學思想的奠定、詞體觀的建構，論及詞人批評及創作實踐。第二章乃根據夏承燾畢生治學、研究、著書等學術經歷進行基礎分析；第三章就「本質」、「功能」、「樂律」、「創作」等四方面進行耙梳。第四、第五章，探討夏承燾對歷代詞人、域外詞人的批評。第六章，全面梳理夏承燾創作歷程、精神內涵與藝術風格，凸顯夏承燾作品與時代的緊密關係。筆者藉由此五章的論述，試圖補充上揭四本學位論文語焉不詳的部分，以較為完整的架構體系，凸顯夏承燾在民國詞學的價值。

〔註103〕又名《唐宋詞繫年總譜》、《唐宋金元詞繫年總譜》、《詞林年譜》、《宋詞年表》等。

〔註104〕陶然：〈規模宏度　金針度人——記夏承燾先生未及成書的著述〉，《古典文學知識》（2003 年第 5 期），頁 3～11。

〔註105〕胡永啟：《夏承燾詞學研究》（河南大學博士論文，2011 年 10 月），頁 270。

二、單篇論文（收錄至 2018 年 8 月）

臺灣及香港

作　者	題　名	出　處
林玫儀	《瞿髯論詞絕句》初探	《第一屆詞學國際研討會論文集》（臺北：中央研究院中國文哲研究所籌備處 1994 年 11 月），頁 455～482。
王偉勇	夏承燾「論詞絕句」論易安詞詳析	《文與哲》24 期（2014 年 6 月），頁 57～84。
徐瑋	論合肥本事與姜夔詞的解讀	《中國文化研究所學報》60 期（2015 年 1 月），頁 73～94。
薛乃文	夏承燾《瞿髯論詞絕句》論姜夔詞探析	《嘉大中文學報》10 期（2015 年 3 月），117～154。
薛乃文	夏承燾對日本詞人的接受研究	《東吳中文學報》（THCI）第 32 期（2016 年 11 月），頁 181～214。

　　臺灣目前所蒐得的論文，計 5 篇，最早一篇，是 1994 年由林玫儀所撰的〈《瞿髯論詞絕句》初探〉；該文就夏承燾論詞絕句 100 首，進行綜論性研究，使讀者初步了解夏承燾論詞絕句的內容、價值與詞學觀，而後的 20 餘年，不見臺灣學者觸及，形成研究斷層。至 2014 年，王師偉勇執行科技部「清代、民國論詞詩之蒐輯與研究」〔註106〕計畫之後，撰寫〈夏承燾「論詞絕句」論易安詞詳析〉一文，針對六首論詞絕句進行剖析、小題大作。筆者深受啟發，循此門徑，陸續發表〈夏承燾《瞿髯論詞絕句》論姜夔詞探析〉、〈夏承燾對日本詞人的接受研究〉二文，除以《瞿髯論詞絕句》為研究材料外，並以《天風閣學詞日記》、《域外詞選》，及其他論詞篇章相互參考，頗有收穫。此外，徐瑋〈論合肥本事與姜夔詞的解讀〉一文，係針對夏承燾所提出的姜夔「合肥情事」〔註107〕為探究範疇，有助讀者以新視野重審舊議題。

大陸

　　大陸地區之研究，目前蒐得 105 篇，大致可分類為四大面向：1. 就夏承燾著作進行闡釋；2. 就夏承燾詞學思想、詞體創作、詞學成就等方面進行析論；3. 就夏承燾的交游情形、社團活動進行析論；4. 就夏承燾詩學觀及其他論題進行析論。茲將論文臚列如次：

〔註106〕王偉勇「清代、民國論詞詩之蒐輯與研究」（NSC 101-2410-H-006-066-MY2），執行期間：101 年 08 月 01 日至 103 年 07 月 31 日。

〔註107〕夏承燾：〈合肥情事〉，收入《夏承燾集》，冊 3，頁 314～327。

1. 就夏承燾著作進行闡釋

就夏承燾著作進行闡釋者，計有 35 篇。以《瞿髯論詞絕句》為探討核心者凡 8 篇：

作　者	題　名	出　處
洪柏昭	讀《瞿髯論詞絕句》	《光明日報》1980 年 3 月 18 日第 4 版。
楊牧之	千年流派我然疑——《瞿髯論詞絕句》讀後	《讀書》1980 年 10 期，頁 45～49。
李錫胤	「瞿髯論詞絕句」蠡測	《藝譚》1981 年 2 期。
劉揚忠	《瞿髯論詞絕句》注釋商榷	《文化遺產》1985 年 3 期，頁 130～133。
劉青海	論夏承燾《瞿髯論詞絕句》中的詞學觀	《中國韻文學刊》2011 年 1 期，頁 97～102。
朱存紅沈家莊	別有境界、自成一家——夏承燾《瞿髯論詞絕句》雛議	《文藝評論·現代學人與歷史》2011 年 6 期，頁 104～108。
顧一凡	論夏承燾詞學觀對其詞體創作的影響——以《瞿髯論詞絕句》為中心的考察	《閩西職業技術學院學報》2017 年 4 期，頁 107～110。
汪素琴	夏承燾《瞿髯論詞絕句》的論說方法與特點	2018 詞學國際學術研討會（無錫：江南大學主辦，2018 年 8 月），頁 190～196。

劉揚忠一文，以數行文字糾正吳无聞註解之誤，其餘內容及另 7 篇文章，屬綜論或讀後心得。楊牧之一文，完稿於文革結束後，對於夏承燾能於逆境下完成 82 首《瞿髯論詞絕句》，特別提出當中所賦予的時代意義。朱存紅、沈家莊一文，針對《瞿髯論詞絕句》100 首進行考察，較之洪柏昭、楊牧之所見的 82 首來得完整，亦針對夏承燾創作歷程、版本修訂、潤刪情形、詞學觀點與原則、論詞方法與技巧，進行全面闡釋及總體評價，為前人所未言。顧一凡一文，首先從《瞿髯論詞絕句》中得出夏承燾的詞學觀：一、重視考據、知人論世；二、推崇情感真摯、境界高遠的詞作；三、推崇豪放詞，但不偏廢婉約詞；再論詞學觀在夏承燾詞中的體現。汪素琴一文，指出夏承燾深諳追源溯流法，追溯詞的起源問題，並以此為基點，對其填詞之法、詞體之本質等論題進行探究。並指出夏承燾論詞的方法有兩大特點：一、比較異同，凸顯特質；二、史論結合，全面關照。

另以夏承燾日記為主要研究對象者有 9 篇，包括：

作　者	題　名	出　處
施議對	十年治學方法實錄	《讀書》1985 年 4 期，頁 59～61。
李劍亮	夏承燾詞學成就探因——兼論《天風閣學詞日記》的學術價值	《浙江海洋學院學報》2000 年 2 期，頁 1～7。
楊海明	夏承燾先生在艱辛環境下的勤奮治學——讀《天風閣學詞日記》（第三冊）	《中國韻文學刊》2005 年 1 期，頁 21～24。
吳蓓	夏承燾早年日記述略（上）	《詞學》第 24 輯，2010 年 12 月，頁 203～234。
劉慶雲	讀夏承燾《天風閣學詞日記》雜識	《中國韻文學刊》2012 年 3 期，頁 32～37。
錢志熙	夏承燾先生早年學術道路試探	《中文學術前沿》第 5 輯，2012 年 10 月，頁 1～12。
陳雪軍	論學人日記在民國詞傳播研究中的價值——以夏承燾《天風閣學詞日記》為例	《中國韻文學刊》2015 年 2 期，頁 107～111、118。
樓培	《夏承燾日記》與夏承燾的詞學觀	《中文學術前沿》第 9 輯，2015 年 11 月，頁 204～209。
吳蓓	夏承燾日記手稿考錄	《詞學》第 35 輯，2016 年 6 月，頁 160～191。

施議對、李劍亮、楊海明、劉慶雲、陳雪軍五人所撰，多側重於日記的學術價值與夏承燾的治學工夫。如施議對一文，以日記第一冊為依據，探討夏承燾於 1928 年至 1937 年間，專治《唐宋詞人年譜》及《白石道人歌曲校律》諸篇的治學過程。李劍亮一文，以「詞外工夫」、「詞內成就」論定夏承燾以治經、治史到治詞的過程與成就。楊海明一文，以日記第三冊為限，探討 1957 年至 1965 年間，夏承燾在「反右」到「文革」的歷史階段下，如何治學研詞的艱辛過程。此外，劉慶雲一文，除概述他閱畢日記後的心得雜識外，特別論及夏承燾與劉永濟的往來，凸顯雙方切磋論詞的意見對其詞學主張的影響。至於吳蓓〈夏承燾早年日記述略（上）〉一文，將至今尚未出版的早年日記予以分析，一探夏承燾在讀書、修身、治學三領域的成就。錢志熙〈夏承燾先生早年學術道路試探〉一文，亦是以日記為探討對象，綜述夏承燾在早年的學術歷程。吳蓓〈夏承燾日記手稿考錄〉一文，基於「夏承燾日記全編」的編纂概念，掌握夏承燾遺留的第一手日記手稿，企圖將 1916 年至 1985 年日記的版式樣貌作一考錄，內容包括夏承燾各階段日記的名稱、撰寫時間、開本版式、存佚情形等，對於研究者當有彌足珍貴的文獻價值，俾使之知其日記的

來龍去脈，察其究竟。樓培一文，則是浙江大學人文學術週專題報告，屬概括性講述夏承燾撰寫日記的心路歷程與詞學價值。

另有 18 篇論文，包含：

作　者	題　名	出　處
施議對	夏承燾舊體詩試論──《天風閣詩集》跋	《河北大學學報》1982 年 3 期，頁 135～142。
王翼奇	健筆新揮一代詞──讀《夏承燾詞集》	《麗水師專學報》1982 年 2 期，頁 23～26。
李維新	讀夏承燾先生《賀方回年譜》札記十一則	《鄭州大學學報》1983 年 3 期，頁 50～56。
蕭鵬	《樂府補題》寄托發疑──與夏承燾先生商榷〔註 108〕	《文學遺產》1985 年 1 期，頁 66～71。
蕭鵬	夏承燾先生《周草窗年譜》補證	《南京師大學報》1986 年 2 期，頁 62～64、74。
姜書閣	夏承燾《張子野年譜》辨誤	《湘潭大學學報》1991 年 1 期，頁 1～5。
陳磊	夏承燾先生「白石卒年考」及「石帚辨」之質疑〔註 109〕	《復旦學報》1994 年 4 期，頁 101～107。
賈文昭	夏承燾〈石帚辨〉補正	《文獻》1995 年 1 期，頁 261～264。
吳戰壘	夏承燾集·前言	《夏承燾集》1997 年，頁 1～7。
鄭小軍	一代詞宗的傑出貢獻──《夏承燾集》評介	《天府新論》2000 年 6 期，頁 93～94。
毛蘭球	夏承燾《韋莊年譜》生年續考	《柳州師專學報》2009 年 1 期，頁 29～30、47。
劉夢芙	夏承燾《天風閣詞》綜論	《中國韻文學刊》2012 年 4 期，頁 17～32。
胡永啟	夏承燾編年、箋校詞集的表現形式〔註 110〕	《濱州學院學報》第 28 卷 4 期，2012 年 8 月，頁 81～83。
孫翠琴	夏承燾先生《唐宋詞欣賞》釋例	《渭南師範學院學報》2012 年 9 期，頁 71～73。

〔註 108〕夏承燾〈樂府補題考〉一文，收入《夏承燾集·詞學論札》，冊 8，頁 60～69。
〔註 109〕夏承燾《夏承燾集·姜白石編年箋校·行實考·繫年》，冊 3，頁 344～366。《夏承燾集·姜白石編年箋校·行實考·石帚辨》，頁 327～331。
〔註 110〕胡永啟該文針對夏承燾《姜白石詞編年箋校》、《龍川詞校箋》進行闡釋，夏著見收於《夏承燾集》，冊 3。

沈松勤	從近代詞學到當代詞學的一座橋樑——簡論夏承燾《唐宋詞人年譜》	《中文學術前沿》第9輯，2015年11月，頁195～197。
胡可先	《唐宋詞論叢》：詞體內部特質的發掘	《中文學術前沿》第9輯，2015年11月，頁198～200。
查正賢	論夏承燾《杜詩札叢・儒學與文學》的學術意義	《北京大學學報》（哲學社會科學版）2016年2期，頁129～136。
吳蓓	以經史之術別立詞學——《夏承燾全集》前言（節）	「2016詞學國際學術研討會」會議論文，保定：河北大學（2016年8月），頁101～108（補編本）。

上揭均以夏承燾著作進行整理、考釋，綜述讀後心得，兼及評論、辨誤、補正。另外，吳戰壘就《夏承燾集》、吳蓓就《夏承燾全集》各寫下「前言」2篇，除交代文獻材料的整理與出版的過程外，也詳細論述夏承燾及其著作在民國詞壇的學術價值。

2. 就夏承燾詞學思想、詞體創作、詞學成就等方面進行析論

此類論文凡44篇，臚列如下：

（1）論及詞學觀與詞學思想者凡14篇

作　者	題　名	出　處
鄒志方	夏承燾與陸游	《紹興師專學報》1990年3期，頁17～22。
錢志熙	試論夏承燾的詞學觀與詞體創作歷程	《中國韻文學刊》2011年1期，頁82～92。
胡永啟	試論夏承燾對常州詞派的研究	《中州大學學報》2011年4期，頁52～54。
李凌 張勝利	論二十世紀四五十年代夏承燾的思想轉向	《時代文學（上半月）》2011年2期，頁。206～207
金榮洲	現代詞學家夏承燾的抗戰愛國思想	《蘭臺世界》2012年31期，頁16～17。
朱惠國	論夏承燾的詞學思想及其淵源	《中國韻文學刊》2012年4期，頁33～39。
胡永啟	夏承燾詞流派觀述論	《芒種》2012年2期，頁103～104。
胡永啟	夏承燾對朱祖謀詞學的繼承和發展	《詞學》第31輯，2014年6月，頁240～258。
張美莉	詞學大師夏承燾的抗戰愛國思想述略	《蘭臺世界》2015年19期，頁137～138。

姚逸超	簡論夏承燾的柳永研究	《泰山學院學報》2016 年第 1 期，頁 24～27。
魏新河	夏承燾詞學標準平議	《北京大學學報》（哲學社會科版）2016 年 1 期，頁 79～82。《詞學》第 35 輯，2016 年 6 月，頁 192～200。
朱惠國	夏承燾「四聲說」探論	《北京大學學報》（哲學社會科學版）2016 年 2 期，頁 118～128。
管琴	考據中的治學新境——夏承燾白石詞研究述略	《文藝理論研究》2016 年 3 期，頁 68～77。
錢志熙	夏承燾詞史觀與詞史建構評述	《文藝理論研究》2016 年 3 期，頁 46～67。

（2）論及詞體創作者凡 8 篇

作　者	題　名	出　處
李劍亮	論夏承燾的農村詩與農村詞	《舟山師專學報》1997 年 4 期，頁 24～27。
劉夢芙	淺談夏承燾先生山水詞	《合肥學報》2004 年 1 期，頁 87～89、98。
劉澤宇	夏承燾旅陝詩詞初探	《中國韻文學刊》2012 年 2 期，頁 78～82。
陶然	論 20 世紀 50 年代夏承燾先生時事詩詞中的心路歷程	《中文學術前沿》第 5 輯，2012 年 10 月，頁 36～42。
陶然	夏承燾先生的填詞實踐與詞學取徑——讀《夏承燾詞集·前言》	《中文學術前沿》第 9 輯，2015 年 11 月，頁 201～203。
蕭莎、李劍亮	夏承燾勸悔詞研究	《紹興文理學院學報》（哲學社會科學）2016 年 3 期，頁 61～66。
張一南	析詩法以入小詞——夏承燾小令的聲情藝術	《詞學》第 35 輯，2016 年 6 月，頁 201～215。
劉慧寬	新「南渡」詞壇的建構——以民國四大詞人的抗戰詞為例（夏承燾、唐圭璋、龍榆生、詹安泰）	「2016 詞學國際學術研討會」會議論文，保定：河北大學（2016 年 8 月），頁 87～100（補編本）。

（3）論及詞學成就者凡 5 篇

作　者	題　名	出　處
謝桃坊	夏承燾的詞學成就	《中國詞學史》（成都：巴蜀書社 2002 年 12 月），頁 410～421。
曾大興	夏承燾的考據之學與批評之學	《浙江大學學報》2008 年 3 期，頁 81～88。

龍小松	詞學之轉關——重評夏承燾先生的詞學貢獻	《中國石油大學學報》2008 年 3 期，頁 84～87。
胡永啟	試析夏承燾的詞學成就	《中州大學學報》2009 年 6 期，頁 30～33。
劉揚忠	夏承燾先生對辛棄疾其人其詞的精深研究——兼及他對我的稼軒詞研究的啟迪和引導	《中國韻文學刊》2012 年 3 期，頁 38～42。

（4）綜合論述者凡 17 篇

作　者	題　名	山　處
施議對	瞿髯翁治詞生涯側記	《晉陽學刊》1981 年 6 期，頁 59。
吟溪	一代詞學大師——記夏承燾教授的學術活動	《語文導報》1985 年 1 期，頁 18～19。
陳信元	影響琦君一生的國文教師——浙東詞人夏承燾	《國文天地》第 1 卷第 4 期，1985 年 10 月，頁 11～15。
程雪野	一代詞宗夏承燾	《明報月刊》第 21 卷 8 期，頁 26～28。
施議對	讀書與遊歷——懷念我的老師夏承燾先生	《文化娛樂》1986 年 11 期。
陳美林	詞壇巨星的殞落——緬懷瞿髯師哀悼圭璋老	《中國古代近代文學研究》1991 年 3 期，頁 320。
蔡義江	憶夏承燾師	《文史知識》1992 年 8 期，頁 3～9。
施議對	夏承燾與中國當代詞學	《文學遺產》1992 年 4 期，頁 100～107。
曹辛華	夏承燾的詞學研究	《20 世紀中國古代文學研究史·詞學卷》（上海：東方出版中心，2006 年 1 月），頁 282～313。
施議對	一代詞宗與一代詞的綜合——民國四大詞人之一：夏承燾	《文史知識》2009 年 5～9 期。
劉永生	淺談夏承燾的詞學研究	《蘭臺世界》2014 年 6 期，頁 136～137。
熊舒琪 許和亞	夏承燾與新舊詞學之轉型——以《詞學季刊》為中心	《紹興文理學院學報》2014 年 5 期，頁 59～63。
吳蓓	夏承燾先生的讀書札記	《中文學術前沿》第 9 輯，2015 年 11 月，頁 185～194。
李劍亮	夏承燾詞學與《詞學季刊》	《中文學術前沿》第 9 輯，2015 年 11 月，頁 178～184。

夏莉婷	人文學術大師活動週：夏承燾綜述	《中文學術前沿》第 9 輯，2015 年 11 月，頁 210～215。
彭玉平	夏承燾與二十世紀詞學生態——以《天風閣學詞日記》所記況周頤二事為例	《詞學》第 35 輯，2016 年 6 月，頁 142～159。
惠聯芳	出入新舊之間——夏承燾民國時期詞類序文管窺	「2016 詞學國際學術研討會」會議論文，保定：河北大學（2016 年 8 月），頁 1576～1583。

以上篇章，或全面就夏承燾的著述與詞學研究，進行推敲及闡釋，兼及夏氏在當代詞學的地位；或以主題方式，就夏承燾與常州詞派的關係、交游情形、填詞創作，以及其譜牒之學、考據之學、批評之學等諸多方面深入探析，論述的議題豐富而多元。

3. 就夏承燾的交游情形、社團活動進行析論

作　者	題　名	出　處
曉燕	夏承燾早年與唐圭璋的學術交往——摘自天風閣日記	《文教資料簡報》1985 年 5 期，頁 43～50。
錢璱之	記夏承燾先生的七十二封手札	《鎮江師專學報》（社會科學版）1986 年 4 期，頁 4～9。
朱洪斌	夏承燾與朱生豪的師生情誼	《博覽群書》2009 年 3 期，頁 114～116。
樓培	夏承燾與陳寅恪——以《天風閣學詞日記》為線索	《中國文化》2011 年 1 期，頁 168～180。
樓培	緣慳一面的兩位浙大先賢：夏承燾與錢穆——以《天風閣學詞日記》為線索	《江南大學學報》2012 年 2 期，頁 60～66。
樓培	夏承燾與錢鐘書：以《天風閣學詞日記》為線索	《中國文化》2012 年 1 期，頁 132～141。
盧禮陽	夏承燾未刊手札考釋	《文獻》2012 年 1 期，頁 95～106。
吳蓓	詞道聲聞遠，西溪沃澤長——從夏承燾到吳熊和	《中文學術前沿》第 6 輯，2013 年 9 月，頁 63～70。
陶然	夏承燾、吳熊和與浙江大學詞學傳統	《中文學術前沿》第 6 輯，2013 年 9 月，頁 54～62。
惠聯芳	論夏承燾與陳思交誼對詞學發展的推進作用	《西安文理學院學報》2014 年 6 期，頁 13～16。
楊傳慶	夏承燾致趙尊嶽書五通	《詞學》第 31 輯，2014 年 6 月，頁 379～389。

散木	陳毅與詞學家夏承燾的兩次暢談	《黨史博覽》2015 年 3 期，頁 11～14。
惠聯芳	夏承燾、謝玉岑交誼與現代詞學發展	《文藝評論》2015 年 8 期，頁。68～71。
惠聯芳	論朱彊邨、夏承燾的詞學交往	《中國韻文學刊》2015 年 4 期，頁 68～72。
周密	夏承燾先生早年詩鐘活動考略	《泰山學院學報》2016 年 1 期，頁 28～31。
胡永啟	日記所見夏承燾與龍榆生交游——以《天風閣學詞日記》所載書札為中心	《泰山學院學報》2016 年 1 期，頁 32～35。
冷薔姣	夏承燾與吳鷺山的交往及其交游詞	《湖州師範學院學報》2016 年 3 期，頁 34～39。
胡永啟	午社探微——以夏承燾《天風閣學詞日記》為中心	《南陽師範學院學報》2016 年 4 期，頁 41～45。
劉青海	夏承燾〈致胡適之論詞書〉的前前後後	《北京大學學報》（哲學社會科學版）2016 年 2 期，頁 137～147。
管琴	夏承燾與馬一浮之交往考	2018 詞學國際學術研討會（無錫：江南大學主辦，2018 年 8 月），頁 183～189。

就夏承燾平生往來進行交游考察的論文，計有 20 篇：可補充研究材料者，如錢璱之〈記夏承燾先生的七十二封手札〉一文列出致謝玉岑 62 封、致錢名山 3 封，致他人（顧頡剛、容庚、劉丁植、張爾山、胡小石、鄭曼吉、錢仲聯）7 封；盧禮陽〈夏承燾未刊手札考釋〉一文，自《冷生先生師友信札》中蒐得夏承燾致梅雨清 11 封、致慎社 1 封、致曹昌麟（生卒不詳，字民甫）1 封。當中或同見於《天風閣學詞日記》，或日記缺漏，或日記未曾提及，或時間不詳，均為可貴材料。凸顯夏承燾交游過程者，如朱洪斌〈夏承燾與朱生豪的師生情誼〉、樓培〈夏承燾與陳寅恪——以《天風閣學詞日記》為線索〉、樓培〈夏承燾與錢鍾書——以《天風閣學詞日記》為線索〉、樓培〈緣慳一面的兩位浙大先賢：夏承燾與錢穆——以《天風閣學詞日記》為線索〉、惠聯芳〈論夏承燾與陳思交誼對詞學發展的推進作用〉、惠聯芳〈夏承燾、謝玉岑交誼與現代詞學發展〉、惠聯芳〈論朱彊邨、夏承燾的詞學交往〉、胡永啟〈日記所見夏承燾與龍榆生交游——以《天風閣學詞日記》所載書札為中心〉、冷薔姣〈夏承燾與吳鷺山的交往及其交游詞〉、吳蓓〈詞道聲聞遠，西溪沃澤長——從夏承燾到吳熊和〉、陶然〈夏承燾、吳熊和與浙江大學詞學傳統〉、管琴〈夏承燾與馬一浮之交往考〉等諸篇，皆是其例。作者以人物為經，《天風閣

學詞日記》為緯,將夏承燾與並世文人,如朱生豪、陳寅絡、錢鍾書、陳思、謝玉岑、朱祖謀、龍榆生、吳鷺山、馬一浮等人的交往始末逐一還原,足讓人重回歷史現場。或藉夏承燾日記所載,呈現當時的文人結社與學術活動等,如周密〈夏承燾先生早年詩鐘活動考略〉一文,藉流行於清末民初,一種逞才競智的文學創作活動,窺見夏承燾早年的創作文采與交游往來。胡永啟〈午社探微——以夏承燾《天風閣學詞日記》為中心〉一文,則藉日記所述,釐清二十世紀三、四十年代活躍於上海的詞社,如何從發展直至解散的過程,以及成員之間友誼往來等種種行跡。另有針對某一封信函,耙梳夏承燾與對方的論詞主張者,如劉青海〈夏承燾〈致胡適之論詞書〉的前前後後〉一文,藉兩人的學術交流與碰撞,反映夏承燾對胡適詞論的接受情形與辯證態度。

4. 就夏承燾詩學觀及其他論題進行析論

作　者	題　名	出　處
陶然	規模宏度　金針度人——記夏承燾先生未及成書的著述	《古典文學知識》,2003 年 5 期,頁 3～11。
胡迎建	試論夏承燾先生詩作兼及對今人的啟示	《中國韻文學刊》2011 年 1 期,頁 103～110。
錢志熙	試從江鄭重翻手,倘是風騷覿面時——論夏承燾先生的詩學宗尚與各體詩的創作成就	《中國韻文學刊》2012 年 4 期,頁 1～10。
劉青海	夏承燾詩論初探	《中國韻文學刊》2012 年 4 期,頁 1～16、32。
劉青海	夏承燾詩史研究初探	《中文學術前沿》第 5 輯,2012 年 10 月,頁 24～35。
胡可先	近三十年夏承燾研究述論	《中文學術前沿》第 5 輯,2012 年 10 月,頁 43～58。

夏承燾不僅專研詞學,平生也學詩、作詩、教詩。其《天風閣學詞日記》中,不乏他對詩歌本體、詩史源流正變的論述;其《天風閣詩集》更是夏承燾詩學的實踐。可惜專論夏承燾詩學觀的論文不多,僅胡迎建〈試論夏承燾先生詩作兼及對今人的啟示〉、劉青海〈夏承燾詩論初探〉及〈夏承燾詩史研究初探〉、錢志熙〈試從江鄭重翻手,倘是風騷覿面時——論夏承燾先生的詩學宗尚與各體詩的創作成就〉4 篇。至於陶然〈規模宏度　金針度人——記夏承燾先生未及成書的著述〉一文,據《天風閣學詞日記》不完全統計,列出夏承燾未及成書之著述,凡 169 種,並歸類為詞學、詩學、史學及語言音韻等四

類。此般整理工夫，可歸納出夏承燾除詞學之外的傾向與興趣，呈現夏承燾如何由經學、史學而走入詞學的治學脈絡。胡可先〈近三十年夏承燾研究述論〉一文係將近三十年來有關夏承燾的研究，分為詞學研究、詩學研究、著述研究、文獻整理、創作研究、與學人關係研究等六面向，予以文獻回顧與述評，並提出未來展望三要點：一、詞體文學外部研究和內部研究必須相輔相成。二、著述文獻全面整理的必要。三、研究的系統結構與深化。

三、專書論文

　　除學位論文與期刊論文外，研究近現代詞學的相關專著中，也不乏夏承燾的專題研究，如謝桃坊《中國詞學史》第六章〈現代的詞學研究〉下提及「夏承燾的詞學成就」。〔註111〕朱惠國《中國近世詞學思想研究》收錄〈夏承燾、唐圭璋、龍楡生對現代詞學的貢獻〉一章。〔註112〕黃霖主編、曹辛華著《20世紀中國古代文學研究史・詞學卷》收錄〈夏承燾的詞學研究〉一章。〔註113〕曹辛華、張幼良著《中國詞學研究》中〈詞學研究「現代化」深入（二）〉錄有「夏承燾與詞學領域的新開拓」一節。〔註114〕傅宇斌《現代詞學的建立──《詞學季刊》與20世紀三、四十年代的詞學》收錄「夏承燾的詞人年譜之學」一節。〔註115〕李劍亮《民國詞的多元解讀》一書錄有〈金縷曲：夏承燾在《詞學季刊》上發表的第一首詞〉、〈夏承燾《天風閣學詞日記》的詞學文獻價值〉、〈夏承燾與朱彊村的書信往來〉、〈夏承燾與龍楡生交往論述〉、〈夏承燾與徐步奎的學術交往〉等五章。〔註116〕

　　謝桃坊與朱惠國二書，係針對考證之學、譜牒之學、批評之學論述夏承燾的詞學成就與貢獻；傅宇斌一書，則是著重於夏承燾與《詞學季刊》的關係；較之二書，曹辛華所著，則較能以宏觀視野進行全面論述，分析其詞學文獻學、詞學批評學的貢獻，以及治詞日記的詞學價值，述及《瞿髯論詞絕句》及《天風閣學詞日記》的部分，均較他書豐富深入，頗有參考價值。至於李劍亮〈夏

〔註111〕謝桃坊：《中國詞學史》，頁410～421。

〔註112〕朱惠國：《中國近世詞學思想研究》，頁340～368。

〔註113〕曹辛華：《20世紀中國古代文學研究史・詞學卷》，頁282～313。

〔註114〕曹辛華、張幼良著：《中國詞學研究》，頁168～192。

〔註115〕傅宇斌：《現代詞學的建立──《詞學季刊》與20世紀三、四十年代的詞學》，頁146～151。

〔註116〕李劍亮：《民國詞的多元解讀》（杭州：浙江大學出版社，2012年3月），頁229～298。

承燾《天風閣學詞日記》的詞學文獻價值〉一文，可視為 2000 年撰成之〈夏承燾詞學成就探因——兼論《天風閣學詞日記》的學術價值〉一文的擴充；其他三篇探討夏承燾與朱祖謀、龍榆生、徐步奎（1923～2007）三人之往來關係，可見大陸學者已著手研究夏承燾的交游行跡，其重要性可見一斑。

夏承燾為傳統、現代之間繼往開來的詞學開拓者與奠基者，畢生潛心治學，成就非凡，有其時代意義與研究價值；就上表所列，臺灣對於夏承燾的研究遠不及大陸，此乃臺灣學界對於民國詞的研究尚未成熟之故，亟待學界積極開拓。

第三節　研究方法與進行步驟

本論文以夏承燾日記、書信、論詞絕句為考察中心，所依據的文本，是廣為學界熟知的舊資料，及尚未出版或已出版卻少有人全面關注的材料。如何透過多元的研究視角，將舊資料轉化為新資源，以解決別人尚未解決，或未能解決的問題，便是研究者必須用心的地方。至於前人多次論述的議題，如夏承燾之於考證、譜牒、批評的詞學貢獻等，乃夏承燾研究的基礎認識，本文不多費筆墨重述，而是揭示夏承燾整體的詞學觀，包含：詞人及其詞在夏承燾筆下如何重新定位，如何反映民國時期詞學發展歷程，以及夏承燾對於民國詞學的推動作用與創作理論的實踐等。本論文之研究方法與進行步驟，即以文本耙梳與比對為基礎，輔以詞學交流與傳播的過程，從「理論—接受—創作」三部分深入探究夏承燾的詞學研究。

一、文本耙梳

（一）日記、書信、年譜

夏承燾日記，起於 1916 年元旦，迄於 1985 年 8 月 13 日，記錄七十年漫長的人事經歷，內容不僅極具詞學價值，更是反映二十世紀社會、政治及學界的重要文獻。目前出版之《天風閣學詞日記》，原分三冊（第一冊（1928～1937），浙江古籍出版社，1984 年初版；第二冊（1938～1947），浙江古籍出版社，1992 年初版；第三冊（1948～1965）連同前二冊，收錄於《夏承燾全集》，浙江古籍出版社，1997 年初版。起迄時間自 1928 年 7 月 20 日至 1965 年 8 月 31 日，內容有部分被切割，無法一覽全豹。目前幸有吳戰壘女兒吳蓓進一步將分散各處

之夏承燾日記手稿匯聚整理，編成《夏承燾日記全編》，出版在即。

　　就吳蓓掌握之日記手稿，溫州圖書館藏有 5 冊、夏承燾嗣子吳常雲藏有 68 冊。溫圖 5 冊，原由夏承燾妻舅游止水所藏，後才贈與溫圖；吳常雲於 1990 年將 68 冊日記連同《永嘉夏氏五世繫年》、《天風閣詞集》委託杭州大學中文系整理研究，朱宏達教授再將其中 21 冊日記（1947 年 1 月至 1973 年 4 月）交與浙江古籍出版社的吳戰壘先生，作為《天風閣學詞日記》再編、三編之用。至於另 47 冊日記，經杭州大學中文系資料室多次遷徙、分流，有 37 冊現存於浙江大學人文學院資料室中，10 冊則去向不明。

　　據吳蓓來信得知，《夏承燾日記全編》原訂於 2017 年陸續付梓，至本文完稿之際（2019 年 1 月）仍未見出版消息。相信來日不久便能一睹為快，以補《天風閣學詞日記》及前輩學者研究之不足，並突破夏承燾研究之盲點。吳蓓蒐得之日記及整理情形，參見〈夏承燾日記手稿考錄〉一文。

　　其次，與夏承燾往來之學人日記，亦屬重要的參考材料，俾筆者能進一步交叉比對，互為參照，茲將目前參考的重要日記臚列如下：

　　張棡：《張棡日記》，上海：上海社會科學院出版社，2003 年。

　　胡適：《胡適日記全集》，臺北：聯經出版社，2004 年。

　　吳梅：《吳梅全集·日記卷》，石家莊：河北教育出版社，2002 年。

　　顧頡剛：《顧頡剛日記》，臺北：聯經出版社，2007 年。

　　俞平伯：《俞平伯全集·日記》，石家莊：花山文藝出版社，1997 年。

　　劉劭寬：《厚莊日記》，溫州：溫州圖書館藏，未刊列印稿。

　　梅冷生：《梅冷生集·勁風閣日記》，上海：上海社會科學出版社，2006 年。

　　顧隨：《顧隨全集·書信日記卷》，石家莊：河北教育出版社，2001 年。

　　鄭振鐸：《鄭振鐸日記全編》，太原：山西古籍出版社，2006 年。

　　吳湖帆：《吳湖帆文稿·丑簃日記》，杭州：中國美術學院出版社，2006 年。

　　施蟄存：《施蟄存日記：閑寂日記·昭蘇日記》，上海：文匯出版社，2002 年。

　　再者，夏承燾之書信函札數量甚夥，一生與同代重要學人通信的有：胡適（未收到回信）、周岸登、龍榆生、朱祖謀、錢名山、邵祖平（1898～1969，

字潭秋)、謝玉岑、吳梅、陳思、趙尊嶽、金松岑、程善之（1880～1942，名慶餘）、劉節（1901～1977，字子植）、任訥、張爾田、蔡楨、唐圭璋、周泳先（生卒不詳）、楊鐵夫（1869～1943，名玉銜，字懿生）、夏敬觀、吳庠、林庚白（1897～1941，原名學衡，字凌南、眾難）、楊蔭瀏（1899～1984，字亮卿）、吳天五、王仲聞、劉永濟、周汝昌（1918～2012，字禹言）、朱東潤（1896～1988，原名世溱）、汪世清（1916～2003）、施蟄存、艾德林（1909～1985，蘇聯漢學家）、錢仲聯等。〔註117〕夏承燾曾於《日記》1942年4月5日載：

> 理各友人論學書札，孟劬（張爾田）、眉孫（吳庠）最多，映庵（夏敬觀）、庚白（林庚白）、瞿安（吳梅）次之。　（冊6，頁381）

1950年2月25日載：

> 檢張孟劬（爾田）、吳瞿庵（梅）二老遺札，共得百0四紙，尚有未了數函在謝鄰。　（冊7，頁71）

書信函札之來源，大部分可自夏承燾日記中進行蒐羅，雖不見書信真跡，卻能藉日記所載，進一步耙梳董理，以還原夏承燾致函經過及論學內容。另一部分則需透過其他管道或學人所藏信札中見其端倪。如夏承燾《姜白石詞編年箋校》附有汪世清四函、周汝昌三函、劉永濟一函；《吳夢窗繫年》附張鳳子（生卒不詳）來書二函及夏承燾覆信一函，內容乃當代學人據夏著提出的心得與論題。〔註118〕又溫州圖書館藏〈冷生先生師友信札〉，中有十三封為夏承燾早年所撰信函（十一封致梅雨清、一封致慎社、一封致曹昌麟），〔註119〕迄今尚未刊行。與夏承燾私交頗好的名書畫家謝玉岑，亦有遺札百餘通，中有夏承燾親撰手札致謝玉岑之六十二封（三十九封已見《天風閣學詞日記》）、致錢名山三封、以及致顧頡剛、容庚（1894～1983）、劉于植、張爾田、鄭曼青（1902～1975）、胡小石（1888～1962）、錢仲聯各一封等。〔註120〕《胡適遺稿及秘藏書信》亦收夏承燾〈致胡適之論詞書〉一札。〔註121〕此等材料，均可作為交叉比對的重要依據。

　　本論文所依據的書信來源，仍以日記所載為主；收錄內容，除夏承燾致

〔註117〕胡永啟：《夏承燾詞學研究》，頁270。

〔註118〕夏承燾：《姜白石詞編年箋校》、《唐宋詞人年譜》，見《夏承燾集》，冊3，頁398～414；冊1，頁484～487。

〔註119〕盧禮陽：〈夏承燾未刊手札考釋〉，頁95。

〔註120〕錢璱之：〈記夏承燾的七十二封手札〉，頁4。

〔註121〕耿雲志主編：《胡適遺稿及秘藏書信》，頁670～672。

友人的信函外，亦收友人的回函。形式上，或全信抄錄，或摘其大要，或一筆帶過；對於前者，便於我們瞭解通信的全貌。後兩項行文雖然相對簡短，仍可視為內容的濃縮，亦蘊含著當事人的詞學見解。

　　日記、書信之外，尚能自各家年譜循得研究的蛛絲馬跡，如：李劍亮編《夏承燾年譜》、陳誼編《夏敬觀年譜》（合肥：黃山書社，2007 年）、冒懷蘇編《冒鶴亭先生年譜》（上海：學林出版社，1998 年）、張暉編《龍榆生先生年譜》（上海：學林出版社，2001 年）、馬興榮編〈唐圭璋年譜〉（《詞學》第 25 期，上海：華東師範大學出版社，2011 年）。透過多方比對，二十世紀的詞學發展，必能真實、客觀地呈現。

（二）論詞絕句及其他著述

　　本文以《瞿髯論詞絕句》所論詞人為考察中心，輔以單篇詞學論文、詞籍序跋，及其他散見各處的詞學主張、選本輯錄情形，互相參照，以董理夏承燾對歷代詞人的接受情形。夏承燾論詞絕句凡一百首，前兩首論「唐教坊曲」及「填詞」，係論詞的起源及填詞應有的態度；第三首至第九首，論李白、張志和、溫庭筠、李珣、李煜等唐、五代詞人；第十首至第二十四首，先總論北宋詞，再論林逋、范仲淹、歐陽脩、柳永、蘇軾（一首與蔡松年合論）、秦觀、賀鑄、周邦彥、万俟詠等詞人；第二十五首至七十首，先論南渡之際及南宋、金源詞人，包括張孝祥、辛棄疾、陳亮（一首與朱熹合論）、張掄、史達祖、張鎡、劉過、姜夔、劉克莊、元好問、吳文英、劉辰翁、周密（一首與王沂孫合論）、文天祥、張炎、陳經國（即陳人傑）等，再論載錄宋遺民詠物作品之《樂府補題》；第七十一首至九十二首，論明、清詞人，包括金堡、陳子龍、夏完淳、王夫之、陳維崧、朱彝尊、顧貞觀、納蘭成德、厲鶚、洪亮吉、張惠言、周濟、龔自珍、陳澧、蔣春霖、譚獻、朱孝臧、況周頤等；第九十三首「論詞新境」，可視為論中國詞壇之總結及對未來之期盼；第九十四首至九十八首，論日本詞人，包括嵯峨天皇、野村篁園、森槐南、高野竹隱（一首與森槐南合論）；第九十九首論朝鮮詞人李齊賢，第一百首論越南詞人阮綿審，批評視野已擴及域外，誠為詞學研究第一人。

　　進一步觀察夏氏所論詞人，大抵以一首為度，然亦有兩首以上者，茲歸納如次：李珣、李煜、周邦彥、張孝祥、元好問、吳文英、朱彝尊，（日）森槐南（一首與高野竹隱合論）、（日）高野竹隱（一首與森槐南合論）以兩首論之；岳飛，以三首論之；辛棄疾、陳亮（一首與朱熹合論）、張炎、龔自

珍（一首與陳亮合論），以四首論之；姜夔，以五首論之；蘇軾（一首與蔡松年合論）、李清照，以六首論之。

　　論詞絕句受格律與篇幅限制，作者不得不將其精深的見解濃縮於二十八字之中，又基於歷來論詞絕句的寫作習慣，往往摘句檃括、使事用典，故導致內容深奧隱晦，不易理解。故為論詞絕句進行箋注，實乃本研究的首要任務。一般而言，箋注內容可分成 1. 注本事，2. 注典故，3. 釋字句三大類。箋注「本事」，足以使人明白作者的創作背景或創作過程，夏承燾對李清照、岳飛、陸游、張孝祥、辛棄疾、陳亮、劉克莊、劉辰翁、文天祥、陳經國、陳子龍、夏完淳、王夫之、龔自珍等人最為推重。倘若不明夏氏的創作背景，自然扭曲作品原意。「典故」可分為「語典」和「事典」兩類，「語典」係化用前人詩句，「事典」係指人物或事件而言。例如夏承燾論日本詞人森槐南云：「情天難補海難填，歷劫滄桑哭杜鵑。喚起龍神聽拍曲，美人箏影倚青天。」（冊 2，頁 590）若不知森槐南曾作《補天石傳奇》（一作《補春天傳奇》）〔註122〕一事，抑或不查森槐南有〈滿江紅・水天花月總滄桑圖〉、〈沁園春・上日漫填〉〔註123〕二詞，實難以解釋論詞絕句的意涵。解釋字句，必須考慮讀者的閱讀需求。夏承燾乃民國時人，遣詞造句不比古代深奧難懂，加上夏承燾百首論詞絕句有夫人吳无聞為之注釋，每首之下均附帶「題解」，交代來歷。然值得注意的是，吳无聞箋注並非萬無一失，劉揚忠〈《瞿髯論詞絕句》注釋商榷〉一文，揭其缺失有二：一為史實方面的錯誤，二為介紹作家、引用作品的錯誤。〔註124〕王師偉勇〈夏承燾論

〔註122〕 清人黃遵憲曾為森槐南作《補春天傳奇》題詞，參（日）神田喜一郎著，程郁綴、高野雪譯：《日本填詞史話》（北京：北京大學出版社，2000 年 10 月），頁 267。

〔註123〕 〈滿江紅・水天花月總滄桑圖〉：「落葉如鴉，白門外、秋颸蕭瑟。咽不斷、南朝殘照，暮潮如昔。敗苑清蛬螢閃淡，故宮蔓草蟲啾唧。一聲聲、寒雁渡江來，哀笳急。　　英雄血，刀鋒澀。兒女淚，青衫濕。嘆興亡轉瞬，有誰憐惜。月怨花嗔人不管，春荒秋瘦天難必。剩傷心、一片秣陵煙，空陳跡。」〈沁園春・上日漫填〉：「肥馬輕裘，鬢影衣香，盡態極妍。有王公侯伯，深閨貴戚，紅塵一片，非霧非煙。紫闕朝正，朱門投刺，幾陣香風吹醉旋。宮梅笑，笑野梅花底，誰拜新年。　　青氈舊物依然。更斷墨、零紈殘簡編。但樂章琴趣，酒中清課，花飛釧動，夢裡初禪。袞袞諸公，寥寥知己，敢道春光如線牽。非吾分，甚美人箏影，扶上青天。」參夏承燾選校、張珍懷、胡樹淼注釋：《域外詞選》，頁 37、49～50。

〔註124〕 劉揚忠：〈《瞿髯論詞絕句》注釋商榷〉，《文化遺產》1985 年第 3 期，頁 130～133。

詞絕句論易安詞詳析〉一文，亦指出吳注有三缺失：一、未注待補注者，二、已注待補強者，三、已注而疏誤者。〔註125〕因之，在前人的基礎上，若能進一步予以詳析，重新審視，誠可更全面掌握論詞絕句的意涵。

二、詞學交流與傳播

透過夏承燾與友人的互動往來，可知二十世紀詞學交流概況，以及傳播媒介的變化。就前者言，夏承燾自小極具詩詞創作天分，曾於 1916 年被任職於溫州甌海關的冒廣生〔註126〕譽為「永嘉七子」。〔註127〕1917 年，夏承燾試作〈閒情〉詩十首，託名夢栩生寄投《甌括日報》，初試啼聲，備受肯定。而後，同里梅雨清、鄭猷（1883～1942，號姜門）諸友籌組慎社、潮社，夏承燾亦廁身其間。〔註128〕1920 年 1 月，潮社刊物刊登夏承燾詩篇十一首；3 月，慎社刊物刊登夏承燾詩詞二十餘首；4 月，夏承燾參與慎社第一次怡園雅集；9 月參加慎社飛霞洞第二次雅集；12 月，參加慎社翟駟（生卒不詳，字楚材）四君吟徵詩，被評為冠軍。〔註129〕該年可說是夏承燾在社團活動與刊物中嶄露頭角的一年。又據夏承燾於《天風閣詞集前編·前言》自述得知，他早年參與慎社、潮社等詩會外，亦加入專門填詞的甌社、午社，積極創作之餘，時與詞友切磋論詞。又於之江大學任教期間，創辦「詞學研究會」〔註130〕，一方面與師友填詞唱和，一方面教導學生填詞技能，由此形成以學院為主的詞人群體。耙梳夏承燾參與的交流活動，以及與社員的互動關係，有助於了解夏承燾與民國詞壇的創作取向、詞風嬗變、論詞主張；亦能一窺民國詞壇的發展脈絡。

〔註125〕王偉勇：〈夏承燾論詞絕句論易安詞詳析〉，《文與哲》第 24 期（2014 年 6 月），頁 81。

〔註126〕冒廣生，江蘇如皋人。光緒二十年（1894 年）甲午舉人，授資政大夫。1900 年任刑部郎中、農工商部郎中。民國後任溫州海關監督，輯刻《永嘉詩人祠堂叢刻》。

〔註127〕包含薛鍾斗（1892～1920，字儲石）、宋慈抱（1895～1958，字墨庵）、陳閎慧（1895～1953，字仲陶）、李笠、李翹（1898～1963，字孟楚）、李仲騫（生卒不詳）。參冒懷蘇編著：《冒鶴亭先生年譜》（上海：學林出版社，1998 年 5 月），頁 195。

〔註128〕夏承燾：《天風閣詩集·前言》、《天風閣詞集前編·前言》，《夏承燾集》，冊 4，頁 3、113。

〔註129〕李劍亮編：《夏承燾年譜》，頁 13～19。

〔註130〕見龍榆生主編：《詞學季刊》創刊號（臺北：臺灣書局，1933 年 4 月），〈詞壇消息·各大學詞學研究會近訊〉，頁 222。

就後者而言，詞學刊物及其他報刊、雜誌的發行，是傳統詞學現代化的重要指標，它突破傳統詞學僅僅倚賴書籍傳播的侷限，衝破傳統詞學在地域、血緣等方面的諸多限制，將原本受限於小眾的舊文學體裁，透過大量發行，讓詞體重新被群眾認識，大大提高詞學的傳播速度和反饋效率，並在一定程度上影響詞學研究的基本格局。朱惠國《中國近世詞學思想研究》指出，詞學刊物有兩大優越：一、欄目多樣，適合各種篇章：以篇幅而言，不論是完整的研究論文或一段治學感想，均可收入；以形式而言，可以是論述、專著連載、可以是輯佚、校記、雜俎，乃至通訊、題跋、詞作等。多樣化的欄目，無疑為不同的思想和材料提供了最恰當的發表管道。二、出版週期縮短：刊物大多定期發行，如《詞學季刊》〔註131〕、《同聲月刊》〔註132〕以季、月為單位出版，高頻率的出刊不僅為文章的發表提供較多的版面，且加快反饋的速度，起了雙向傳播的作用，有利於詞學家進行切磋與交流，學術氣氛因之更加活躍。〔註133〕而印刷技術的先進、刊物的普及發行，自然也改變了詞學家著書立言的傳統觀念，不少知名學者、文化名人成了刊物的固定班底，甚至自發性創刊，如《國粹學報》〔註134〕的主要編輯有陳去病（1874～1933）、黃侃（1886～1935，字季剛）等詞人；《詞學季刊》、《同聲月刊》在龍榆生的號召下，網羅夏承燾、唐圭璋、張爾田、夏敬觀、冒廣生等大家，其餘在《國文月刊》、《青年界》〔註135〕等綜合性刊物中，亦刊有詞學研究文章。此現象儼然成為另一種以刊物為核心的詞學研究陣營。

目前蒐得之夏承燾發表於刊物、學報、雜誌上的篇章（附他人發表與夏氏相關的篇章）臚列如下，未蒐得的篇章持續增補中：

〔註131〕《詞學季刊》創刊於 1933 年 4 月，龍榆生主編，原由上海民智書局出版發行，第 2 卷起移交開明書店繼續出版，至第 3 卷第 3 期停刊，歷時三年，計出 11 期。

〔註132〕《同聲月刊》是龍榆生先生繼《詞學季刊》之後主編的學術期刊。1940 年 12 月由同聲社在南京創刊，1945 年 7 月停刊，歷時五年，共出版 4 卷 39 期。

〔註133〕朱惠國：《中國近世詞學思想研究》，頁 315。

〔註134〕《國粹學報》是 1904 年 2 月創刊於上海的學術性刊物，鄧實主編，編輯骨幹為黃節、劉師培、章炳麟、陳去病、黃侃、田北潮、馬敘倫、羅振玉等人。1911 年 9 月 12 日出版了第 82 期後因武昌起義而停刊。

〔註135〕《國文月刊》創刊於 1940 年 6 月，於 1949 年 8 月終刊，共出版 82 期。《青年界》於 1931 年 3 月 10 日創刊，1937 年 5 月後曾休刊，1946 年 1 月又復刊，後於 1948 年 12 月停刊。

刊物名稱	期數、時間	篇　名
詞學季刊	創刊號 1933.04	張子野年譜 夢窗詞集後箋 （程善之）與瞿禪論詞書
	第1卷第2號 1933.08	賀方回年譜 詞二闋 紅鶴山房詞序 （吳梅）與夏瞿禪論白石旁譜書
	第1卷第3號 1933.12	白石歌曲旁譜辨校法 （查猛濟）與夏瞿禪言劉子庚遺著書 （查猛濟）與夏瞿禪言劉子庚遺著第二書 與龍榆生論陳東塾譯白石暗香譜書
	第1卷第4號 1934.04	姜石帚非姜白石辨 韋端己年譜（附溫飛卿）
	第2卷第1號 1934.10	晏同叔年譜（附晏叔原） （許之衡）與夏瞿禪論白石詞譜 與龍榆生論白石詞譜非琴曲 再與榆生論白石詞譜
	第2卷第2號 1935.01	晏同叔年譜（續） 詞二闋 東坡樂府箋序
	第2卷第3號 1935.04	馮正中年譜
	第2卷第4號 1935.07	南唐二主年譜 與龍榆生言謝玉岑之死
	第3卷第1號 1936.03	南唐二主年譜（中） 詞六闋 楊鐵夫夢窗詞箋釋序 徵求謝君玉岑遺詞啟 （張爾田）與夏瞿禪論詞人譜牒 （周泳先）與夏瞿禪言船子和尚事
	第3卷第2號 1936.06	令詞出於酒令考 南唐二主年譜（下） 詞一闋 （陳思）與夏瞿禪論詞樂及白石行實 （陳思）與夏瞿禪論詞樂及白石清真年譜 與張孟劬論樂府補題

	第 3 卷第 3 號 1936.09	南唐二主年譜（四）
	第 3 卷第 4 號〔註 136〕	俞理初易安居士事輯後案
同聲月刊	第 3 卷第 4 號	詞一闋
國文月刊	第 55 期 1947.05	詞韻約例
	期數不明 1948.06	「陽上作去」、「入派三聲」說
	第 78 期 1949.04	讀〈長恨歌〉：兼評陳寅恪教授之〈箋證〉
東方雜誌	第 31 卷第 7 期 1934.04	重考唐蘭「白石歌曲旁譜考」
	第 32 卷第 1 期 1935.01	治白石歌曲旁譜之經過
暨南大學文學院 集刊	第 1 期 1931.01	姜白石與姜白帝
之江學報	第 1 卷第 1 期 1932.06	詞籍考辨——詞旨作者考 詞籍考辨——吳仲方虛齋樂府辨偽 四庫全書詞曲類提要校議
	第 1 卷第 2 期 1933.04	白石道人詞歌曲考證
北京學報	第 12 期 1932.12	白石歌曲旁譜辨
文學	第 2 卷第 6 期 1934.06	姜白石議大樂辨
國學論衡	第 3 期 1934.06	姜白石議大樂辨
	第 4 期 1934.12	白石歌曲考證 詞一闋
東方雜誌	第 31 卷第 7 號 1934.07	重考唐蘭「白石歌曲旁譜考」

〔註 136〕該期原已排版定稿，因戰爭未能出版。1985 年上海書店影印《詞學季刊》，
　　　　據龍榆生保存之殘稿一併影印。

燕京學報	第 16 期 1934.12	白石道人歌曲斠律
	第 24 期 1938.12	白石道人行實考
文瀾學報	第 2 卷第 1 期 1936.03	元名家詞輯序
	第 2 卷第 2 期 1936.06	樂府補題考
	第 3 卷第 2 期 1937.06	補宋史姜夔傳
中國文學會集刊	第 2 期 1936.06	詞迻
青鶴	第 4 卷 16 期 1936.07	詞一闋
	第 4 卷第 23 期 1936.10	詞　闋
圖書季刊	第 2 卷第 2 期 1940.06	稼軒詞編年箋注序
圖書展望	第 2 期 1947.01	講詞散記
浙江日報	1957.2.15	讀蘇軾的〈江城子〉
	1957.10.13	讀辛棄疾的〈摸魚兒〉詞
浙江學報	第 1 卷第 2 期 1947.12	白石詞樂說箋證
浙江師範學院 學報	1954.08	楚辭與宋詞
	1957 年 01 期	姜白石詞譜的讀譯和校理
申報文史	1948 年 04 月	白石詞選辨偽
東南日報	1948 年 04 月 27 日	兩湖與宋詞（上）
	1948 年 04 月 28 日	兩湖與宋詞（下）
人文雜志	1957 年 05 期	讀韋莊詞
	1958 年 02 期	「厲樊榭手寫白石道人歌曲」考辨
語文學習	1957 年 12 期	詞的分片
	1958 年 06 期	唐宋詞聲調淺說

語文教學	1956 年 04 月	漫談古典文學的教學
	1957 年 02 期	(阮魯人)與夏承燾先生談「斜暉脈脈水悠悠」
	1957 年 02 期	關於蘇軾〈念奴嬌〉詞「羽扇綸巾」之疑問
	1957 年 04 期	漫談柳永的〈雨霖鈴〉和〈八聲甘州〉
	1957 年 04 期	關於「悠悠」之字的解釋
	1957 年 07 期	補說「八百里分麾下炙」
杭州大學學報	1959 年 03 期	西湖與宋詞
杭州大學學報（人文科學版）	1962 年 02 期	月輪樓讀詞記
杭州大學學報（哲學社會科學版）	1979 年 Z1 期	瞿髯論詞絕句外編（與吳无聞同撰）
文學評論	1959 年 03 期	辛棄疾詞論綱
	1961 年 04 期	李清照詞的藝術特色
	1962 年 01 期	詞論十評
	1962 年 03 期	論杜甫入蜀以后的絕句
	1963 年 02 期	陸游的詞
	1966 年 01 期	「詩餘」論——宋詞批判舉例
社會科學戰線	1978 年 04 期	風花揮手大江來——紀念李煜謝世一千周年（與吳无聞同撰）
教學與研究	1979 年 00 期	瞿髯詩〔卷上〕（與吳无聞同撰）
	1980 年 01 期	瞿髯詩〔卷下〕（與吳无聞同撰）
紅樓夢學刊	1979 年 01 期	題曹雪芹《紅樓夢》——減字木蘭花一首
山西大學學報（哲學社會科學版）	1979 年 01 期	評黃徹《（䂬石）溪詩話》之論杜詩
文獻	1980 年 02 期	論域外詞絕句九首
	1980 年 02 期	與胡適之論詞書〔註 137〕
	1980 年 03 期	關於詞曲研究的通信（吳梅、夏承燾、吳无聞）
	1980 年 04 期	關於詞曲研究的通信（續完）（吳梅、夏承燾、吳无聞）
	1981 年 01 期	詞學研究通信（上）（朱彊村、夏承燾、吳无聞）
	1981 年 02 期	詞學研究通信（下）（朱彊村、夏承燾、吳无聞）

〔註 137〕〈與胡適之論詞書〉原稿見《天風閣學詞日記》（1928 年 8 月 4 日）；耿雲志編：《胡適遺稿秘藏書信》收有此信，書信文字與《天風閣學詞日記》所載略有出入。（合肥：黃山書社，1994 年 12 月），冊 31，頁 670～672。

文學遺產	1980 年 01 期	讀詞隨筆
讀書	1982 年 10 期	《神州吟》序
文史知識	1983 年 09 期	《學詞日記》十一則
溫州師專學報（社會科學版）	1985 年 03 期	天風閣學詞日記——（一九四四年一月～三月）
新聞與寫作	1986 年 03 期	生當作人傑　死亦為鬼雄——《古代閨媛詞詩選》序
光明日報	1956 年 05 月	顧學頡《唐宋詞人年譜》之評介
乂藝書刊	第 6 期	龍榆生《唐宋詞人年譜》之評介
（日）中國文學報	1956 年 10 月	清水茂《唐宋詞人年譜》之評介
文學研究	1957 年 01 期	讀姜夔詞
	1957 年 03 期	陳澧《唐宋詞人年譜》之評介
	1957 年 03 期	姜夔詞編年箋校
	1957 年 04 期	王仲聞《讀唐宋詞論叢》
讀書通訊	1946 年 11 月	章夫人詞集題詞
詩刊	1957 年 10 期	讀辛棄疾的詞

（表一：夏承燾發表篇章）

　　從以上簡表初步可知：一、夏承燾發表的篇章，除年譜外，以姜夔研究最多，可推斷他階段性治詞的傾向。二、夏承燾大部分發表的篇章，刊於《詞學季刊》，而同為龍榆生所創辦的《同聲月刊》，僅刊載詞 1 闋，原因為何？蓋出於龍榆生投奔汪偽政府，不為夏氏認同之故。三、可明確得知夏承燾與程善之、吳梅、查猛濟（1902～1966）、龍榆生、周泳先、陳思、張爾田等人論詞經過與詞學主張。若能進一步比對、深究其內容，必可呈現詞壇的發展脈絡。

　　另外，詞人群體間互動、切磋、交流的成果，也能於刊物中展現出來，如夏承燾發表之〈與龍榆生言謝玉岑之死〉，可見學人之間珍貴的情誼；以及《小說月刊》第 1 卷第 6 號、第 7 號刊有吳庠〈四聲說〉四篇，此乃夏承燾在列的午社成員論辨四聲的一項重要成果。因此透過夏承燾與群體的互動往來，所勾勒出的交流概況與傳播媒介的變化，有助於梳理二十世紀詞壇的詞學動態與發展脈絡。

三、詞學理論

五四新文化運動夾帶狂風驟雨衝擊著中國傳統文化，使得舊體文學隨之搖擺而墜落；但詞體在當時卻如一團微火，燃燒不熄，不少學者引進西方理論在詞學領域中繼續開墾。龍榆生在此背景下即為「詞學」做出一番定義，他於 1934 年 4 月《詞學季刊》第一卷第四號發表〈研究詞學之商榷〉一文，指出「各曲調表情之緩急悲歡，與詞體之淵源流變，乃至各作者利病得失之所由，謂之詞學。」包括研究曲調聲情的聲調之學、研究詞人生平、作品內容與風格的批評之學、考證版本史實的目錄之學。此外，尚有圖譜之學、詞樂之學、詞韻之學、詞史之學、校勘之學等。〔註138〕至 20 世紀 80 年代，唐圭璋繼龍榆生之後，提出詞學研究的十個方面，包含：起源、詞樂、詞律、詞韻、詞人傳記、詞集版本、詞集校勘、詞集箋注、詞學輯佚、詞學評論等十項，〔註139〕充分體現了傳統詞學與新興詞學交合後而發生蛻變的時代色彩。目前，王兆鵬《詞學史料學》提出的詞學研究範疇較於簡明，僅分為：詞體、詞人、詞集、詞論、詞史、詞學史六項，〔註140〕傅宇斌《現代詞學的建立》分為詞體、詞史、詞人、詞藝、詞籍五項。〔註141〕夏承燾的詞學理論脈絡，亦可就以上諸項予以檢視，為其詞學研究建立具有系統性、完整性的體系架構。故本文第三章以「本質」、「功能」、「樂律」、「創作」〔註142〕四端，闡發夏承燾的詞體觀。至於夏承燾對於詞人，包括詞人傳記、詞人年譜、作品繫年、詞人批評等部分，以及對於詞的風格流派之論題，將併入本文第四章、第五章討論。

〔註138〕龍榆生主編：《詞學季刊》第 1 卷第 4 號（臺北：臺灣學生書局，1934 年 4 月），頁 1～17。

〔註139〕唐圭璋、金啟華：〈歷代詞學研究述略〉，《詞學》第 1 輯（上海：華東師範大學出版社，1981 年 11 月），頁 1～20。

〔註140〕王兆鵬：《詞學史料學》（北京：中華書局，2004 年 5 月），頁 8。

〔註141〕傅宇斌：《現代詞學的建立——《詞學季刊》與 20 世紀三、四十年代的詞學》，頁 9～10。

〔註142〕朱崇才《詞話學》梳理歷代詞話之詞論內容，提出的「本質—起源論」、「價值—功能論」、「風格—流派論」、「品格—境界論」、「音律—格律論」、「作家—作品論」、「創作—技巧論」等七面向，本文援用之，以「本質」、「功能」、「樂律」、「創作」四面向探究之。唯「品格—境界論」、「作家—作品論」、「風格—流派論」欲探討之內容，與本文「夏承燾對歷代詞人之批評」章節重複，故併入第四章、第五章綜合討論。（臺北：文津出版社，1995 年 1 月）。

（一）詞的本質

首先必須釐清的是夏承燾眼中的詞是什麼？詞必須具備何種特質和條件才能稱之為詞？此需從詞體的歷史源流切入，並藉由詩、詞、曲的比較，音律、句式、用韻等形式上的規定，與題材、風格、意境等內容上的差異進行探討。本文可自夏承燾所撰之〈長短句〉、〈盛唐時代民間流行的曲子詞〉、〈敦煌曲子詞〉、〈中唐時代的文人詞〉、〈唐宋詞敘說〉、〈唐宋詞發展的幾個階段及其風格〉諸篇，〔註143〕以及與友人論詞書信（如〈與胡適之論詞書〉）、詞類序跋（如〈剪淞閣詞序〉）、《瞿髯論詞絕句》，並輔以其他散見於日記之論說予以耙梳，進一步探究夏承燾之於詞體源流正變的主張。

（二）詞的功能

詞作為唐、五代、兩宋以還重要的文學載體，有其特定的功能，如遣賓娛興、社會政治、人際交往、感情宣洩、言志寄託、信息表達等，具有其他文體無可替代的價值，成為與詩分庭抗禮的韻文。然而，這類傳統文學如何能在新、舊文化交替的二十世紀再度受到重視，其中原因大概也與其文體的功能性息息相關。尤其，夏承燾經歷了國共內戰、日軍侵華、文革動盪等事件，於顛沛流離的環境下，藉由詞體表現政治態度、抒發人事興亡，曾謂「抗戰以後，遷難上海，根觸時事，輒借長短句為之發抒」（冊4，頁113），又提及「那些有偉大成就的作家，他們都是面對現實，或投身於現實鬥爭，都是用這種文學來表達他們愛祖國愛人民的情感，或拿它作為現實鬥爭的武器。這是繼《詩》《騷》以來的優良傳統，在整部文學史應該有其崇高的地位。」（冊8，頁84）對憂患意識極高的夏承燾而言，詞所代表的時代意義或已超越早期豔曲的侷限，甚至深化了詞「要眇宜修」的特性。探討夏承燾如何看待詞的功能與價值，係本文研究的重要課題之一。

（三）詞的樂律

詞涉及樂律、樂譜、歌法、演唱等問題，並受到章法、句式、平仄、韻腳、特定修辭格如對偶、疊句等方面的牽制，兩者密不可分。邵瑞彭《周詞訂律·序》言之甚詳：「詞律之義有二，一為詞之音律，一為詞之格律。所謂詞之音律，如宮調，如旁譜，宋人詞集中往往見之，然節奏已亡，鏗鏘遂失。……若夫詞之格律，本為和協詞之音律而起，但音律既難臆測，不能不於字句聲

〔註143〕夏承燾：《唐宋詞欣賞》、《詞學論札》，收入《夏承燾集》，冊2、冊8。

響間尋其格律。格律止諧乎喉舌，音律兼求諧乎管弦，世未有喉舌不諧而能諧乎管弦者。」〔註144〕夏承燾以考據之工夫治詞，對於姜白石詞譜之用心，無人可敵。所發表的論說，亦不乏涉及歌詞與曲調的關係、格律與文辭的關係等問題之考辨，如〈詞律三義〉、〈「陽上作去」、「入派三聲」說〉、〈姜白石詞譜與校理〉、〈白石十七譜譯稿〉、〈姜夔詞譜學考績〉、〈四聲繹說〉、〈與龍榆生論白石詞譜非琴曲書〉諸篇〔註145〕，以及與午社成員冒廣生、吳庠、仇埰（1873～1945，字亮卿，號述庵）諸人論辨四聲的過程，均是探究夏承燾之於詞律研究的重要參考材料。

（四）詞的創作

釐清詞在夏承燾眼中的定義後，即可探究夏承燾論詞體之創作技巧。就創作主體而言，作家先天的素質、性情、天分，以及後天的環境、遭遇、經歷等，對於創作活動有著密不可分的關係，作品的高下優劣，也與之息息相關，正所謂「詞當合其人之境地以觀」（劉熙載《藝概‧詞曲概》）。就創作技巧論，舉凡詞體之選調、押韻、四聲安排，以及分片、煉字、用句、謀篇、修辭等均屬之。夏承燾撰有〈唐宋詞字聲之演變〉、〈犯調三說〉、〈詞的形式〉、〈長短句〉、〈填詞怎樣選調〉、〈詞調與聲情〉、〈詞的轉韻〉、〈詞的分片〉、〈宋詞用典舉例〉、〈說小令的結句〉、〈填詞四說〉、〈唐宋詞聲調淺說〉、〈詞調約例──說「犯調」〉、〈讀詞隨筆〉〔註146〕等篇章；亦曾為張炎《詞源》一書作注〔註147〕，並撰成〈讀張炎《詞源》〉、〈書張炎《詞源》後〉〔註148〕二文。以上篇章，輔以其他散見於日記、書信之論說，可探究夏承燾如何看待詞的創作技巧。

四、詞學批評

本文第四章、第五章採用詞學批評的方法，探討夏承燾對創作主體的綜

〔註144〕夏承燾：《詞學論札‧唐宋詞敘說》，《夏承燾集》，冊8，頁84。
〔註145〕以上篇章分別收錄於夏承燾：《唐宋詞論叢》、《月輪山詞論集》、《唐宋詞欣賞》、《詞學論札》，《夏承燾集》，冊2、冊8。
〔註146〕以上篇章分別收錄於夏承燾《唐宋詞論叢》、《月輪山詞論集》、《唐宋詞欣賞》、《詞學論札》，夏承燾集》，冊2、冊8。
〔註147〕〔宋〕張炎著、夏承燾校注：《詞源注》（臺北：木鐸出版社，1987年7月）。
〔註148〕二文分別收錄於夏承燾：《月輪山詞論集》、《詞學論札》，《夏承燾集》，冊2、冊8。

合研究，包括詞人基本史料的整理（包括詞人傳記、詞人年譜、作品繫年等）和對詞人的理論研究（詞人批評）。這一方法又與「接受理論」得以呼應。「接受理論」亦稱「接受美學」（Aesthetics of reception），發端於德國，於七十年代初期嶄露頭角，後與美國的「讀者反應批評」理論〔註149〕相互合流、滲透，成為重要的文學理論之一，至八十年代中期，接受理論傳至中國，湧起一波又一波的研究高潮。接受理論的運用，替傳統文學研究開啟一扇嶄新之窗，研究者的研究視野便從「作者—作品」轉移至「作品—讀者」關係上，文學研究不再只是專注於作家的生長背景或創作經歷，也不只是重視作品的藝術技巧或語詞結構，而是將焦點轉向讀者身上，通過時間縱向與橫向的關係，將讀者接受的狀況引進文學研究的領域中。正所謂「作者用一致之思，讀者各以其情自得」、〔註150〕「作者之用心未必然，而讀者之用心何必不然」。〔註151〕

　　據王兆鵬《詞學研究方法十講》，詞的接受研究可分三大類型：一是消費型的大眾的接受，二是批評型的專家的接受，三是創作型的作家的接受，目前學界主要針對後兩者類型進行研究。〔註152〕批評型專家的研究材料，即詞論家所撰的詞話、序跋、評點、筆記、論詞絕句，以及詞選家編選的詞選等；創作型作家的研究材料，即詞人的和韻、仿擬、集句之作。夏承燾主要以批評型專家讀者立場，或評價詞壇現象、詞人及其作品，或探索詞人作品的創作本源，或評定詞人詞風在歷史上的地位，或辨正詞壇上備受爭議的論題等。夏承燾以個人的價值判斷，輔以所遵循的詞學理論，做為評論的接受原則，通過確切精鍊的文字敘述，藉日記、書信、論詞絕句、單篇論文等載體，闡發自身對詞人及其作品的審美感受。

〔註149〕「讀者反應批評理論」強調讀者之於文本的重要性，其意義必須從閱讀的活動中實現，並強調讀者的反應是研究文學的焦點。《讀者反應理論批評》一書亦引用現象學及沃爾夫岡・伊瑟爾的觀點，正說明「接受理論」與「讀者反應批評」有著互相影響、互相滲透的關係。伊麗莎白・弗洛恩德 Elizabeth Freund 著、陳燕谷譯：《讀者反應理論批評》（臺北：駱駝出版社，1994 年 6 月），頁 131～147。

〔註150〕〔清〕王夫之：《薑齋詩話》（北京：人民文學出版社，2006 年 8 月），卷 1，頁 139～140。

〔註151〕〔清〕譚獻：《復堂詞話・復堂詞錄序》，唐圭璋：《詞話叢編》，冊 4，頁 3987。

〔註152〕王兆鵬：《詞學研究方法十講》（北京：北京大學出版社，2008 年 6 月），頁 35。

此外，夏承燾編有《金元明清詞選》、《域外詞選》二書。選本是重要的傳播媒介，乃編選者對若干詞人作品，按照特定的取捨標準，進行選擇性輯錄，並依據某種體例編排成帙。〔註153〕編選者所處的時代風氣、文化背景，自身的藝術涵養、價值判斷、詞學主張等，均影響選家輯錄的標準與目的、選本的內容與範圍，即魯迅所云「選本所顯示的，往往非作者的特色，倒是選者的眼光」。〔註154〕選本亦是呼應時代潮流及社會需要，應運而生的產物；「刪汰繁蕪，使莠稗咸除，菁華畢出」，〔註155〕乃選本與一般別集、總集不同之處，所收作品具代表性、普遍性，有易於流傳，俾讀者學習的特性。故本文亦採計量分析，一窺夏承燾所編選本擇錄歷代作品的情形。再者，夏承燾《天風閣詩集》、《天風閣詞集》中，不乏存有對歷代詞人學習、模仿的痕跡，本文可透過和韻、仿擬、集句、歌詠等形式，探究夏承燾對歷代詞人作品的接受與好尚。

藉由此上研究視角，本文以具有民國詞壇讀者身分的夏承燾為研究對象，從中一窺夏承燾對歷代詞人的綜合研究；透過他對詞的接受回饋與響應，重新審視詞人及其作品在民國詞壇下的文學定位，並體現夏承燾對於詞之風格流派發展變遷的觀點。

五、創作實踐

詞歷晚清而至民國，在各方文化衝擊下，仍保有一席之地，此與詞體本身的特質與發展趨勢密不可分。胡適云：「惟愚縱觀古今文學變遷之趨勢，以為白話之文學種子已伏於唐人之小詩短詞。及宋而語錄體大盛，詩詞亦多有用白話者。」錢玄同亦云：「漢魏的樂府歌謠，白居易的新樂府，宋人的詞，元明人曲，都是白話的韻文。」〔註156〕白話文學的推動，反而促使詞體得以解放，它的特質正好順應民國時期的文學潮流。故胡適又云：「詞之重要，在於其為中國韻文添無數近於言語自然之詩體。……詞之好處，在於調多體多，

〔註153〕 蕭鵬：《群體的選擇——唐宋人選唐宋詞》（臺北：文津出版社，1992 年 11 月），頁 1。

〔註154〕 魯迅：《魯迅全集·且介亭雜文二集·題未定草》（臺北：谷風出版社，1980 年 12 月），卷 7。

〔註155〕 〔清〕紀昀等：《四庫全書總目提要》（石家莊：河北人民出版社，2000 年 3 月），冊 4，卷 186，頁 5080。

〔註156〕 胡適：《胡適古典文學研究論集·歷史的文學觀念論》，頁 46。錢玄同：《嘗試集·序》，頁 11。

可以自由選擇。工詞者相題而擇調，亦無不自由也。人或問既欲自由，又何必擇調？吾答之曰，凡可傳之詞調，皆經名家製定，其音節之諧妙，字句之長短，皆有特長之處。」〔註157〕胡適指出了詞這類舊體文學在現代文學發展歷程中的合理性，詞體之創作也在撻伐舊體文學的聲浪中往前邁進。夏承燾詞學成就與詞體創作，也在詞體發展的趨勢下大放異彩。

探討夏承燾的詞體創作，首先，必須溯源其學詞的路徑。夏承燾早年就讀溫州師範學校期間，「得讀常州張惠言、周濟諸家，略知詞之源流正變」，又云「早年妄意合稼軒、白石、遺山、碧山為一家，終差近蔣竹山而已。」（《天風閣詞集‧前言》）夏承燾可說同時受到常州詞派、浙西詞派之影響。前者旨在尊體，以五代、北宋詞為宗；後者則「家白石而戶玉田」，由南宋上溯北宋。故先釐清夏承燾學詞取法的途徑，始能更清楚其創作的歷程。

其次，將夏承燾的作品按照人生階段分期闡述，以觀照夏承燾創作歷程的轉變。唯目前所見《天風閣詞集》前、後二編，雖有繫年，但未完全精確；夏承燾的作品，亦常有前後修改之跡，僅能據日記所載，找出創作之時間與動機，予以歸納分析，使能一探究竟。筆者將它分為四期：一、早期（1921年至1931年），此時夏承燾嘗赴西安任教，王季思曾說「西北的五年壯遊，使瞿禪在人生道路和詞詩創作上都開闢了一個新境界。」〔註158〕而後至嚴州中學任教，夏承燾筆下的桐廬風物瀰漫著江湖氣息，其詞風出入於厲鶚、姜夔〔註159〕數家之間，大概不脫此階段的影響。二、盛期（1932年至1949年），此時正值日軍侵華、對日抗戰期間，他嘗回憶道：「抗戰以後，違難上海，根觸時事，輒借長短句為之發抒。」（《天風閣詞集‧前言》）夏承燾在南北轉徙之間，面對時事離亂、家國動盪，內心不免五味雜陳，此階段可說是夏承燾創作最重要的時期。三、中期（1950年至1966年），此時是中華人民共和國成立至文革開始之前，政局已漸趨穩定，夏承燾的內心也暫獲平靜。四、晚期（1967年至1986年），文革十年，知識分子陷入黑暗之中，夏承燾亦無法倖免；文革結束後，夏承燾至北京療養，聲譽日盛，被奉為一

〔註157〕胡適：《古典文學研究論集‧答錢玄同》，頁724～725。

〔註158〕王季思：〈一代詞宗今往矣──記夏瞿禪（承燾）先生〉，吳无聞編：《夏承燾教授紀念集》，頁21。

〔註159〕張爾田評夏承燾「尊詞清空沉著，雅近南宋名家，誦之無數」（《天風閣學詞日記》，冊5，頁274）。方介庵挽夏承燾父親聯：「詞宗論兩浙，羨令子（夏承燾）聲馳九牧，與竹垞樊榭爭衡。」（《天風閣學詞日記》，冊6，頁153）。

代詞宗,創作依舊不輟。

再次,藉作品分析一探夏承燾創作的實踐,並與第三章詞學觀互為表裡,程千帆〈論瞿翁之詞學〉曰:

> 精於詞學者,或不工於作詞,工於詞者又往往不以詞學之研究為意,
>
> 故考訂詞章,每難兼擅,而翁(夏承燾)能兼之。〔註160〕

夏承燾治學與創作兼擅,檢視並分析作品內容,可了解他對詞學理論的實踐與印證。此外,亦可從諸首作品中的寫作時間、內容題材、酬和對象等方面,一探詞人心態的轉變、詞壇發展的脈絡、詞人群體的交流、作品的傳播與流通管道等,此乃夏承燾詞學研究及二十世紀詞壇發展的重要線索。

第四節　預期完成之項目與貢獻

一、掌握材料,揭示二十世紀詞學生態與發展趨勢

目前所見研究夏承燾之單篇論文或學位論文,絕大部分係就 1997 年出版之《夏承燾集》八冊或其他出版之單行本為文本依據。據浙江社會科學院吳蓓所長告知,《夏承燾全集》原訂於 2017 年至 2018 年間陸續出版,內容除了與《夏承燾集》八冊有重疊外,尚有增訂之處:例如《夏承燾日記全編》、《天風閣詩詞全編》等;亦有新整理之書目,包括:《詞林繫年》、《詞例》、《放翁年譜》、《二張年譜》、《白石詩集校箋》、《詞譜駢枝》、《荀子界說》、《大哀賦箋注》、《瞿禪講義》、《宋詞微》、《清詞人小傳》、《永嘉詞徵》、《西湖聯語》、《天風閣書札》等。然筆者於 2019 年 1 月完成博士論文之際,《夏承燾全集》僅出版《唐宋詞人年譜續編》、《詞例》、《永嘉詞徵》三書,其他則有待出版。若能確切掌握此等材料,一方面能補足前輩學者研究之不足;一方面能完整揭示二十世紀詞學生態與發展趨勢。以日記為例,1933 年是《詞學季刊》創刊之際,是現代詞學確立的標誌性年份,原本的《天風閣學詞日記》缺漏的部分,包括夏承燾與龍榆生的通信、詞集輯佚、校勘的工作分配等,將於日記全編中補足。而增補的日記,也突破「學詞」的框限,除讀書札記、治學過程、作品存錄、唱和紀要之外,還廣攝時政、地方風貌、朋蹤交游、人物述評、社會運動等,大大提升了文獻的價值。另如《天風閣詩詞全編》的出版,

---

〔註160〕程千帆:〈論瞿翁之詞學〉,《詞學》第 6 輯,頁 254。

也有助於了解夏承燾刻意「毀其少作」，擇其佳作出版的心態，以全面的視角，客觀檢視夏承燾的作品與詞學地位。

二、以時代為經，詞人為緯，呈現夏承燾的批評史觀

就目前出版之著作中，以《瞿髯論詞絕句》較能整體展現夏承燾的批評史觀，這也是夏承燾在批評歷代詞人方面，與龍榆生、唐圭璋、詹安泰、吳梅等民國詞學家最大的不同。夏承燾刻意以時代為經、詞人為緯，藉清代以來流行的批評方式，有意識地選擇對象進行評論。此一百首論詞絕句，除評騭唐代至晚清詞人外，亦兼論詞的起源及詞壇新境，並將評論視野延伸至日本、越南、朝鮮，範圍之廣、數量之多，可謂是刻意架構的一部簡明詞史。所論對象並不為大家所侷限，亦不受豪放、婉約或其他詞派之束縛，凡閱讀所及可觀、可感之作家，即予以論述，頗有以詩存人之意；且論述篇幅不一，少則一首，多則六首，可見夏承燾對詞人之重視程度有高下之別。故夏承燾對於評論對象的取捨標準以及批評的內容，均可一併與其他著述互為表裡，一方面作為建構夏承燾詞學批評的重要依據，一方面則試圖建構夏承燾的批評史觀。此外，吳无聞注解《瞿髯論詞絕句》不乏訛誤或缺漏之處，本文於行文之間會一併校訂、增補。

三、以客觀多元之視角重探夏承燾詞學研究

目前研究夏承燾詞學之前輩學者，幾乎聚集於大陸地區，臺灣詞學界僅林玫儀教授、王師偉勇教授單就《瞿髯論詞絕句》，發表單篇論文。臺灣受限於地域、時空之隔閡，除已出版的著述外，其餘尚有未出版之手稿，在蒐集的工夫上相對困難。又基於臺灣與大陸在政治、社會、文化背景的不同，難以與身處於大陸的學者感同身受。此誠然是臺灣學者在研究上無可厚非的困境。然而臺灣研究者最大的優勢，即是能跳脫大陸學者的束縛，藉全面的文獻材料，理性的多元視角，對夏承燾進行客觀的批判，而不至於有推崇過當的嫌疑，儘管在某種程度上可能引起非議，但這也是研究者理應承擔的責任。

第二章　夏承燾詞學思想之奠定與發展

　　夏承燾早年接受師範教育，以教職為終生志業；在新學、舊學相互交融的教育體制下，接受儒家學術涵養，同時受到乾嘉學派與浙東史派的影響，仍清人治經、史、子、集諸法治詞。夏承燾詞學思想的奠定與發展，可自四大層面進行耙梳：一、從讀書、修身到治詞；二、地域活動及詞社交流；三、學會參與及刊物發表；四、著述構想及成果展現。「從讀書、修身到治詞」一節，乃闡明夏承燾早年之經歷。然《天風閣學詞日記》起於 1928 年 7 月 20 日，在此之前的日記內容，尚未問世。吳蓓主編《夏承燾全集》，掌握夏承燾未刊行的日記內容，發表〈夏承燾早年日記述略〉，將夏承燾出從學之初至專治詞學的過程，分為「讀書」、「修身」、「治學」三階段。本節參考之，並引用未刊行的日記內容，進而透過《天風閣學詞日記》、《夏承燾年譜》，以及其他相關資料加以補充，俾夏承燾早年求學、治詞的經過一目了然。「地域活動及詞社交流」一節，探討夏承燾與地域性活動或社團，如詩鐘、慎社、潮社、甌社、午社之間的關係，耙梳夏承燾參與詞社活動的概況，以及社員間交遊往來，進而瞭解該社團活動與發展動向。這部分的研究，已有前行學者探討，如程誠〈《甌社詞鈔》與其詞學價值〉、朱惠國〈午社「四聲之爭」與民國詞體觀的再認識〉、薛玉坤、羅俊龍〈民國詞壇「四聲之爭」鉤沉──以午社詞人為中心〉、胡永啟〈午社探微──以夏承燾《天風閣學詞日記》為中心〉、周密〈夏承燾先生早年詩鐘活動考略〉等，本節再予以歸納、補充，以求全面。

　　「學會參與及刊物發表」一節，係探討夏承燾與學院群體、刊物型詞人群體之往來關係。前者迄今未見專篇探討，後者則有熊舒雅、許和亞〈夏承燾與新舊詞學之轉型——以《詞學季刊》為中心〉一文，專論夏承燾與《詞學季刊》的關係。「著述構想及成果展現」一節，係透過《天風閣學詞日記》，分析夏承燾在詞學方面的著述構想，以及已刊行或未及刊行的研究成果。凡研究夏承燾的單篇論文、學位論文、專書等，多涉及夏承燾已發行的著述成果，惟探討程度的深淺不同而已。此外，夏承燾著述構想以及未及刊行的專書、專篇，亦是不勝枚舉，頗值得全面探討。陶然〈規模宏度　金針度人——記夏承燾先生未及成書的著述〉一文，將未及成書的書目，分類列出，惟不見陶然對於內容進行分析，尚有進一步探討的空間。本章即自以上四大層面闡明夏承燾之所以成為「一代詞宗」的原因，以探其詞學思想的奠定與發展。

第一節　從讀書、修身到治詞

一、學問來自於讀書

　　夏承燾出身小布商之家，沒有家學淵源，然年幼之際已具備語文天分，七、八歲即嗜書如命。1916 年 6 月 11 日《日記》載：

> 父親謂當十餘年前，金選卿公設帳，予時方二三歲，頭上生異瘡，晝夜號咷，唯金公抱之庭外，見庭聯即破涕為笑，且目注聯上字，不少瞬。因大奇之，嘗囑告家人曰：是於未離乳臭，即知如此，他日必善讀書云云。〔註1〕

夏承燾六歲隨兄長讀蒙館，由顧惺石發蒙；十四歲於二千餘人中脫穎而出，考入孫詒讓（1848～1908）創辦的溫州師範學校（簡稱「溫師」），在四十名錄取生中，名列第七。該年題目出自《禮記·學記》：「學然後知不足，教然後知困」，頗能呼應夏承燾日後勤奮治學的態度。夏承燾就讀溫師五年，學校開設科目甚多，舉凡講經、修身、博物、教育、國文、歷史、人文地理、幾何學、礦物學、化學、圖畫、音樂、體育、英文、西洋史等，十幾門課程無不立足於傳統文化上，兼糅以西學。〔註2〕而夏承燾則潛心於古籍之中，「每一書到手，

〔註 1〕夏承燾〈自述：我的治學道路〉，李劍亮：《夏承燾年譜》，頁 2。
〔註 2〕溫師開設的科目，可參「初級師範學堂章程」。清光緒 29 年（1903）頒行「奏定學堂章程」，其中明確規定「辦理學堂首重師範」，並認為「欽定學堂章程」

不論難易，比先計何日可完功，非迅速看完不可」〔註3〕，但對於英、算等學科，總是臨時抱佛腳。入學第一年，即「自學《春秋》」〔註4〕，自此之後，四書五經伴隨在側，從不間斷。《日記》載：

> 溫讀《論語》一本，蓋四書全部各已溫畢矣。　（1916 年 4 月 18 日）

> 《周易》已重溫三次，雖皆曾經背誦，然除〈繫辭傳〉及〈說卦〉、〈雜卦〉諸篇外，實皆未盡順口也。　（1917 年 7 月 18 日）

> 黎明起，溫《左傳》數卷，每篇雖皆背讀十餘次，猶零星散落，欲求十分順熟，殊堪難也。　（1917 年 8 月 30 日）

> 午飯後，告假出校，往府前街墨香簃書坊買《相臺五經》一部，……予意擬讀完十三經，以為讀書根本。　（1917 年 9 月 15 日）

夏承燾用功甚勤，四書、十三經，反覆閱讀、溫習、甚至背誦，從未間斷，他曾說：「一部十三經，除了其中的《爾雅》以外，我都一卷一卷地背過。記得有一次，背得太疲勞了，從椅子摔倒在地。我在求學階段，舉凡經、史、子、集，乃至小說、筆記，只要弄得到書，我都貪婪地看。」〔註5〕《爾雅》是用以解釋文字訓詁的辭典，不可死背，只能熟用；除此之外，各部經典都是國學的基礎，儒家思想的精髓，一切傳統學術無不源自於此。夏承燾就讀中學之際，以群書作為根本，即奠定深厚的國學底子。畢業之後，夏承燾第一份工作為任橋第四高等小學教員，任職期間，亦時時重溫十三經，《日記》記載如下：

> 《春秋》全部於是日讀完，接讀《禮記‧曲禮》。　（1919 年 2 月 22 日）

> 溫《禮記》……，蓋背記是一半工夫，而每日重溫，亦是一半工夫也。　（1919 年 4 月 11 日）

讀書對於夏承燾而言，是每日必行的過程，它並不只用以應付學校課業，而

中的「師範館章程」尚屬簡略，於是另訂「初級師範學堂章程」及「優級師範學堂章程」。參 2019 年 1 月 16 日網頁檢索 http://terms.naer.edu.tw/detail/1306971/。
〔註3〕夏承燾〈自述：我的治學道路〉，李劍亮：《夏承燾年譜》，頁 2。
〔註4〕李劍亮：《夏承燾年譜》，頁 13。
〔註5〕夏承燾〈我的學詞經歷〉，夏承燾、繆鉞等：《與青年朋友談治學》（臺北：國文天地雜誌社，1983 年 3 月），頁 2。

是夏承燾有意識積極的投入，對於知識攝取的效果與運用，絕對比那些被動學習的人好得多。夏承燾自述其早年讀書心得曰：

> 我從七八歲起就愛好讀書，一直讀了幾十年，除了大病，沒有十天、半月離開過書本。現在回憶起二十歲以前這段時間的苦讀生活，我了解了「讀書千遍，其義自見」這句話是有道理的，不懂的讀多了，就能逐漸了解它的語法、修辭規律，貫穿它的上下文，體會其意義。
>
> 隨著讀的遍數的增加，思考次數的增加，全文就讀懂了。〔註6〕

1925 年 2 月，夏承燾得錢基博《古書治要之舉例》，著錄經、史、子、集四部目錄，做為今後讀書範圍。經部有龔自珍〈六經正名〉、章學誠〈經解〉、魏源〈兩漢經師今古文家法考序〉等；史部有馬端臨〈文獻通考總序〉、趙翼《廿二史札記》、梁啟超〈論過去之中國史學界〉等；子部有章炳麟〈齊物論釋序〉、陳三立〈讀荀子〉、孫星衍〈孫子略解序〉等；集部有張惠言〈七十家賦序鈔〉、阮元〈文言說〉、沈曾植〈彊村校詞圖序〉等。〔註7〕除此四部，另錄段玉裁〈註說文解字敘〉、丁福保〈說文解字詁林自序〉、章炳麟〈小學略說〉、江聲《六書說》等「小學」專篇，作為閱讀清單。夏承燾實際閱讀的書目數量，勢必是以上所列的好幾倍。從夏承燾的讀書脈絡一探，可發現他在經、史、子、集領域中，係以經書為首，延續清儒治經之法學習。此外，還閱讀了大量的專著：

> 與止水赴圖書館閱書。五經類略翻閱王夫之《詩經稗疏》、夏炘《讀詩札記》、陳第《毛詩古音考》、姚炳《詩識名解》、夏燮《五服釋例》、陳壽祺《三家詩遺說考》、姚配中《周易姚氏學》、孫星衍《尚書古今文註疏》、馬瑞辰《毛詩傳箋通釋》、胡培翬《儀禮正義》等書。……四時出館，頭目為眩。　　（1926 年 5 月 1 日）

而解經需以小學為基礎，其中尤以《說文解字》最感興趣。夏承燾於 1922 年至 1926 年期間，專精於《說文》考究，而有札〈各家《說文》書作表〉；其中考訂小徐本有四家四種；考訂大徐本有七家六種等。〔註8〕又有〈讀《說文》札記〉、《段氏說文釋例》數編。夏承燾云：

〔註6〕夏承燾口述、懷霜整理：〈我的治學經驗〉，《治學偶得》（杭州：浙江人民出版社，1962 年 8 月），頁 1。

〔註7〕詳細目錄，參李劍亮：《夏承燾年譜》，頁 21～22。

〔註8〕吳蓓：〈夏承燾早年日記述略〉，《詞學》第 24 輯（上海：華東師範大學出版社，2010 年 12 月），頁 208。

閱《說文解字註》完，如釋重負。計自去年十月二十四日始治此書，
適越四月，共札成《段氏說文釋例》一本、《簡名編》兩本、《正名
編》兩本、《假借編》及《引申編》三本、《筆樸》一本，又札評書
字義有關於人生哲學者為一本，共得十本。雖草創尚待整理，亦已
大費心力矣。　　（1926 年 2 月 22 日）

《段氏說文釋例》、《簡名編》等十本，未見刊行，手稿現存於溫州圖書館。由
此可見夏承燾專研文字的學養工夫。他在 1927 年 10 月確定治學方向有云：

自惟事功非所望，他種學問亦無能為役，惟小學及詞，稍可自勉。
〔註 9〕

可見「小學」乃夏承燾於詞學之外，最熱衷研究的學門。

　　夏承燾刻苦讀書的階段，是十五歲至二十歲期間，他沒有任何家學背景，
在貧窮度日的環境下成長，中學畢業即馬上就業，連踏入大學殿堂的機會都
沒有，然求知的熱切，激勵夏承燾想盡辦法突破現實難關，他說：

買不起書怎麼辦？……我當時，除了依靠圖書館，就是借和抄。
因為得來不易，每一書到手，不論難易，必先訊何口可完功，非
迅速看完不可。同時，看過之後不是就此了事，而是堅持天天寫
日記。〔註 10〕

夏承燾博覽群書的管道，即來自當地圖書館。其一為現溫州圖書館前身「籀
園圖書館」，當中多為黃紹箕（1854～1908）蓼綏閣、孫詒讓玉海樓存贈。
〔註 11〕夏承燾如獲珍寶，馬上移家圖書館附近，每日每夜進山借閱，將館
藏書籍翻檢殆遍。其二為夏承燾於 1925 年至 1929 年間，任教於嚴州九中
時所發現的州府藏書樓，內藏涵芬館影印本《二十四史》、《嘯園叢書》，以
及許多有關唐宋詞人行跡的筆記小說、方志等，夏承燾又在此紮紮實實的
閱覽殆盡。〔註 12〕

　　其讀書方法，並不是「看過就了事」，而是以笨工夫抄寫，將所讀所見札
錄於筆記之中，否則過目即忘，如雨落大海，沒有蹤跡。〔註 13〕他有隨身攜

〔註 9〕李劍亮：《夏承燾年譜》，頁 27。

〔註 10〕夏承燾〈我的學詞經歷〉，夏承燾、繆鉞等：《與青年朋友談治學》，頁 3。

〔註 11〕黃紹箕（字仲弢，號漫庵），浙江瑞安人，清朝末期政治人物。其蓼綏閣藏書
　　　　樓與孫詒讓的玉海樓，同為浙江瑞安著名的藏書樓。

〔註 12〕夏承燾：〈自述：我的治學道路〉，李劍亮：《夏承燾年譜》，頁 4。

〔註 13〕夏承燾自章學誠《章氏遺書》所見文字段落「讀書不及時作筆記，猶如雨落

帶紙筆的習慣，將閃過腦際獨到的念頭記下，方能牢記在心。學者吳蓓〈夏承燾先生的讀書札記〉一篇，將夏承燾可見的讀書札記歸納為摘錄式、體會式、簡敘式、題綱式、批注式、卡片式、日記式七種，堪稱完整，茲不贅舉。〔註14〕夏承燾曾評錢鍾書作《談藝錄》：「博覽強記，殊堪愛佩。」（《日記》，冊7，頁2）故一邊讀書，一邊筆記，是夏承燾認為最佳的讀書方法，也是長久以來維持的習慣。若無額外札記，也會載於日記中，此乃夏承燾受李慈銘《越縵堂日記》啟蒙，於 1916 年開始，歷時七十年，未曾間斷的書寫習慣。其《日記》亦載：

> 赴中學上課遲到。過圖書館閱書，……梁玉繩《史記志疑》、沈欽韓《前漢書疏證》、張文虎《史記札記》。梁書最上乘，於史公多匡謬補罅。沈書引古為證，間補註闕，亦稍稍明大義。張書只二本，校訂文字，瑣瑣最下乘。　（1926 年 3 月 17 日）

> 午後閱龍起瑞《經籍舉要》一本，開列各要籍名目，以便學子誦習。袁昶增其大半。龍原本甚少。同時邵位西詆其簡略，經袁增補，近代各要書方得其大凡。近人梁任公、胡適之各開國學書目，胡甚無理，梁稍較平允，然亦不能出此規範。苟能手此一編而盡通之，不必泛求高遠，自足成學。所謂顯處視月之廣，往往不若牖中窺日之精也。　（1926 年 8 月 22 日）

> 午後閱鍾謙均《古經解彙函》，刻唐以前各經解，《四庫提要》定為偽書者不刻，《通志堂》已刻者不刻，《皇清經解》已刻者不刻。……有此與徐氏《通志堂》、阮王兩家《清經解》，古今解經之書，完具於此矣。　（1926 年 7 月 18 日）

夏承燾透過三字訣「小」、「少」、「瞭」（以「小」本子隨手筆記，便於整理；摘錄重點，取其精華，內容記得「少」卻不失真；最後要經過沉澱、思考，進而透徹「瞭」解。）〔註15〕涵蓋讀書札記的要領。第一、第二要訣，乃做札記的方法；第三要訣，乃做札記的成果，若不能「瞭」，何必呆做流水帳

大海沒有蹤跡」，參夏承燾：〈我的學詞經歷〉，夏承燾、繆鉞等：《與青年朋友談治學》，頁 7。

〔註14〕吳蓓：〈夏承燾先生的讀書札記〉，《中文學術前沿》第 9 輯（2015 年 11 月），頁 188～189。

〔註15〕夏承燾：〈我的學詞經歷〉，夏承燾、繆鉞等：《與青年朋友談治學》，頁 7～8。

呢？夏承燾之所以能「瞭」，其中一大關鍵，在於深諳目錄學，對於龍起瑞《經籍舉要》、阮元《皇清經解》，以及梁啟超、胡適之所開列的國學書目，加之自身大量的閱讀，不斷的累積，故能舉一反三，互為參照，遂能達「辨章學術，考鏡源流」〔註16〕的層次。筆記起初雖為突出重點，加強印象而寫，然時間的日積月累，以及作者本身閱讀思想的沉澱、融通與轉化，很有可能依據前人文獻以闡明新意，而將閱讀心得轉化為學術研究，即能「瞭」又得以「通」，夏承燾〈讀《荀子》界說〉、《詞例》即是其例（此二編詳見下節分述）。

此外，夏承燾博覽經、史、子、集群書，在傳統國學基礎上，也能對西方經典頗有涉獵，如讀格代（即德‧歌德 Johann Wolfgang von Goethe，1749～1832）、希爾列爾（即德‧弗里德里希‧席勒 Johann Christoph Friedrich von Schiller，1759～1805）二家詩，一有心得即記載於《日記》中：

> 德國格代之詩，詩之大者也。如春回大地，冶萬象於洪爐。讀其詩者，恍見飛仙弄劍，天馬脫銜。希爾列爾之詩，詩之高者也。如身在高峰，等五洲於一點。讀其詩者，但覺滄海龍吟，碧山猿嘯。論其博大清超，希不如格，論其沉痛豪放，格不如希。蓋境遇既殊，詩格亦異也。　（1921 年 12 月 20 日）〔註17〕

但總體而言，夏承燾仍是著重於傳統國學領域，對於西方文論與思想，尚未有足夠開明的格局。

夏承燾強調學問全由一「笨」工夫而來，意謂頭上頂著竹冊，讀書是做學問最重要的根本。此一笨方法，是夏承燾得以悠游書海、融會貫通的主要原因。

二、人格涵養重修身

《禮記‧大學》云：「古之欲明明德於天下者，先治其國；欲治其國者，先齊其家；欲齊其家者，先脩其身；欲脩其身者，先正其心；欲正其心者，先

〔註16〕章學誠《校讎通義》中將中國傳統目錄學功能歸納為「辨章學術，考鏡源流」，從而確立了這一思想在古代目錄學領域中的核心主導地位，對中國傳統目錄學產生極其深遠的影響。〔清〕章學誠著、劉兆祐註釋：《校讎通義今註今譯》（臺北：臺灣學生書局，2012 年 3 月），卷 1，頁 21。

〔註17〕以上關於 1927 年以前的日記內容，參吳蓓：〈夏承燾早年日記述略〉，《詞學》第 24 輯，頁 204～211。

誠其意；欲誠其意者，先致其知，致知在格物。」〔註18〕通過格物、致知、誠意、正心而能修身，以達「內聖」；修其身，而能齊家、治國、平天下，而臻於「外王」，此乃先儒為人處世的最高標準。夏承燾家境清寒，父親殷殷期盼夏家兄弟能各自努力，積極向上。《日記》曾載：

> 仁普先生居與予家鄰，同父親交甚契，光復後返故里桂林。父親署數語於下，略曰：「予老矣，黏此於壁間，以勉諸兒他日能奮發先人未了之志，為祖宗榮，希不負予之望也。（1916 年 2 月 16 日）

夏承燾時常以父親家訓為戒，在進入溫師就讀之際，便「誓不作欺人語」，並以四十歲為人生一大階段，在此之前，宜涵養性情，充實內涵為要，故「思人生四十歲以內乃藏修時代，斷非做事業時代。」（1922 年 11 月 11 日）。然溫師的一門「修身」課，卻讓夏承燾愧疚難安，這也是夏承燾正式以道德標準檢視自身品行的開始。當時主持「修身」課的教師即是當時溫師校長姜琦（1885～1951），他崇尚儒教，著有《中國國民道德概論》、《現代西洋教育史》等書。《日記》有云：

> 姜校長親自問審「修身」不上課諸同學十人，多推說以事。至予，予曰：「今日前同學劉源等人方自志願軍來，因久未敘面，故坐談而忘鐘點之到也。」校長唯唯點首，且責勉他日「修身」一課斷不可乏。噫，一時責問，難以推諉，而卒出謬言以欺師長，一課分數果無足惜，只可憐予今年來方欲直志立信，誓不作欺人語，而卒以一微事不能堅守，悲夫！（1916 年 2 月 7 日）

夏承燾曾因缺席「修身」一課，又推諉塞責，導致他懊惱不已。孔子說「吾日三省吾身」，日記的撰寫，恰成為夏承燾每日檢點身心的載體。他說：

> 寫日記原以檢點心身，以期悔改。（1922 年 5 月 2 日）

> 予所授一級中學生近頗自知檢點心身，互相規戒，蓋受日記之益不少，勸人修身行己，莫如勸其作日記。（1922 年 12 月 12 日）

1917 年 11 月 18 日，夏承燾將「修身」課後的心得，一字不漏的記載日記中，當時授課教師提出三大問題：一、人生究竟目的何在？二、我之此生目的何在？三、欲達我此生目的當以何方法？夏承燾答曰：

> 人生究竟目的在求我之快樂境。所謂快樂者，即至善也，其足之生

〔註18〕〔漢〕鄭元注、〔唐〕孔穎達等正義：《禮記正義・大學》（臺北：大化出版社《十三經注疏附校勘記》，1982 年 10 月），頁 3629。

活也。蓋能止於至善，則內而心身之發展，外而國家之關係，是無
缺憾。是即具足生活而快樂之亦隨之而至。

我之此生目的，在率天下眾人皆至於至善及具足生活而無缺憾。

甲：為學方法。答：以三十年修教育學，以十年圖閱歷天下各國，
採其教育方法及風俗民情，然後畢生躬行教育事業。乙：做人方法。
答：以敦品勵行為天下萬世法。丙：作事方法。答：處事以百折不
回之堅忍心，務達我教育事業之目的。　（1917 年 11 月 18 日）

夏承燾指出人生終極目的在「至善」，並以「為學」、「做人」、「做事」三方法
達到「兼善天下」的目的。夏承燾未滿二十，思想已成熟萬分，他一生也謹守
當年立下的規範一步一步慢慢實踐。他在早年日記中，錄有「省身格」，載錄
1923 年 1 月 1 日至 2 月 15 日自我反省的細項，包括：背後議人長短、說謊、
戲謔、忿怒、利己、失信、慢人等，內容多是日常過失。又云：

今年元旦曾立意滌除前愆，重新做個好人，乃悠悠忽忽過去又是十
天，省身格上昔所犯之過，今一未曾改。所謂自新者安在？所謂做
好人者安在？恐終以因循二字誤盡一生。徒悔而不改。真自欺之小
人。惕之惕之；戒之戒之！明日起，當以遲眠、晏起、節食、慎言、
及坐時搖膝曲背五事屬禁。　（1923 年 2 月 15 日）

夏承燾每日躬省瑣碎雜事，已超越常人可接受的範圍。然夏承燾嚴以律己，以
敦品勵行為萬世法則，以儒家之道修身養性，才能造就成其非凡的人格精神。

其次，夏承燾多讀性理、哲學之書，促使其道德涵養更上層樓。《日記》
載：

（近來）多讀性理書，欲以躬行心得為諸生倡。每日課其為日記，
訂功過格，頗有興起者。……區區之志，惟求寡過於身，為一謹敕
之士。在一校則化一校，一鄉則化一鄉，一家則化一家。希不虛此
生於人世。〔註19〕

蘇氏（蘇格拉底）知行合一說曰，人欲實行道德者，在知道德於人
之為善，其不知為善者，以不知善之為善，彼知之而行犯之者，未
可謂真知，知己之得而不求其利，我未見其人也。與陽明說似同實
異。　（1921 年 12 月 19 日）

〔註19〕吳蓓：〈夏承燾早年日記述略〉（上），《詞學》第 24 輯，頁 218。

夏承燾於 1922 年前後，接觸宋明理學，從而對性理之學產生興趣；又能將西哲思想與王守仁（即王陽明）「知行合一」之論相較，觸類旁通。夏承燾對於陽明學說的體會和感動，在於養心，從其日記可知他獲讀陽明學說時是何等雀躍：

> 擁被觀《陽明年譜》，有會心處輒欲起舞。讀書學聖人真人間第一等學問，從前沉溺於詞章，可憐可惜。　（1922 年 12 月 3 日）

> 自勘閱陽明《傳習錄》數後，覺授課時和氣藹然，動靜云為皆有天真之樂，以《近思錄》及此置案頭，有暇隨時翻閱一二語以自鞭策。（1922 年 12 月 8 日）

> 臨睡閱《陽明集》六七葉。昔年常苦體弱，沉溺詞章，出語多衰颯，故每自懼不得永年。近日讀理學書，胸次大異往時，覺方在少年，苟能立定腳跟，聖賢豪傑，任我去做，將來有無窮希望。身體亦比前健。或是讀書變化氣質之效也。　（1923 年 2 月 5 日）

夏承燾藉性理之書自我鞭策，精神亦比往常飽滿，可知尊德行、講性理，實有助於養心，心若正，氣亦定。而道德不只在養心定氣，必須予以實踐，才能「兼善天下」，有所用於世。此方面夏承燾深受顏李學說以及曾國藩的影響：

> 近閱顏習齋（顏元）、王陽明（王守仁）、曾文正（曾國藩）三家書，處事耐煩習勞學顏氏，養心致良知守王氏，讀書、性理、詞章、考據並重從曾氏。　（1923 年 2 月 23 日）

清初，顏元與其弟子李塨創立以「實文、實行、實體、實用」的實學，扭轉明末「空談心性」的風氣，以「習行」將「經世致用」的思想發揮至極致。夏承燾曾在顏元生日當天，寫下「身體力行顏習齋先生之學」〔註 20〕數字，自我勉勵，可見夏承燾在政治社會動盪不安的時局下，欲將所學貫徹實踐的決心。曾國藩是夏承燾在「讀書、性理、詞章、考據」等方面遵循的典範，其《曾國藩日記》與《家書》總結曾國藩畢生修身養性的心得，涵蓋他一生行為思想。夏承燾《日記》載：

> 閱曾文正日記抄，引東坡詩：治生不求富，讀書不求官。譬如飲不醉，陶然有餘歡。文正為足二語曰：為德不求報，為文不求傳。（1942 年 2 月 21 日）

〔註 20〕吳蓓：〈夏承燾早年日記述略〉（上），《詞學》第 24 輯，頁 221。

道德涵養必須在日常生活中實踐，始能成為實學，絕非束之高閣，空談心性而已。夏承燾將顏元、王守仁、曾國藩三家書融會貫通，獨善其身之後能兼善天下，以臻於「知」、「行」合一的境界。

夏承燾對道德的實踐，可自師德的涵養中一探端倪：

> 廓美鈕司謂家庭曰母親學校，予謂學校乃教育家庭，視學生須似子弟一般，近日小學校教師失之嚴厲，使學生畏，中等以上學校教師失之尊重，使學生疏，故中等以上學生佩服師長學問道德者有之，若能真肫摯愛敬者蓋甚鮮也。

> 近日教育界趨勢，凡入師範學校之學生，家境必較入中學者窮，此由於父兄無為子弟擇業之知識，不察子弟之品性，只貪目前數年膳宿學費之撙節，故畢業後有不耐教育事業轉入他界者，予謂入師範者，須富家子弟，因將來要拋棄身家，盡心教育，非若入中學者為謀生活起見也。　（1922 年 1 月 17 日）

夏承燾曾自計以「教育」為畢生志業，果然一畢業即投入其中，且終身不輟。他以「拋棄身家，盡心教育」的決心，將學生視為子弟，高足潘希貞（琦君）回憶起恩師曾說：「他授課時總是笑容可掬，使滿室散佈溫煦的陽光。講解任何文字篇章，都和人生哲理、生活情趣溶成一片。……他說讀書要樂讀而非苦讀，故極力培養我們『樂』的心境。」〔註21〕吳熊和亦云：夏先生論詞重詞品，論人重人品。人品先於詞品。夏先生教育我們的，也首先是學行一致的品格志向的陶冶，作為日後為人為學之本。我們常常從夏先生無所拘束的隨意漫談中，聽到他深含哲理的議論，領受到有關人生的啟迪。」〔註22〕夏承燾以言教、身教春風化雨，此乃道德的具體實踐。

除了性理之學的書籍外，夏承燾於佛學也極有興趣，其字號瞿禪；「禪」在聖賢書中，在詩詞中，也在生活日常中。嘗云「我有敢入世之膽量，下界苦樂，我願一概擔當。」〔註23〕論杜甫詩曰：「杜甫熱愛人生，入而不能出，故有『風定花猶落』之句，俞曲園（即俞樾，1821～1907）則甚豁達，故曰

〔註21〕琦君：〈春風化雨——懷恩師夏承燾先生〉，吳无聞編：《夏承燾教授紀念集》，頁 149～150。

〔註22〕吳熊和：〈汲取到清澈百丈的源頭活水〉，吳无聞編：《夏承燾教授紀念集》，頁 181。

〔註23〕琦君：〈春風化雨——懷恩師夏承燾先生〉，吳无聞編：《夏承燾教授紀念集》，頁 150。

『花落春猶在』。我卻更樂觀,要說『未有花時已是春』」。又作一詩「莫學深聱與淺聱,風光一日一回新。禪機拈出憑君會,未有花時已是春」,所謂「禪機」,夏承燾解釋「只是低徊一笑中」。〔註24〕夏承燾何時接觸佛理,時間未能確定,然可自其恩師《張棡日記》(1926年4月29日)載「記同夏癯禪謁符笑拈大令」〔註25〕一條,可知夏承燾在二十七歲時,已自號「癯禪」(瞿禪),說明夏承燾在三十歲前,已接觸佛理、禪學。1932年12月,夏承燾在浙江大學師範學院以「轉」為題進行演講,以佛家「轉識成智」說人間的憂患、氣質及過失,謂此三事皆可用此「轉」義,將其導引向上,變為智慧、學問、事業,因勸勉諸君「逃憂患不如轉憂思,克氣質不如轉氣質,改過失不如轉過失」。〔註26〕夏承燾由佛理而得的「轉」念,遂成為他日後做人、治學、交友、處世等方面的思想根基。

　　1930年至1949年間,夏承燾更是大量閱讀佛經,《日記》載:

與印西同過馬所卷(巷)十三號訪馬一浮先生,問讀佛典,彼談甚有興。謂入世、出世非二事,哲學派別不可信。後人謂宋儒陽儒陰釋之說不當。古今同此心同此理。即今盡焚書籍,後人重作,仍此一套,無大異同。古今為學異同,只務內、外二事。又謂佛經為詞賦體,故多排場。學佛先看《大乘起信論》,禪宗先看《六祖壇經》、《五燈會元》。十一時辭出。同遊靈隱。寺僧導游靈隱書藏,在方丈室,僧雲圖尚在。　(1937年3月19日,冊5,頁501)

白良來,予問借《陽明集》,彼謂不如讀佛書直接了當。即偕往城下寮借《續藏經》、《華嚴經》、《普賢行願品疏鈔》等四本來。　(1938年4月28日,冊6,頁22)

於舊書中得李圓淨《佛法道論》一冊,正苦無佛學入門書,閱此甚

〔註24〕 琦君:〈春風化雨──懷恩師夏承燾先生〉,吳无聞編:《夏承燾教授紀念集》,頁151。

〔註25〕 張棡終生獻身教育事業,擔任瑞安中學堂、浙江省立第十中學(溫州中學前身)等學校教師四十餘年。張棡著、俞雄選編:《張棡日記》(上海:上海社會科學院出版社,2003年6月《溫州文獻叢書》),頁366。該日記所記自清光緒14年(1888),止於民國31年(1942),前後達55年時間,內容包括政治、兵事、經濟、教育、實業、農田、災異、民俗、藝文、名勝、人物、軼聞等方面,其時間跨度之大,內容涵蓋面之廣,具有深厚的史料價值。

〔註26〕 施議對:《民國四大詞人》(北京:中華書局,2016年5月),頁14~15。

有味。 （1938 年 5 月 2 日，冊 6，頁 23）

夏承燾應浙江大學聘任之前，曾於南陽吳天五處旅居 102 日（1942 年 5 月 10 日至 8 月 22 日），此際夏承燾大量閱讀《維摩詰經》、《圓覺經》、《觀無量壽佛經》、《金剛經直解》、《大乘起信論》、《楞嚴經》、楊仁山《佛教宗派》、梁啟超《佛教心理學》等佛教經典及專書，並擬署別號曰「無得」。1942 年 8 月 14 日《日記》載：

> 性相二宗，皆以無所得為究竟。夜十二時不寐，燃燈閱《佛教宗派》
> 詳注，得此意甚好。擬署別號曰無得居士，或取無分別智，名無別。
> （冊 6，頁 411）

其中，梁啟超談佛的觀點影響夏承燾甚深，以「甚受其益」四字概之。孫養癯（生卒不詳）曾說夏承燾「他日當亦步彼後塵出家」（《日記》1943 年 2 月 21 日，冊 6，頁 466）。夏承燾研讀佛經，未見任何專著或筆記問世，但從《日記》可知他平日在佛學所下的功夫。他所領悟的佛理，遂成為他治學的功底，並賦予他面對顛沛人生的力量。

　　總之，夏承燾人生所學所思，由經史諸學走向辭章之學，在鑽研、思考、處世的過程中，無不與諸子學、理學、佛學互為融通，成為他安身立命的後盾。

三、治學方法的奠定

　　夏承燾家貧，溫師畢業後，即在中學就業，未能繼續接受高等教育，一切學問，皆自苦讀而來。1920 年 5 月，夏承燾以中學教員身分前往南京高等師範暑期學校研習，教師有胡適、梅光迪、胡先驌等學界鉅子，他們都是兼融新舊文化的知識分子，所傳授的新思維、新方法帶給夏承燾非常大的震撼與感動。研習之後，夏承燾返回溫州，便向老師張棡分享聽課心得，其中又以胡適令夏承燾印象最為深刻。《張棡日記》寫道：

> 下午，夏生承燾來訪，言自南京、蘇州回，……。又言胡適之在南
> 京演說，語尚中肯，謂人必須先蓄根柢乃可言新文化。〔註27〕

同年 7 月，夏承燾撰〈墨子哲學長處與短處〉一文，乃聆聽胡適講學後，以白話文法對諸子進行研究的一種嘗試，夏承燾的學術視野也隨研習的參與更

〔註27〕張棡著、俞雄選編：《張棡日記·夏生承燾來談南京蘇州事·1928 年 10 月 21 日》，頁 283。

加廣闊，自此之後，學術研究不間斷，在確定治學方向之前，各個領域涉獵甚繁，尤以史學、子學、小學等研究甚夥。史學方面，夏承燾曰：

> 中文亦當從事根柢學問……我國古學之須研究者，一為通史，一為性理。史可識治亂大體，性理乃立品之基。 （1923 年 4 月 26 日）

史學是一切學術研究的根柢，性理乃敦品勵行的基石，二者不可偏廢，這就是夏承燾為何重視宋明理學及史學的關鍵因素。《日記》載：

> 近人著作於梁任公過目最多，甚篤好之。年來看書受益最大者，關於身心，惟《陽明集》及顏（元）李（塨）書。於學問惟《漢學師承記》及此（《清代學術概論》）而已。 （1923 年 8 月 28 日）

> 治學則最早得力於《漢學師承記》、《文史通義》二書。 （1940 年 10 月 23 日，冊 6，頁 241）

清・江藩《漢學師承記》為一部闡述清代漢學家法，經學源流的學術史論著。此編始自閻若璩、胡渭，終於黃宗羲、顧炎武，計 40 人、附傳 16 人，共輯 56 位漢學家的生平傳記與學術思想，恰可反映當時乾嘉學派的觀點。梁啟超《清代學術概論》，評述明末至梁啟超以來二百多年中國學術思想發展的概況，就有清一代的哲學、經學、史學、自然科學等進行全面的論列，同時運用新方法、新思維，提綱挈領的概括清代傳統學術主流和基本特徵。《漢學師承記》、《清代學術概論》二書提供夏承燾在學術方面對於「史學」研究方法的把握，不論是為史家立傳，或者考鏡源流，都有相當程度的影響。〔註28〕夏承燾於 1925 年、1940 年任教西北大學、之江大學期間，曾教授章學誠《文史通義》一課，對章學誠評價極高，稱云：

> 不但有清一代，實宋鄭樵後七百年間一史學大師。

> 史家重核實，尊事功，故實齋論學頗近宋代永嘉事功學派，及清代顏李學派。〔註29〕

章學誠（字實齋）為清代史學家、思想家，他主張「學為實事，而文非空言」〔註30〕，善於辨別古今學術源流，曾自負云「鄭樵有史識而未有史學，曾鞏具史學而不具史法，劉知幾得史法而不得史意，此予《文史通義》所為作

〔註28〕吳蓓：〈夏承燾早年日記述略〉（上），《詞學》第 24 輯，頁 228。

〔註29〕吳蓓：〈夏承燾早年日記述略〉（上），《詞學》第 24 輯，頁 228。

〔註30〕〔清〕章學誠著：《文史通義》（臺北：漢京文化事業有限公司，1986 年 9 月），卷 3，〈內篇三〉，頁 231。

也。」〔註31〕夏承燾在確立治詞方向後，章學誠的影響依舊，連新婚之夜
還攜帶《文史通義》入房避客，寫下「秦關風雪伴行滕，紙尾征程歷歷登。
幾度江湖臘十八，為他憶起洞房燈。」（1930 年 11 月 24 日《日記》，冊 5，
頁 172）夏承燾甚至興起放棄詞學而轉治宋史的想法，《日記》載：

> 閱胡適《章實齋年譜》，實齋三十五歲著手著《文史通義》，覽之自
> 奮，思棄去詞學，務為大者遠者。 （1934 年 12 月 28 日，冊 5，
> 頁 350）

> 閱《章實齋年譜》。實齋為汪氏《史姓韻編》及廿四史《同姓名錄》
> 合序，謂人表為治經業史之要冊，專門之學，不可同於比類徵事之
> 書，史欲文省事明，非復人表不可。予思治宋史，先從表著手。成
> 《宋史表》一書，先從文學、理學著手。文學先從詞人著手，作《詞
> 人繫年表》。理學先從永嘉著手，作《永嘉學繫年考》，則年來辛勤
> 搜輯之詞人遺事，不致廢棄。又實齋所謂史學別錄，予亦久有此意。
> （1934 年 12 月 29 日，冊 3，頁 350）

> 閱《章實齋年譜》。實齋五十五歲有《史學別錄例議》一文，……予
> 思治宋史，即用此法，札宋史及宋人文集筆記為一書，曰《宋史別
> 錄》（或用他名）。並札其相牴牾者另為一編，曰《宋史考異》。其關
> 係風俗制度者，亦為一編，曰《宋史別志》。 （1935 年 2 月 15 日，
> 冊 5，頁 365）

夏承燾服膺章學誠為代表的浙東學派，在章學誠的各種著述及相關研究中，
夏承燾受惠良多，遂得以引浙東史學之法入詞學。章學誠側重「表」、「譜」的
史學方法，也被夏承燾吸收，促使詞人譜牒之學的開創。縱使夏承燾一系列
治宋史的計畫，始終未能實踐，但他的詞學研究，實際上已具備史家筆法。
　　此外，夏承燾對於地理學頗為熱衷，曾曰：

> 近讀地理甚饒趣，將來擬做《方輿紀要》，自清季及近代各大戰爭作
> 《各省形勢通論》一部。……今冬如不南回，擬專心在此研究史地
> 學，將來甚有實用。 （1925 年 11 月 25 日）

> 閱《宋史》，擬盡發廿四史作《中國學者（術）地表》，分省道，繫

〔註31〕〔清〕章學誠著：《章氏遺書·和州志·志隅自敘》（臺北：漢聲出版社，1973
　　　年 1 月），外編，卷 16，頁 1236。

學者、學派、時代、著書、學術事件發生……諸項。我國經史、文
學、藝技，時以地域分派別，此書成，可推求某地域、某學派發生
及盛衰之故，亦有趣味之研究。訂定凡例，盡一日之力，頭腦為昏。
（1928 年 3 月 25 日）

人文、歷史、地理各方面環環相扣，地域關係若能釐清，各地學派的興亡盛
衰，即可推究原委，此乃學術研究不可缺乏的要素；加上史地的探討，本於
實用，相對於案頭文字，更具經世致用的效果，夏承燾稱之為「有趣味之研
究」。

　　子學方面：夏承燾曾在 1923 年 6 月 26 日《日記》中開列子類書目：包
括：《老子》（參《老子翼》及馬其昶《老子故》）；《管子》（參章太炎《老子餘
義》）；《莊子》（參《莊子翼》或王先謙《莊子集解》）；《荀子》（宜看王氏《集
解》及劉光漢《補註》）；《韓非子》（宜看王先謙《集解》）；《墨子》、《墨子閒
詁》及鄭文焯《墨子故》、《墨經古微》、蘇時學《勘誤》；《法言》；《論衡》。〔註
32〕現存夏承燾遺稿，有《慎子》、《尹文子》、《公孫龍子》、《呂氏春秋》札記、
《揚子法言》札記（存於溫州圖書館）。1924 年 7 月 30 日，完成三度易稿的
《讀《荀子》界說》，此乃夏承燾自認的學術處女作，謂「予之著作破題兒」
（1924 年 7 月 30 日），其自序有云：

十三年秋，為西安中學諸生講荀子，旦夕比度，偶有觸發，倣梁任
公之《讀《孟子》界說》，寫成此本。徵引古說及時賢論著，亦十之
二三，荀書文辭濃鬱，與孟書之勁煉異趣，而論說理愷，精深周至，
並富於改革創造思想，實有突過孟子處。其在我國古代學術界，上
接儒家，下近名、法，蓋欲為三家之溝通者。是編講臺上臨時印發
講義，難免紕繆疏忽，以餉初學，或可得舉隅之助，非敢云持質大
雅也。〔註 33〕

夏承燾《讀《荀子》界說》，係仿梁啟超《讀《孟子》界說》所作，針對時人
治諸子「好為係斷加以粗忽，遂致厚誣古人」的風氣予以評論，且與胡適意
見對立，謂「竊以胡君此論關係荀學者甚大，蓄疑於心，敢持以質正，預為他
日接席請益之資。」〔註 34〕夏承燾自 1920 年於南京高等師範學校研習後，對

〔註 32〕吳蓓：〈夏承燾早年日記述略〉（上），《詞學》第 24 輯，頁 226。
〔註 33〕李劍亮：《夏承燾年譜》，頁 22。
〔註 34〕吳蓓：〈夏承燾早年日記述略〉（上），《詞學》第 24 輯，頁 227。

胡適敬重有加，然真理更勝於名師，夏承燾實事求是的治學精神在此展露無疑。

　　小學方面，夏承燾早年嘗研讀《說文解字》，札成《段氏說文釋例》、《簡名編》、《正名編》、《假借編》、《引申編》、《筆樸》諸本；又曾閱讀錢大昭《說文統釋自序》，萌生作《小學卮譚》一書的念頭：

> 謂自來小學乖戾，其失共三十有四類，其所舉穿鑿、轉寫、隸變、藉用、隨俗、新附、新補、不學、音偽、音釋諸條最可觀。其原書已佚，序中所舉必不能盡，可集諸書補之。如能依其十例，以復原書六十卷之舊，則更蔚然大觀，唯非末學謏聞所能與事耳。有暇能取史籍筆記中及字學故事……為《小學卮譚》一書，亦甚有趣。
> （1926 年 8 月 23 日）

夏承燾博覽群書後所萌生的著述構想與研究思維，奠定其深厚的國學根基，也成為他日後治詞的堅實後盾。夏承燾曾自云：「我自帥校畢業後，因為家庭經濟等方面條件的限制，未能繼續升學，苦無名師指點，才走了一段彎路，化費了將近十年的探索時間。」〔註 35〕正因為有這一段十年的「彎路」，夏承燾才能從經、史、子、小學各領域中，累積了他人無可取代的學術能量。程千帆稱之云：

> 以清儒治群經子史之法治詞，舉凡校勘、目錄、版本、箋注、考證之術，無不採用，以視半塘、大鶴、彊村所為，遠為精確。前修未密，後出轉精。當世學林，殆無與抗手者。〔註 36〕

夏承燾平生治學，旁搜遠紹，考證精確，細微之處不肯輕易放過，這般用心，係自經、史、諸子、小學研究的道路累積而來，研究過程可謂「此足自慰，亦甚自苦」（冊 6，頁 729）。

四、由填詞而治詞學

　　夏承燾治詞，乃自填詞始。夏承燾從小即喜好詩詞，曾從同窗李驥處借得清・袁枚《隨園詩話》、清・黃景仁《兩當軒詩集》二書，又於學侶處見舒夢蘭編《白香詞譜》。就讀溫師之時，課堂上老師講授朱可久（字慶餘，

〔註 35〕夏承燾：〈我的學詞經歷〉，夏承燾、繆鉞等：《與青年朋友談治學》，頁 3。
〔註 36〕程千帆〈論瞿翁詞學〉，《詞學》第 6 輯（上海：華東師範大學出版社，1988 年 10 月），頁 254。

以字行世）〈宮詞〉：「寂寂花時閉院門，美人相並立瓊軒。含情欲說宮中事，鸚鵡前頭不敢言。」〔註37〕課後試填〈如夢令〉一詞，結句「鸚鵡。鸚鵡。知否夢中言語」，深受國文老師張棡讚賞，以朱筆在句旁劃上三個大圓圈。夏承燾自此之後，一有閒暇即背誦唐詩、宋詞，填詞、賦詩的興味油然而生。張棡以朱筆畫下的三個大圈，夏承燾可是記上一輩子。夏承燾後來陸續將所作詩匯成《乙卯詩章》、《丙辰詩章》，並填有〈賣花聲·漁父〉、〈一剪梅·暮春〉、〈高陽臺·楊花〉數詞，有「永嘉七子」〔註38〕之美譽。1917 年，夏承燾試作〈閒情〉七絕十首，託名夢栩生寄投《甌括日報》，初試啼聲，即備受肯定。

　　夏承燾曾說「二十歲至三十歲是我治學多方面探索的階段。」〔註39〕1918年，夏承燾自溫州師範學校畢業後，陸續任教於永嘉縣立任橋小學、溫州布業小學。擔任教員期間，《左傳》、《禮記》等經書在側，詩詞創作不輟。1919年 3 月，初識梅雨清，後來成為切磋詩詞的良友；並購得《詞律》一部，夏承燾鑽研音律，蓋自此發端。1920 年，對夏承燾來說有兩大重要事件：一為參加社團雅集，二為與胡適的首次碰面。同里梅雨清、鄭猷諸友籌組慎社、潮社，夏承燾廁身其間。夏承燾繼慎社之後，加入專門填詞之「甌社」，在林鵾翔引領下，拈題分調，潛心和作。況周頤、朱彊村兩位遺老的詞學主張，也經林鵾翔間接影響甌社社員。夏承燾有云：

> 一九二〇年，林鐵尊師宦遊甌海，與同里諸子結甌社，時相唱和。
> 是時，得讀常州張惠言、周濟諸家書，略知詞之源流正變。林師嘗
> 以甌社諸子所作，請質於況蕙風、朱彊村先生。　（《天風閣詞集前
> 編·前言》，冊 4，頁 113）

朱惠國〈論夏承燾的詞學思想及其淵源〉亦云：

> 從夏承燾的詞學師承看，從王鵬運到朱彊村、況蕙風，從朱、況兩
> 人到林鵾翔，再通過林鵾翔影響夏承燾，這條大致的線索還是比較
> 清晰的。〔註40〕

〔註37〕唐·朱慶餘〈宮詞〉，清聖祖編：《全唐詩》（臺北：明倫出版社，1971 年 10
　　　　月），卷 514，冊 8，頁 5856。
〔註38〕參冒懷蘇編著：《冒鶴亭先生年譜》，頁 195。
〔註39〕夏承燾〈自述：我的治學道路〉，李劍亮：《夏承燾年譜》，頁 4。
〔註40〕朱惠國：〈論夏承燾的詞學思想及其淵源〉，《中國韻文學刊》（2012 年 4 期），
　　　　頁 33。

夏承燾參與社團雅集期間，有師輩提攜指教，與社友談論切磋，頗多獲益，由此，夏承燾在詩詞創作上能漸識門徑。在林鷗翔引領下，也間接受況、朱二位遺老的影響。

　　然而這段期間，夏承燾仍處於治學探索的階段。他早年頗以清儒為典範，欲治群經子史，以為經世致用，一面尊德性，注重人格涵養；一面道問學，熱衷於學術考究。然而 1927 年 4 月，國民政府成立，內戰頻仍，時局動盪，夏承燾面對時局的紛擾，總有「事功非所望」的感嘆。面對術業的抉擇，經常處於矛盾之中，曾說：

> 對於如何做學問，我還經常處於矛盾當中，早晚枕上思緒千萬。有時候欲為宋史，為《述林清話》、為《宋理學年表》，有時候欲專心治詞，不旁騖，常若無人為予一決，經過反覆思索，我發現自己「貪多不精」的毛病。〔註41〕

直至 1927 年 10 月，才正式決定專攻詞學，以維護書生本色：

> 擬以四、五年功夫，專精學詞，盡集古今各家詞評，匯為一編。再盡閱古今名家詞集，進退引申之。自惟事功非所望，他種學問亦無能為役，惟小學及詞，稍可自勉。明正當著手為之。〔註42〕

實際上，夏承燾正式確立治學方向之前，早已流露他對詞學研究的濃厚興趣，這點可從他於 1927 年間與友人之間的魚雁往返中可知。據夏承燾於 1927 年 9 月 11 日致錢名山信札有云：

> 清代詞話晚已知者共廿種左右，貴鄉鄒祗謨之《遠志齋詞衷》則見而未詳閱。董以寧之《蓉塘詞話》、董潮之《東臯雜抄》則并未寓目。……他如錢唐許田（莘野）之《屏山詞話》、華亭錢葆芬之《菀鑪詞話》、陳廷焯之《白雨齋詞話》、仁和卓人月之《詞統》……等皆搜求未獲。插架如有其書，可否惠假一閱，或開示各書內容。〔註43〕

夏承燾能在確立治詞方向後，馬上進入狀況，完成《唐宋詞人年譜》，主要的原因之一，在於他比別人更早一步蒐集各種詞話、詞集、詞學專書；書籍多

〔註41〕夏承燾〈自述：我的治學道路〉，李劍亮：《夏承燾年譜》，頁 5。
〔註42〕李劍亮：《夏承燾年譜》，頁 27。
〔註43〕沈迦編撰：《夏承燾致謝玉岑手札箋釋》（北京：國家圖書館出版社，2011 年 1 月），頁 32。按：信札所述「董以寧之《蓉塘詞話》」是夏承燾筆誤，董以寧著有《蓉渡詞》，而非《蓉塘詞話》。

來自家鄉的溫州籀園圖書館、任教的嚴州中學圖書館、以及友人謝玉岑、符璋（1853～1929，字聘之、一字笑拈）、錢名山處。1927 年 11 月 7 日致謝玉岑信札云：

> 《詞學集成》，假自符笑拈（符璋）先生許，《賭棋山莊詞話》假自籀園圖書館，俟冬間東歸，當有以報命。金粟軒及《七頌堂詞繹》，在《別下齋叢書》，想鄴架已有其書。承許以《皺水軒詞筌》、《花草蒙拾》諸書寫本假閱，不勝欣忭。《西河詞話》及《詞藻》可不必寫惠，近不需此也。貴鄉鄒程村《遠志齋詞衷》可選者甚多，在《賜硯堂叢書》中曾一過目，知有收入《遠志齋集》中否？董文友《蓉塘詞》或在其《正誼堂集》，便中并乞一檢。近擬盡翻審各詞話，匯輯歷代名家詞評，再取原集進退之。事體雖大，幸此道書籍不多，或可用力，乞吾兄時時督誨之。〔註44〕

夏承燾確立治學方向後，於 1927 年 11 月 11 日提出四部詞學專著的撰寫計畫，即《中國詞學史》或《詞學批評史》、《歷代名家詞評》、《歷代詞話選》、《名家論詞書牘》。同年 12 月 1 日，《日記》上又云「思以明年盡力成《詞學考》一書及《歷代詞人傳》」。眉批上又有「《詞學史》、《詞學考》體裁依《經義考》，書名下繫小傳、序、評；《詞林續事》續張宗橚《詞林紀事》、《詞林年表》、《學詞問話》」等字樣。〔註45〕夏承燾憑藉早期博覽群書所下的苦工，以及所掌握的治群經子史的研究方法，在確定治學方向後，立刻上了軌道，在兩個月內即擬出詳細的著書計畫。儘管這樣瑣碎繁雜的研究方法，偶爾讓夏承燾不禁生厭，有「不入時」〔註46〕的疑慮，卻也奠定其詞學的基礎工夫，讓他逐漸向詞學高峰攀登。

此外，夏承燾「擬以四、五年功夫，專精學詞」，即從校勘和考訂的工夫入手，作各家詞人年譜，如 1928 年 7 月 20 日《日記》載：

> 再翻《宋史》一遍查詞人傳作《詞林年譜》。日來頗復厭此，以屬稿將半，勉強成之。擬割捨唐及五代，改名《宋詞年表》。　（冊 5，頁 1）

〔註44〕沈迦編撰：《夏承燾致謝玉岑手札箋釋》，頁 41。

〔註45〕吳蓓：〈夏承燾早年日記述略〉（上），《詞學》第 24 輯，頁 231。

〔註46〕夏承燾〈自述：我的治學道路〉，李劍亮：《夏承燾年譜》，頁 5。《日記》（1929 年 9 月 18 日）云：「年來讀書，時有不入時之想。細思真人生，在能各發揮其一己之才性，何必婥阿附俗，強所不能。我國文學待墾植發掘之地尚多，止看其方法當否耳。不入時何足病哉。」（冊 5，頁 119）

21 日：

> 翻《宋史》及古今詞話，擬於年表外再仿俞正燮《癸巳存稿》〈李
> 易安事輯〉例作《唐宋詞人事輯》。南宋若《絕妙好詞箋》大體已
> 具，可再羅正史及小說廣之，摘錄數紙，又憚煩輟去。　　（冊 5，
> 頁 6～7）

23 日：

> 札《絕妙好詞箋》作宋詞年譜。翻《宋史·藝文志》，考詞人著述。
> （冊 5，頁 7）

1928 年 10 月 10 日致謝玉岑函云：

> 暑間撰《詞林年表》，迄今尚未蕆事。……秦瀛淮海年譜、東坡年譜、
> 辛啟泰稼軒詩文年譜（汲古閣辛詞本）及唐宋金元各詞人之已有年
> 譜者（白石、放翁、遺山已抄得），有過日能為我一借否？乞代我一
> 查。〔註47〕

夏承燾詞學研究第一步，即是據《宋史》有傳之詞人，考訂其生平故實，取之
作譜牒之用；蒐集各家已出版的詞人年譜作為參考之用，廣搜正史、小說、
筆記史料作為佐證之用。夏承燾以早期奠定的國學根基，轉而治辭章之學，
對於材料的蒐羅與考證的運用，簡直是如魚得水，立刻進入狀況。

　　此時有兩本重要著作影響夏承燾至深，一為胡適《詞選》；二為朱祖謀《彊
村叢書》。胡適《詞選》於 1927 年 7 月，由商務印書館出版後，對民國詩詞
創作都有著或顯或隱的影響，其權威之大，甚至凌駕同時代任何詞選之上。
夏承燾於 1928 年 8 月 3 日閱胡適《詞選》，發現有數處不解，隔日作〈致胡
適之論詞書〉一函與之商榷詞人小傳、詞的起源、調早於詞、劉過詞風、詞的
分期等問題。此函未能寄出。8 月 6 日再度發現《詞選》謂「以晚唐至東坡以
前皆娼妓歌人之詞，《花間詞》全為歌妓唱者」之論亦須斟酌。8 月 18 日正式
發函致胡適，論詞之外，並問《詞林年表》體例，此信函亦收錄於《胡適遺稿
秘藏書信》中。此乃夏承燾與人論詞的首次經驗，然胡適「往往武斷自是」，
「不肯作答」，夏承燾始終未能得到胡適的回應。〔註48〕

〔註47〕沈迦編撰：《夏承燾致謝玉岑手札箋釋》，頁 94。

〔註48〕與胡適通信始末，參夏承燾：《天風閣學詞日記》，冊 5，頁 19～23。另參耿
　　　　雲志編：《胡適遺稿秘藏書信》（合肥：黃山書社，1994 年 12 月），頁 670～
　　　　672。按：日記所載與胡適書信遺稿所存的文字稍有出入。

朱祖謀《彊村叢書》匯刻唐、宋、金、元人詞總集五種，別集一百七十四種，共一百七十九種，材料豐富，校勘精密。1928 年 8 月 29 日，夏承燾得此叢書，足以為《詞林年表》校訂作品，考定行實，協助夏承燾完成治詞的第一步。而後在龍榆生的穿針引線下，兩人三次會面，函札往復八、九次，尤其在詞人譜牒的蒐輯與考訂，朱祖謀給予夏承燾極大的肯定與自信。夏承燾曾說「客處僻左，無師友之助。海內仰止，惟有先生」（冊 5，頁 129），夏承燾不入朱氏門下，然治詞的工夫與貢獻，足以讓朱祖謀為之感動，謂「夢窗係屬八百年未發之疑，自吾兄而昭晰」（冊 5，頁 141）。

此外，夏承燾也極力尋求各家詞集版本，如 11 月 2 日發周予同信，託求侯文燦《名家詞》、吳昌綬《雙照樓景宋金元明本詞》，及《靈鶼閣彙刻詞》、《四印齋所刻詞》（冊 5，頁 42）。1929 年 4 月，夏承燾調整撰寫詞人年譜的思路，謂：

> 詞人年譜於諸小家太繁瑣，擬先成各大家年譜，小家及非詞名家者，或止截其生卒大事。　（《日記》，冊 5，頁 90）

> 先成各大家十餘人，以各小家附大家譜內，如尹煥附夢窗。大家事實太少，不能自為一譜者，亦附見大家譜中，如龍洲附稼軒，末附一年表，則擷各譜大事，以求醒目。　（《日記》，冊 5，頁 92）

夏承燾確認治詞方向後兩年，在不斷的考據、辯證、探索、修改之中，陸續完成各家詞人年譜。雖然時局動盪不安，終日沉溺故紙堆中的矛盾，讓夏承燾有「兀兀終日，為古人考履歷」的厭倦感，然一股對詞學研究的熱情，是他堅持下來的動力。

第二節　地域活動及詞社交流

二十世紀隨著時代的變遷，文人填詞的活動生態有了新的變化。就其要者有三：詞人的「社團」化、詞學的「學堂」化、詞作的「刊物」化。〔註49〕其中，民國詞社延續清代以來傳統，同聲相應，同氣相求；與前代詞社不同的是，民國詞社多能及時出版社集、社刊，一方面促進群體詞人填詞創作的

〔註49〕曹辛華：〈論民國詞的新變及其文化意義〉，《江海學刊》（2008 年第 4 期），頁 181。又「學堂化」指：高校開設的「詞學研究」專業課程，以供學生修習，同時教授學生填詞門徑。

風氣，一方面提供切磋論詞的交流空間。據曹辛華〈民國詞社考論〉統計，多達 134 社；〔註50〕袁志成〈民國詞人結社綜論〉統計，凡 20 社；〔註51〕查紫陽〈民國詞社知見考略〉統計，凡 58 社；〔註52〕數量差異頗大，蓋三人對詞社廣、狹定義不同故也。〔註53〕

　　夏承燾身處詞學通古變今的二十世紀，在傳統詞學轉型，與現代詞學新變的過程中，具有舉足輕重的地位。他在 1913 年考入浙江省立溫州師範學校之前，已學作五、七言詩；逮入溫師，日以詩詞韻語與同窗相切磋，並獲國文教師張棡讚許，開啟創作之路，一生詩、詞創作不輟。1916 年，於溫州甌海關任職的冒廣生當眾將夏承燾與薛鍾斗、宋慈抱、陳閎慧、李笠、李翹、李驤譽為「永嘉七子」。1917 年，夏承燾積極參與地區上的詩鐘活動，借群體創作遊戲於文墨之間，同時也抒發了內心的所思所感。〔註54〕而後參與同里梅雨清、鄭猷諸友籌組的慎社、潮社；〔註55〕1920 年 1 月，潮社刊物刊登夏承燾詩篇十一首；3 月，慎社刊物刊登夏承燾詩詞二十餘首；4 月，夏承燾參與慎社第一次怡園雅集；9 月參加慎社飛霞洞第二次雅集；12 月，參加慎社翟駚四君吟徵詩，被評為冠軍。〔註56〕該年可說是夏承燾在社團活動與刊物中嶄露頭角的一年。

　　據《天風閣詞集前編‧前言》云：

〔註50〕曹辛華：〈民國詞社考論〉，《2008 年詞學國際會議論文集》（下）（呼和浩特：中國詞學研究會主辦，2008 年 8 月），頁 467～488。

〔註51〕袁志成：〈民國詞人結社綜論〉，《玉林師範學院學報》（2011 年第 6 期），頁 82～85。

〔註52〕查紫陽：〈民國詞社知見考略〉，《長春工業大學學報》（2014 年第 6 期），頁 99～103。

〔註53〕詞社定義，萬柳針對清代詞社情況，提出狹義、中義、廣義三種：狹義的詞社組織嚴密，有社規社章、定期集會、正式社名；中義的詞社，組織較鬆散，人員流動性大；廣義的詞社，大凡進行集體創作、集體交流、有相對穩定的詞人群體組織均屬之。參萬柳：《清代詞社研究》（鄭州：中州古籍出版社，2011 年 11 月），頁 13～14。曹辛華所蒐詞社，分狹義、廣義二種，狹義係專門以「詞社」二字命名之；廣義係包括以文社、詩社、吟社命名，兼及詩、詞、文、詩鐘等文藝創作。曹辛華：〈民國詞社考論〉，頁 467。

〔註54〕據夏承燾早期日記可知，夏承燾曾於 1917 年 4 月參與鹽公堂吟頌社公開舉辦的「恢廬詩鐘」；8 月參與「浮沚詩鐘」。參周密：〈夏承燾先生早年詩鐘活動考略〉，《泰山學院學報》第 38 卷第 1 期（2016 年 1 月），頁 29。

〔註55〕夏承燾：《天風閣詩集‧前言》、《天風閣詞集前編‧前言》，《夏承燾集》，冊 4，頁 3、113。

〔註56〕李劍亮編：《夏承燾年譜》，頁 13～19。

一九二〇年，林鐵尊（林鵾翔）師宦遊甌海，與同里諸子結甌社，
時相唱和……三十左右，居杭州之江十年。講誦之暇，成詞人年譜
數種，而詞則不常作。抗戰以後，違難上海，悵觸時事，輒借長短
句為之發抒。林師與映庵（夏敬觀）、鶴亭（冒廣生）、眉孫（吳庠）
諸老結午社，予亦預座末。　　　（冊 4，頁 113）

夏承燾早年參與慎社、潮社等詩會，後加入專門填詞的甌社、午社，積極創
作之餘，時與詞友切磋論詞。耙梳夏承燾參與詞社活動的概況，以及與社員
的交遊關係，有助於瞭解民國詞壇的發展動向。故本節以此為題，從夏承燾
參與的詞社，以及他與社員的交遊關係進行考察，以下析論之：

一、夏承燾與甌社

（一）甌社與《甌社詞鈔》

　　1920 年，永嘉梅雨清聯合鄭猷、吳勁（生卒不詳，即吳性鍵）、林仲（生
卒不詳，即林默君）、沈翔（生卒不詳，即沈墨池）、鄭任重（生卒不詳，即
鄭道夫）等人擬創詩社，在瑞安薛鍾斗建議下取名為「慎社」。〔註57〕社員
有江步瀛（生卒不詳）、夏承燾、陳閎慧、李驤、陳純白（生卒不詳）、嚴文
鬵（1893～1994，字琴隱）、陳竺同（1898～1955，字嘯秋）、薛鍾斗、宋慈
抱等；李笠、鄭閎達（1901～1958，字劍西）、李翹、許達初（生卒不詳）等
人隨後加入。1920 年 5 月 30 日，社友 39 人在市區三角門怡園舉行成立大
會；會後所出版的刊物，體例完全仿照南社〔註58〕，分文、詩、詞三類，下
附社友通訊，名曰「交信錄」。《慎社》第一集刊行後，響應者眾，永嘉呂渭
英（1855～1927，字永年）、陳壽宸（1859～1930？，字子萬）、王朝瑞（1939
～2008，字廷諤）；青田杜師預（1867～1924，字左園）；平陽劉紹寬（1867
～1942，字次饒）、王理孚（1876～1950，字志澄）、姜會明（生卒不詳，字

〔註57〕梅雨清著、潘國存編：《梅冷生集‧慎社與甌社》：「1920 年，我與聯合鄭猷
　　　　（姜門）、吳勁（性健）、林仲（默君）、沈翔（墨池）、鄭任重（道夫）等友
　　　　人，創辦了《甌海潮》週報，共辦了 15 期停刊。那時……就想模仿他（柳亞
　　　　子）主辦南社的辦法，在溫州創立一個文社。瑞安友人薛鍾斗（儲石）首先
　　　　表示贊成，他寫了一封長信給我，建議取名為慎社。」（上海：上海社會科學
　　　　院出版社，2006 年），頁 93。

〔註58〕南社於 1909 年 11 月 13 日在蘇州成立，發起人為同盟會會員陳去病、高旭
　　　　和柳亞子。《南社叢刻》是南社主辦的刊物。自 1910 年 1 月至 1923 年 12 月，
　　　　共出版 22 集。

嘯樵）、黃光（1872～1945，字梅生）等都先後加入。

　　1920 年重陽前三日，慎社在南門外飛霞洞舉行第二次雅集，新增社友 34 人，連同原有社友合計 73 人。1921 年 3 月，慎社在江心嶼舉行第三次雅集，另增社友 14 人，合前共 87 人，為當時溫州最大的文人集團。14 位新社友中，有甌海道尹林鵾翔，師承朱祖謀，著有《半櫻詞》。梅雨清等十餘人欲向林鵾翔學詞，建議於慎社之外，別立一社。梅雨清云：

> 林鵾翔於視政之暇，篤好文學，且工於填詞，是詞學專家朱祖謀（彊村）、況周頤（蕙笙）的大弟子，著有《半櫻詞》。……林的本意在於教我們填詞，他認為溫州在南宋對詞學很盛，……應在這時重振風氣。我偕同王渡向林獻策，建議再創立一個詞社，經林採納……永嘉詞人祠堂建成後，即在此設立詞社，取名為甌社，林鵾翔任社長。〔註 59〕

林鵾翔便以當時漏海米之罰款為經費，將積穀山（位於溫州）下東山書院重修，並於山腰添造一間樓房作為「永嘉詞人祠堂」，祠聯云：「同抱古今愁，半壁江山天水碧；來照舊時月，一龕香火草堂靈」，為之命名「甌社」（1921～1927）。〔註 60〕

　　甌社脫胎自慎社，據《甌社詞鈔》第一集，林鵾翔遊仙巖寺作〈百字令〉，題序云：「辛酉春，仲與王梅伯年（渡）兄游仙巖，梅伯旋錄示此調新詞，並慎社諸君子和作，屬為審定，雨窗不寐，倚此奉酬，藉誌一時唱和之盛」〔註61〕，可知參加社員或與慎社重疊。1921 年，據梅雨清口述，當時甌社成員有：梅雨清、夏承燾、鄭猷、王渡（1871 前～？，字梅伯）、龔均（生卒不詳，字雪澄）、黃光、鄭鍔（生卒不詳，字昂青）、曾廷賢（生卒不詳）、徐錫昌（生卒不詳，字秋桐）、嚴文黼等 10 人；〔註 62〕另據 1921 年所編《甌社詞鈔》之卷首「甌社詞鈔姓名錄」，社員除以上 10 位外，尚包括：翟駃、王理孚、陳閱慧、王蘅芳（生卒不詳，字靜芬）等 4 位。

〔註 59〕梅雨清著、潘國存編：《梅冷生集・慎社與甌社》，頁 95。

〔註 60〕沁人：〈慎社與甌社〉，載《溫州日報》，2003 年 10 月 25 日。查紫陽：〈民國詞人集團考略〉，《文藝評論》（2012 年 10 期），頁 142、146。

〔註 61〕陳閱慧編選、林鵾翔審定：《甌社詞鈔》，《清末民國舊體詩詞結社文獻彙編》（北京：國家圖書館出版社，2013 年 4 月），冊 22，頁 9。

〔註 62〕梅冷生口述、孫夢恆紀錄：〈慎社與甌社〉，《溫州文史資料》（溫州：浙江人民出版社，1990 年），第 7 輯，頁 241～245。另參 2019 年 1 月 16 日網頁檢索 http://www.360doc.com/content/17/0913/13/30624544_686752205.shtml。

林鷗翔〈瑞鶴仙〉（西溪詞人祠落成，夢坡有詞，和者甚重，因此成解）
自注文字曰：

余在甌時，曾於東山書院隙地建永嘉詞人祠，並集同人舉詞社，月
課一詞。〔註63〕

序《甌社詞鈔》曰：

彊村先生云：「本朝詞不可遽覽，恐取法不尊也。然讀古人詞，亦須
別具眼光。即如《六十家詞》，何嘗皆可師可法，但能擇數家為我所
嗜，且與我筆性相近者，寢饋以之，自有所得。此事如學詩文、學
書，亦須先定宗派也。」又「製題、用事亦須注意不可雜以屠沽。」
蕙風先生云：「填詞先求凝重。凝重中有神韻，去成就不遠矣。」……
又曰：「填詞要造句自然，又要未經人說過。其道有二，曰性靈流露，
曰書卷醞釀。」〔註64〕

甌社諸子即在林鷗翔引領下，拈題分調，潛心和作，引朱祖謀、況周頤二家
論詞之旨，求凝重、有神韻，力主造語自然、性靈流露。況、朱兩位遺老的詞
學主張，也經林鷗翔間接影響甌社社員。其中，夏承燾的詞學淵源，正反映
他在參與甌社期間的師承關係。

甌社活動至1927年宣告解散，然目前整理出版的社團刊物，僅《甌社詞
鈔》一、二集，乃民國十年（1921），溫州同文印書館排印出版，所錄為甌社
成員第一年集會作品，雖未能全面反映甌社成員詞學活動與填詞成果，卻能
一窺甌社成員在初期填詞的面貌。

（二）《甌社詞鈔》體製與內容

《甌社詞鈔》第一集錄詞68首，第二集錄詞71首，計139首；大都由
林鷗翔領頭，在同一詞題下，眾社員唱和。第一集內容如下：

序　號	作　者	詞　牌	詞題（序）
◎1	林鷗翔	百字令	辛酉春，仲與王梅伯年（渡）兄游仙巖，梅伯旋錄示此調新詞，並慎社諸君子和作，屬為審定，雨窗不寐，倚此奉酬，藉誌一時唱和之盛。

〔註63〕林鷗翔《半櫻詞續》，見朱惠國、吳平編：《民國名家詞集選刊》（北京：國家
　　　　圖書館出版社，2015年12月），冊9，卷1。
〔註64〕陳閎慧編選、林鷗翔審定：《甌社詞鈔》，《清末民國舊體詩詞結社文獻彙編》，
　　　　冊22，頁5～6。

2	王渡	百字令	仙巖紀遊，之一
3	王渡	百字令	仙巖紀遊，之二
4	鄭猷	百字令	和梅伯仙巖紀遊
5	夏承燾	百字令	同前題
6	曾廷賢	百字令	同前題
7	梅雨清	百字令	同前題
8	徐錫昌	百字令	同前題
9	嚴文黼	百字令	同前題次梅伯韻　之一
10	嚴文黼	百字令	同前題次梅伯韻　之二
11	黃光	百字令	同前題
12	翟騊	百字令	同前題
13	龔均	百字令	同前題
◎14	林鵾翔	八聲甘州	浙人重葺白文公祠，附祀樊諫議從絅齋學士議也。諫議功在綿降，而祀杭者曷故，按諫議生平尤雄于文，與昌黎同樹幟，元和間不蹈襲前人一言一句，世稱澀體，其後浙東西能文者，皆其派流，溯源先河報本勿替，嵩盦馮先生云：祀綿降以政績，祀杭以文章，謹繹斯怕，為賦慢詞以誌俎豆湖山之盛雲。
15	梅雨清	滿江紅	西湖白文公祠附祀樊諫議敬賦
16	曾廷賢	滿江紅	同前題
17	鄭猷	滿江紅	同前題
18	夏承燾	壺中天	同前題
19	嚴文黼	滿江紅	同前題
20	翟騊	南樓令	同前題
21	王渡	滿江紅	同前題
22	龔均	滿江紅	同前題
◎23	梅雨清	鷓鴣天	茶山桃花
24	鄭猷	鷓鴣天	同前題
25	曾廷賢	鷓鴣天	同前題
26	夏承燾	鷓鴣天	同前題
27	徐錫昌	鷓鴣天	同前題
28	嚴文黼	鷓鴣天	同前題
29	翟騊	鷓鴣天	同前題
30	王渡	鷓鴣天	同前題

31	王渡	鷓鴣天	同前題
32	龔均	鷓鴣天	同前題
◎33	王渡	蝶戀花	春夕訪冷生病歸自勁風閣
◎34	王渡	春光好	得仙巖影片,與鐵尊師紀遊,詞裝置壁間,賦小詞紀之
◎35	龔均	賣花聲	以舊藏白石道人象奉贈鐵尊師媵以此詞
36	林鵾翔	暗香	雪澄以舊搨白石道人象見貽賦此報之
37	王渡	燭影紅搖	雪澄以白石道人象贈鐵師雅人韻事,詞以紀之
38	鄭猷	疏影	題白石遺象
39	梅雨清	鎖窗寒	雪澄以姜石帚象貽鐵尊師,並題一詞,梅伯姜(姜)門先有和作,餘亦繼聲
40	夏承燾	石湖仙	同前題
41	陳閎慧	風入松	同前題
42	曾廷賢	風入松	同前題
43	嚴文黼	綠腰	同前題
◎44	林鵾翔	八聲甘州	辛酉季春,孤嶼文丞相祠祀事禮成,集慎社同人澄鮮閣禊飲
45	梅雨清	八聲甘州	同前題
46	鄭猷	八聲甘州	同前題
47	徐錫昌	八聲甘州	同前題
48	曾廷賢	八聲甘州	同前題
49	夏承燾	八聲甘州	同前題
50	陳閎慧	八聲甘州	同前題
51	黃光	八聲甘州	同前題
52	嚴文黼	八聲甘州	同前題
53	翟駰	八聲甘州	同前題
54	王渡	八聲甘州	同前題
55	王渡	八聲甘州	同前題
56	龔均	八聲甘州	同前題
57	王蘅芳	八聲甘州	同前題
◎58	林鵾翔	五綵結同心	廣昌學會於辛酉春三月舉行鄉飲酒禮,海內耆宿,聯翩戾止,甚盛事也。時愛儷園主即為羅友蘭,友山昆仲行婚禮,先期修冠笄之典,酌古準今,鏨然悉當,詞以頌之

59	王渡	連理枝	同前題
60	王渡	摘得新	同前題　之一
61	王渡	摘得新	同前題　之二
62	王渡	摘得新	同前題　之三
63	王渡	摘得新	同前題　之四
64	龔均	畫堂春	同前題
65	鄭猷	魚水同歡	同前題
66	黃光	風蝶令	同前題
67	王渡	憶秦娥	左園贈宋木感賦
68	龔均	浪淘沙	和梅伯詠宋木之作

（表二：《甌社詞鈔》第一集社員創作一覽表）

　　據第一集載，集體創作有六次：首次，由林鷗翔領頭，以仙巖記遊為題，眾社員同拈〈百字令〉；其次，再由林鷗翔領頭，作〈八聲甘州〉以記白文公祠，後有梅雨清、曾廷賢、鄭猷、嚴文黼、王渡、龔均等人倚〈滿江紅〉調，夏承燾、翟骃各別倚〈壺中天〉、〈南樓令〉；再次，由梅雨清領頭，以茶山桃花為題，同拈〈鷓鴣天〉；第四次，由龔均領頭，作〈賣花聲·以舊藏白石道人象奉贈鐵尊師滕以此詞〉贈林鷗翔，林鷗翔倚〈暗香〉應之，王渡〈燭影紅搖〉、鄭猷〈疏影〉、梅雨清〈鎖窗寒〉、夏承燾〈石湖仙〉、陳閎慧〈風入松〉、曾廷賢〈風入松〉、嚴文黼〈綠腰〉等，同題紀之；第五次，由林鷗翔領頭，詠宴集禊飲一事，同拈〈八聲甘州〉；第六次，由林鷗翔領頭，作〈五綵結同心〉詠鄉飲酒禮事，王渡〈連理枝〉、〈摘得新〉、龔均〈畫堂春〉、鄭猷〈魚水同歡〉、黃光〈風蝶令〉同題紀之。另《甌社詞鈔》第一集亦收王渡〈蝶戀花·春夕訪冷生病歸自勁風閣〉、〈春光好·得仙巖影片，與鐵尊師紀遊，詞裝置壁間，賦小詞紀之〉、〈憶秦娥·左園贈宋木感賦〉、龔均〈浪淘沙·和梅伯詠宋木之作〉等 4 首作品。

　　據收錄情形顯示，計 13 位社友參與，其中，以王渡 16 首居冠，龔均 7 首居次；鄭猷、嚴文黼各有 6 首；林鷗翔、夏承燾、梅雨清、曾廷賢各有 5 首。以上諸位，乃甌社社課主要參與人員。就社課規範而言，比起其他詞社，限用同一詞牌、同一詞韻的嚴格要求，甌社的社課創作更顯彈性，並無嚴格限制。

　　《甌社詞鈔》第二集體例同第一集，內容如下：

序　號	作　者	詞　牌	詞題（序）
◎1	曾廷賢	高陽臺	題半櫻簃填詞圖
2	梅雨清	高陽臺	同前題
3	鄭猷	高陽臺	同前題
4	陳閎慧	高陽臺	同前題
5	徐錫昌	高陽臺	同前題
6	嚴文黼	高陽臺	同前題
7	夏承燾	高陽臺	同前題
8	鄭鍔	高陽臺	同前題
9	黃光	高陽臺	同前題
10	王理孚	高陽臺	同前題
11	王渡	高陽臺	同前題
12	王渡	高陽臺	同前題
13	龔均	高陽臺	同前題
14	翟駬	賣花聲	同前題
◎15	龔均	八聲甘州	題三遊洞六一題名山谷題名墨榻（按：三遊洞歐黃題名見陸放翁入蜀記埋沒既久為黃仲弢學使遊洞時所發見）
16	王理孚	憶江南	同前題
17	鄭猷	鳳凰臺上憶吹簫	同前題
18	梅雨清	減蘭	同前題
19	梅雨清	減蘭	同前題
20	王渡	生查子	同前題
◎21	林鵾翔	虞美人	梅伯為繪蓴菜鱸魚隱囊紗帽小幅欲題詞其上適彊邨先生寄示新作屬和走筆成此
22	梅雨清	虞美人	和彊邨先生韻
23	陳閎慧	虞美人	和彊邨先生韻
24	陳閎慧	虞美人	和彊邨先生韻
25	陳閎慧	虞美人	和彊邨先生韻
26	陳閎慧	虞美人	題蓴菜鱸魚隱囊紗帽畫幅
27	陳閎慧	虞美人	題蓴菜鱸魚隱囊紗帽畫幅
28	夏承燾	虞美人	和彊邨先生韻
29	鄭猷	虞美人	和彊邨先生韻
30	鄭猷	虞美人	題蓴菜鱸魚隱囊紗帽畫幅

31	翟駪	虞美人	題蓴菜鱸魚隱囊紗帽畫幅
32	徐錫昌	虞美人	題蓴菜鱸魚隱囊紗帽畫幅
33	鄭鍔	虞美人	和彊邨先生韻
34	鄭鍔	虞美人	題蓴菜鱸魚隱囊紗帽畫幅
35	曾廷賢	虞美人	題蓴菜鱸魚隱囊紗帽畫幅
36	嚴文黼	虞美人	和彊邨先生韻
37	嚴文黼	虞美人	題蓴菜鱸魚隱囊紗帽畫幅
38	嚴文黼	虞美人	題蓴菜鱸魚隱囊紗帽畫幅
39	龔均	虞美人	題蓴菜鱸魚隱囊紗帽畫幅
40	王渡	虞美人	題蓴菜鱸魚隱囊紗帽畫幅
41	王理孚	虞美人	和彊邨先生韻
◎42	王渡	月上海棠	
◎43	王渡	蝶戀花	
◎44	林鵾翔	三姝媚	題朱曉岩面壁圖
45	王渡	三姝媚	同前題
◎46	龔均	一叢花	如園看菊
◎47	龔均	步蟾宮	詠梅
◎48	王理孚	滿江紅	王仲平自塞北攝明妃墓見寄
◎49	林鵾翔	陣都春	章味三以細君張夫人所作百花圖卷屬題粉香脂膩盡態極妍南樓清於庶幾抗手倚此應之
◎50	林鵾翔	鷓鴣天	咯血成病，因烹雪鰻而愈，書報蕙風師，復雲雪鰻亦詞題，難得佳搆，戲成兩解
51	林鵾翔	鷓鴣天	咯血成病，因烹雪鰻而愈，書報蕙風師，復雲雪鰻亦詞題，難得佳搆，戲成兩解
◎52	林鵾翔	浪淘沙	陳子萬孝廉贈楊梅並媵新作倚此酬之
53	陳閎慧	浪淘沙	和鐵師詠楊梅之作
◎54	陳閎慧	三姝媚	題風雨填詞圖
55	夏承燾	齊天樂	風雨填詞圖，仲陶屬題
◎56	陳閎慧	瑣窗寒	
◎57	林鵾翔	雪梅香	紀陳節婦及孝女燕姑事，節婦為吳興沈保卿先生長女，適紹興陳氏早寡，守節撫孤，僑居吳門，某夕，忽被戕室內受創數十處，其女燕姑年十五，同死，子亦中刃，絕而復蘇，官府懸賞嚴偵旋悉為惡僕所害弋實諸法

58	曾廷賢	雪梅香	前題
59	黃光	滿江紅	前題
60	陳闓慧	慶春澤	前題
61	鄭猷	踏莎行	前題
◎62	曾廷賢	百字令	和靈峯摩崖詞
63	梅雨清	百字令	和靈峯摩崖
64	夏承燾	百字令	和靈峯摩崖詞，寄劉厚莊前輩
◎65	黃光	點降唇	唐花
66	陳闓慧	解語花	唐花
67	王渡	清平樂	唐花
◎68	王理孚	蝶戀花	
◎69	鄭猷	翠樓吟	紀別
◎70	夏承燾	齊天樂	西安元夜

（表三：《甌社詞鈔》第二集社員創作一覽表）

　　由上表可知，《甌社詞鈔》第二集，仍以集體和作為主，或限同一詞牌，或不限；少部分為和作之外的散作；唯起頭者，不全由林鵾翔為首。如林鵾翔以〈虞美人〉和朱彊村詞，眾社員以同詞牌和之。另如「題半櫻簃填詞圖」，即以曾廷賢〈高陽臺〉為首，除翟騄〈賣花聲〉外，其餘眾社員同調和之；紀「三遊洞」事，僅錄龔均〈八聲甘州〉、王理孚〈憶江南〉、鄭猷〈鳳凰臺上憶吹簫〉、梅雨清〈減蘭〉、王渡〈生查子〉等詞。林鵾翔〈雪梅香〉記節婦、孝女事，後錄曾廷賢〈雪梅香〉、黃光〈滿江紅〉、陳闓慧〈慶春澤〉、鄭猷〈踏莎行〉等同題卻不限詞調之創作。由此可知，社課習作的體例與規定，尚屬寬鬆，與第一集無異。又成員當中，以陳闓慧作 12 首居冠，王渡、林鵾翔、鄭猷各有 7 首居次，王理孚、夏承燾、龔均亦各有 5 首。總之，透過《甌社詞鈔》所載，甌社第一年的社課活動可略知大概。至於後期社課情形，因資料缺乏，無從得知。

（三）夏承燾與甌社詞友往來

　　有關夏承燾參與甌社之事，可見其《天風閣詞集前編‧前言》所提「一九二〇年，林鐵尊師宦遊甌海，與同里諸子結甌社，時相唱和」（冊 4，頁 113）。之記載。另據林鵾翔序《甌社詞鈔》，以及錄於《甌社詞鈔》第一首詞〈百字令〉之詞序所載「辛酉春，仲與王梅伯年（渡）兄游仙巖，梅伯旋錄示此調新

詞，並慎社諸君子和作，屬為審定，雨窗不寐，倚此奉酬，藉誌一時唱和之盛。」可知甌社成立之時間，當為辛酉年（1921）春；吳无聞編《夏承燾教授學術活動年表》、李劍亮編《夏承燾年譜》即定於 1921 年 3 月。此時，夏承燾由林鵾翔推薦，任永嘉縣立第三高等小學校長；7 月經陳純白引薦，赴北平任《民意報》副刊編輯；11 月由林立夫（生卒不詳）推薦，往陝西教育廳任職。夏承燾參與甌社活動的期間，應在 1921 年上半年。

《甌社詞鈔》第一集中，收其詞五首，包含：〈百字令〉遊仙巖寺、〈壺中天〉詠白文公祠、〈鷓鴣天〉詠茶山桃花、〈石湖仙〉題白石道人像、〈八聲甘州〉記與慎社諸子宴集禊飲等。第二集亦收五首，包含〈高陽臺·題半櫻栘填詞圖〉、〈虞美人·和彊邨先生韻〉、〈齊天樂·風雨填詞圖，仲陶屬題〉、〈百字令·和靈峯摩崖詞，寄劉厚莊前輩〉、〈齊天樂·西安元夜〉，除最末一首為夏承燾個人作品外，其餘均屬社課同題之作。其中，〈百字令·和靈峯摩崖詞，寄劉厚莊前輩〉一首，堪稱夏承燾得意之作，原文如下：

> 巨靈高蹋。問何年豪興，來此題壁。劫火燒殘山骨冷，空際猶懸危石。雲護精靈，天開圖畫，奇氣江山闊。琳瑯百字，墨花還繡苔碧。
>
> 卻羨老去劉晨，凝眈丘壑，愛理尋幽屐，滿日榛蕪文字賤，魂夢長依鄒嶧。故我愁今，新詞吊古，勝賞成陳跡。何時鷺背，共君雲外吹笛。

此詞是夏承燾藉靈峰巖壁上的題字，抒寫古今盛衰之感。雖然經歷數百餘年的浩劫，巖壁仍是高聳入雲，壁上刻有〈百字令〉，劉紹寬為之重拓，使之流傳後世。然歲月流逝，弔古之詞在千百年後，大概已化為塵跡，感慨之情遂油然而生。夏承燾後期將此詞改作，並收入《天風閣詞集後編》〔註65〕。

1922 年以後，甌社社集未見整理；然甌社活動仍持續進行至 1927 年。如1925 年 11 月，夏承燾參加東山詞人祠秋祭，《天風閣日記》（1925 年 11 月 15日）載：

> 午赴東山詞人祠秋祭，同集有張冷僧（張宗祥）道尹、余文耀知事、

〔註65〕陳閎慧編選、林鵾翔審定：《甌社詞鈔》第 1 集，頁 75。另見《天風閣詞集後編》，冊 4，頁 287，題改作「和厚莊前輩靈峰崖石揭原韻」，詞改作：「巨靈孤掌。問何年推出，撐空巖壁。劫火燒殘山骨冷，丹篆猶摩拳石。雲護精靈，天開圖畫，奇句江山闊。銀箋重揭，墨花還繡苔碧。　　我羨老去劉晨，揭來丘壑，愛著尋幽屐。斷碣殘碑閒送日，何似岣嶁鄒嶧。勝地神遊，故山春到，夢境迷仙跡。何時鷺背，和公雲外吹笛。」冊 4，頁 287。

梅冷生（梅雨清）、鄭姜門（鄭猷）、嚴琴隱（嚴文黼）、陳仲陶（陳
閬慧）及周仲明、林澥塵十一人。先祭謝康樂，後祭詞人。予謂當
輯《永嘉詞人傳略》。冷生囑各社友為甌社餞秋詞，圖調《霜花腴》，
以今日夏正九月杪也。兵甲滿天地，吾輩猶能酒尊簫鼓，修此韻事，
亦云幸矣。〔註66〕

可知此次集會，參與者有張宗祥（1882～1965，字閬聲，號冷僧）、余文耀（生
卒不詳）、梅雨清、鄭猷、嚴文黼、陳閬慧、周仲明（生卒不詳）、林澥塵（生
卒不詳）等十一人，由梅雨清囑題，以吳文英自度腔〈霜花腴〉和作。隔年，
夏承燾《天風閣日記》（1926 年 1 月 22 日）載：

午赴東山甌社張冷僧（張宗祥）道尹招飲，晤呂文老（呂文渭）、符
笑老（符璋）、曹民甫（曹昌麟）廳長及冷生（梅雨清）、仲陶（陳
閬慧）、公俠（曾廷賢）、浮汕（不知何人）、姜門（鄭猷）、澥塵等
二十餘人。山梅百餘本，前由各社友釀金購種，已花數十本，風日
暄和，香氣欲動，明年當成盛觀。飲散擊缽，題為井通七唱，姜門
以「寂寞宮花悲辱井，芊綿春草賦文通」得元，予成三聯云：「《心
史》秘書沉古井，目耕散帖陋橫通」、「俠客聲名傳軹井，儒門將相
陋王通」、「忤俗書成須錮井，驚人詩通好不關」，一聯得臚，三聯得
殿。三時散。〔註67〕

1926 年 1 月，張宗祥招飲甌社諸子至東山賞梅，擊缽唱和，題為「井通七唱」。
該年 2 月，夏承燾即作〈冷僧道尹招集東山賞梅依民甫廳長韻柬謝〉七律一
篇記之。〔註68〕1926 年 5 月，夏承燾與梅雨清、鄭猷等在東山書院祭謝康樂
及詞人祠，《天風閣日記》（1926 年 5 月 2 日）載：

十時，予赴東山書館甌社祭謝康樂及詞人祠。庋止者有冷生（梅雨
清）、琴隱（嚴文黼）、姜門（鄭猷）、秋桐（徐錫昌）、仲陶（陳閬

〔註66〕夏承燾《天風閣日記》（1925 年 11 月 15 日），轉引自盧禮陽：〈張宗祥與溫
州人士交遊考略〉，潘承玉《中國越學》第 7 輯（北京：中國社會科學出版社，
2016 年 3 月）；另參 2019 年 1 月 16 日網頁檢索 http://blog.sina.com.cn/s/blog_
634683490102w3pn.html。

〔註67〕夏承燾《天風閣日記》（1926 年 1 月 22 日）；轉引自盧禮陽：〈張宗祥與溫州
人士交遊考略〉；另參 2019 年 1 月 16 日網頁檢索 http://blog.sina.com.cn/s/blog_
634683490102w3pn.html。

〔註68〕此詩未收入夏承燾《夏承燾集·天風閣詩集》。另見李劍亮《夏承燾年譜》記
載，頁 24。

慧）、瀞塵、梅伯（王渡）、雪澄（龔均），及張冷僧（張宗祥）道尹、
曹民甫（曹昌麟）廳長、余知事代表聞逖生（余文耀）、警察局長馬
擯塵。十二時宴散，冷僧、民甫復約八九人作聯字詩，輪流人集一
字，闉題東山種花，得五古一首，有云：「池皺春湁活，鳥歡晴林幽。
香風來蕉徑，恍入羅綺傳。」清婉可誦，較詩鐘尤趣也。冷僧倡重
修王儒志祠堂，籌畫須千金左右，屬仲陶為集捐啟。予正月間贈詩
有「好為此邦留掌故，水心墜緒足躋攀」，亦為此也。〔註69〕

　　由上述詞人祠公祭活動可知，參與甌社活動之成員陸續增加。林鷗翔之
後，改由張宗祥道尹主持。張宗祥於1925年出任溫州道尹期間，在東山書院
永嘉詞人祠堂暨「甌社」舉辦春、秋兩次祠堂公祭，並在東山種梅數百株，作
有〈東山種梅歌〉。當年符璋也應張宗祥之托，撰成〈東山種梅紀事〉七古一
篇，劉景晨（1881～1960）則有〈題畫梅百絕〉，可謂甌社社集之外的意外收
穫。〔註70〕冒廣生作〈記壽陳子萬〉一詩，時陳子萬年七十，詩云：「丙辰（1916）
之春君六十，我適奉母來東甌。官閒意慕謝康樂，每開吟社招朋儔。」冒廣生
即指出1926年5月，甌社諸子在東山書院祭謝康樂及詞人祠一事。〔註71〕其
餘諸子，如余文耀、周仲明、陳仲陶（1895～1953，名閬慧）、林瀞塵、曹民
甫、馬擯塵等人亦參與其中；社集活動除填詞和作外，也有囑題賦詩，不限
一格。

　　1940年1月18日，夏承燾人在上海，閱報得知林鷗翔（鐵尊）於1月
16日辭世，為之嘆詫。《日記》載：

　　念民國十年辛酉，始與冷生（梅雨清）、薑門（筆者按：鄭猷，號姜
　　門，「薑」宜更作「姜」）諸君同從師學詞，於東山倡甌社。其年秋，
　　予客北京，遂與師闊別十七年。去年來滬，始得再見，午社社集七
　　八次外；往謁五六次。師攜其次君來顧一次，亦不過十餘面，方欲
　　寫舊作各詞求政，亦匆匆不果也。得年六十九，本月廿一日午刻在
　　海格路中國殯儀館大殮。　　　（冊6，頁168）

〔註69〕夏承燾《日記》（1926年5月2日），轉引自盧禮陽：〈張宗祥與溫州人士交
　　　　遊考略〉；另參2019年1月16日網頁檢索http://blog.sina.com.cn/s/blog_63468
　　　　3490102w3pn.html。
〔註70〕盧禮陽：〈張宗祥與溫州人士交遊考略〉，另參2019年1月16日網頁檢索
　　　　http://blog.sina.com.cn/s/blog_634683490102w3pn.html。
〔註71〕冒懷蘇編：《冒鶴亭先生年譜》，頁245。

夏承燾在 1921 年離開永嘉後，客北京、輾轉陝西之間，遂與林鵾翔闊別十七年；至 1939 年，夏承燾時任之江大學兼太炎文學院、無錫國學專科學校教授，師徒二人於上海相逢，並同時加入午社；然未及一年，林鵾翔因病辭世。夏承燾閱報得知恩師大耗，第一時間函告同為甌社成員的梅雨清，於東山詞人祠發起會祭，悼念甌社元老。上揭記載，非但說明林鵾翔與夏承燾之密切關係，也說明甌社之於夏承燾初期創作取向的啟發。

二、夏承燾與午社

（一）午社成立始末

1927 年，甌社宣告解散，九月初旬，夏承燾離開溫州，經杭州至嚴州九中任教。十月，初步明確治學重點。至此之後，夏承燾專精治詞，並汲汲向友人托求詞籍版本加以考證。1930 年，夏承燾離開嚴州九中，赴之江大學任教後，初晤龍榆生、朱祖謀、馮沅君、陸侃如（1903～1978）等人，亦與吳梅、陳思、任中敏、唐圭璋、蔡嵩雲、張爾田等切磋論詞。1933 年 4 月，龍榆生主編的《詞學季刊》在上海出版創刊號，登夏承燾〈張子野年譜〉、〈夢窗詞集後箋〉二文，於詞壇消息欄登〈夏瞿禪草創詞例〉，夏承燾遂成為《詞學季刊》邀稿之固定班底。夏承燾治學之餘，亦參與之江詩社〔註 72〕，不忘填詞賦詩，作品多刊登於《詞學季刊》中。

1938 年，夏承燾隨之江大學遷滬；1939 年，任之江大學兼太炎文學院、無錫國學專科學校。6 月，參與於上海成立的午社（1939～1942）第一次集會。此乃 20 世紀 30 年代末至 40 年代初活躍於上海的重要詞社之一。關於午社的提倡者，《詞學季刊》有載：

> 主事者為夏敬觀映庵、高毓浵潛子、葉恭綽遐庵、楊玉銜鐵夫、林葆恆訒盦、黃濬秋岳、吳湖帆丑簃、陳方恪彥通、趙尊嶽叔雍、黃孝紓公渚、龍沐勳榆生、盧前冀野，亦以十二人為限。〔註 73〕

另據《午社詞·同人姓字籍齒錄》所列，社員包含：廖恩燾（1864～1954，字鳳舒，號懺庵）、金兆蕃（1869～1951，字籛孫，號藥夢）、林鵾翔、林葆恆（1872～1959，字子有，號訒庵）、冒廣生、仇埰（1873～1945，字亮卿，號

〔註 72〕據《天風閣學詞日記》，夏承燾應學生之邀，參加之江社社於 1931 年 11 月 12 日的第一次常會，夏承燾寫下〈月輪樓紀事詩〉四首。（冊 5，頁 243）
〔註 73〕龍榆生編：《詞學季刊·詞壇消息》第 2 卷第 4 號，頁 201。

述庵）、夏敬觀、吳庠、吳湖帆（1894～1968，名萬，改名倩，字湖帆，號倩庵）、鄭昶（1894～1952，字午昌，號弱庵）、夏承燾、龍沐勛、呂貞白（1907～1984，名傳元，字貞白，號茹庵）、何嘉（1910～1990，字之碩，號顗齋）、黃孟超（1915～？，字夢招，號清庵）等 15 人。〔註74〕

　　關於午社成立之始末，夏承燾《天風閣學詞日記》（1939 年 6 月 11 日）載：

> 午過榆生，同赴夏映翁招宴，座客十二人，饌甚豐。映翁約每月舉
> 詞社一次。是日年最長者廖懺庵，七十五歲。金籛孫亦七十餘。吳
> 湖帆自謂今年四十六，與梅蘭芳同年。予與呂貞白輪作第六期東道。
> 二時半席散。冒疚翁最多高論，林鐵師終席無雜言。　（冊 6，頁
> 105）

該日夏敬觀招飲，邀夏承燾、龍榆生、廖恩燾、金籛孫、吳湖帆、呂貞白、冒廣亭、林鵾翔等十二人作客。席間約定往後每月集社一次，每次由二人作東，暫訂夏承燾與呂貞白輪作第六回東道。6 月 25 日，再次集會，《日記》載：

> 十時，冒雨赴愚園路林子有家，作詞社第一集。林鐵師、廖懺翁作
> 東。拈得〈歸國謠〉、〈荷葉杯〉二調，不限題。鐵師擬名夏社，映
> 翁謂不可牽惹人名，因作罷。宴後，映翁談清季大乘教事。鶴亭翁
> 出示廣東洗玉清女士畫《舊京春色》手卷。二時，廖懺翁以汽車送
> 予至綠楊村。　（冊 6，頁 108）

此乃第一次集會，由林鵾翔、廖恩燾作東，拈得〈歸國搖〉、〈荷葉懷〉二調，不限題。此次集社由夏敬觀發起，原訂「夏社」，夏敬觀謂不可牽惹人名，故作罷。6 月 30 日，夏承燾接林鵾翔函，謂詞社擬定名為申社、午社，徵求眾意後，遂以「午社」名之。關於初期集社的記載如下：

> （1939 年 7 月 30 日第二次集社）十日過榆生。午廖懺翁以汽車來，
> 同赴子有家詞社社集。社友新加入吳眉孫君。宴談至三時。疚翁與
> 映翁言語時時參商。拈調〈卜算子〉詠荷花。　（冊 6，頁 117）

> （1939 年 8 月 20 日第三次集社）十一時往復旦中學開詞社，鶴亭、
> 子有作東。中學為李鴻章祠，有荷有桂。　（冊 6，頁 125）

〔註74〕《午社詞》收錄於南江濤選編：《清末民國舊體詩詞結社文獻彙編》，冊 1，
　　　頁 301～304。該書將社員字號中「庵」字均作「龕」。

（1939 年 9 月 24 日第四次集社）午赴林子有家午社社集，仇述庵、
何之碩作東。吳湖帆求為其夫人詞集題詞，是日拈題〈玉京謠〉。
（冊 6，頁 134）

（1939 年 10 月 21 日第五次集社）夕，吳湖帆、榆生為東，邀集延
平路知由農場舉午社。五時半往，八時半乘懺庵翁汽車歸。 （冊
6，頁 144）

（1939 年 12 月 20 日第六次集社）夜赴安登別墅廖懺翁招宴，其夫
人手製西餐，極饜飫。同席劍丞、鶴亭、子有諸翁及榆生、貞白、
孟超、之碩，皆殷殷問唁。 （冊 6，頁 159）

（1940 年 1 月 2 日第七次集社）午後，詞社宴集，予與黃孟昭（即
黃孟超）作東，到映庵、鶴亭、亮卿諸老。席設子有翁家。 （冊
6，頁 163）

（1940 年 2 月 25 日第八次集社）夜，午社在廖懺庵翁家會。席上
仇亮翁談葉譽虎《清詞鈔》。冒鶴翁談傅彩雲、況夔生事，夏映翁談
夔生、梅蘭芳事。共到十二人。追念林鐵師不置。金籛孫以腦貧血
退社，吳宛春（按：「吳宛春」宜更作「胡宛春」）補其缺。 （冊
6，頁 181）

（1940 年 3 月 31 第九次集社）夜赴林子有家午社社集。晤陸維釗。
席間聽鶴翁談陳石遺赴粵事及其修福建通志為林琴南、林燉穀，多
微詞。 （冊 6，頁 189）

（1940 年 4 月 28 日第十次集社）夜午社社集，新加入鄭午昌、陸
微昭、胡宛春三君。冒鶴亭以病、林有翁以事未到。吳眉孫、仇亮
卿二翁作東。 （冊 6，頁 196）

（1940 年 6 月 2 日第十一次集社）晚在廖懺翁寓午社社集，予與陸
微昭作東，到映庵、子有、述庵、眉孫、午昌、宛春、貞白、唯疚
翁不到，殆欲出社矣。 （冊 6，頁 205）

（1940 年 8 月 10 日第十三次集社）晚六時往林子有家詞社集飲，
則已提早於午時舉行。以近日戒嚴甚緊，恐夜間往來不便。孟超不
知予遷居，仍投書安宜坊也。 （冊 6，頁 219）

（1940 年 9 月 15 日第十四次集社）作《林鐵師家傳》成，午後持
與吳眉翁商榷，承細心改易四、五處，心甚感之。六時，同赴安登
別墅廖懺翁、夏映庵詞社宴。　（冊 6，頁 230）

除第一次出席夏敬觀宴會之成員：夏承燾、龍榆生、廖恩燾、金兆蕃、吳湖
帆、呂貞白、冒廣亭、林鷗翔等外，集會社員亦包含林葆恆、何之碩、黃孟昭
（即黃孟超），以及後來加入的吳庠、胡士瑩（1901～1979，別名胡宛春）、鄭
昶、陸維釗（1899～1980，原名子平，字微昭）。1940 年 6 月 30 日第十二次
集社，夏承燾告假，日記未載。期間，吳庠曾退社後復社、金兆蕃因病退社，
林鷗翔則於 1940 年 1 月 16 日逝世。集社地點多選於社友林葆恆、廖恩燾兩
先生家中。其餘集社時間分別為 1940 年 10 月 27 日、11 月 16 日、12 月 15
日；1941 年 1 月 16 日、2 月 23 日、3 月 22 日、5 月 11 日、6 月 14 日、8 月
15 日、10 月 12 日、12 月 21 日；至 1942 年 4 月 3 日第二十六次集社，午社
宣告解散，《日記》載：

午，映庵（夏敬觀）、子有（林葆恆）、眉孫（吳庠）、貞白（呂貞白）
在子有家為仇述庵（仇埰）、冒疚齋（冒廣生）二老祝七十，冒老避
不到。午社同人廖懺庵（廖恩燾）、述庵及予皆將離滬，此始為最後
一集。自己卯夏至今，忽忽四年矣。　（冊 6，頁 381）

是知三年期間，午社每月集社一次，自第 21 次始，改兩個月集社 1 次，計 26
次。成員既有詞壇耆宿，又有晚學後進，每次社集由兩名成員作東，以處理
相關事宜。他們或拈題選調填詞，或商榷詞學議題，或交流學界資訊，或討
論名人遺事等，既推動學術的發展，又增進了友誼。其拈調填詞之作品，收
錄於《午社詞》［註 75］，是瞭解午社成員拈調填詞最重要的文本依據。

（二）夏承燾與午社活動

1. 拈調填詞

據《天風閣學詞日記》載，午社總計 26 次集社，前 7 次社課作品，分別
刊成《午社詞》七集，具體情形如下：

［註75］按《龍榆生年譜》於 1941 年 4 月 20 日後載：「是月，《午社詞》在上海出版。」
是知該集於 1941 年出版。參張暉編：《龍榆生年譜》（上海：學林出版社，
2001 年 5 月），頁 110。《午社詞》計七集，錄詞 167 闋（含半櫻翁挽詞 7 闋），
是瞭解午社成員拈調填詞最重要的文本依據。南江濤選編：《清末民國舊體詩
詞結社文獻彙編》，冊 1，頁 301～396。

次數、時間	調 名	題 目	社作詞人
第 1 次 1939 年 6 月 25 日	歸國謠 18 首	不限〔註76〕	廖恩燾三首、金兆蕃、林鵾翔二首、林葆恒、 冒廣生、仇埰二首、夏敬觀、吳庠、吳湖帆、 夏承燾、龍榆生、呂貞白、何嘉、黃孟超
	荷葉杯 18 首	（不詳）	廖恩燾三首、金兆蕃、林鵾翔二首、林葆恒、 冒廣生、仇埰二首、夏敬觀、吳庠、吳湖帆、 夏承燾、龍榆生、呂貞白、何嘉、黃孟超
第 2 次 1939 年 7 月 30 日	卜算子 59 首	詠荷〔註77〕	廖恩燾五首、金兆蕃八首、林鵾翔四首、林葆 恒二首、仇埰八首、冒廣生、夏敬觀八首、吳 庠八首、夏承燾、龍榆生四首、呂貞白二首、 何嘉四首、黃孟超四首
第 3 次 1939 年 8 月 20 日	綠蓋舞 風輕 13 首	李文忠祠觀 荷	廖恩燾、金兆蕃、林鵾翔、林葆恒、冒廣生、 仇埰、夏敬觀、吳庠、吳湖帆、龍榆生、呂貞 白、何嘉、黃孟超
第 4 次 1939 年 9 月 24 日	玉京謠 13 首	題吳湖帆夫 人綠遍池塘 草圖冊、中 秋風雨	廖恩燾、金兆蕃、林鵾翔、林葆恒、冒廣生、 仇埰、夏敬觀、吳庠、吳湖帆、龍榆生、呂貞 白、何嘉、黃孟超
第 5 次 1939 年 10 月 21 日	霜葉飛 11 首	重九	廖恩燾、林葆恒、冒廣生、仇埰、夏敬觀、吳 庠、鄭昶、呂貞白、龍榆生、何嘉、黃孟超
第 6 次 1939 年 12 月 20 日	垂絲釣 12 首	（不詳）	廖恩燾、林葆恒、冒廣生、仇埰、夏敬觀二首、 吳庠、鄭昶、龍榆生、呂貞白、何嘉、黃孟超
第 7 次 1940 年 1 月 02 日	雪梅香 11 首	（不詳）	廖恩燾、林葆恒、冒廣生、仇埰、夏敬觀、吳 庠、鄭昶、龍榆生、呂貞白、何嘉、黃孟超
	小梅花 5 首	（不詳）	廖恩燾、夏敬觀、吳庠、龍榆生、呂貞白

（表四：午社社員創作一覽表（一））

〔註76〕 第一次不限題，然大多數成員均分詠冼玉清女士「舊京春色卷」第一幅「崇效
寺牡丹」，及第二幅「極樂寺海棠」，其餘如冒廣生〈荷葉盃〉以「故鄉淪陷後，
復聞久旱，譜此以寫悶懷」為題；夏承燾〈歸國謠〉以「鶴望、欣夫各屬題餞
春圖時，吳門淪陷逾年矣」為題，〈荷葉盃〉以「賀映翁新居並謝招飲」為題。

〔註77〕 社課限詠荷花，然上海並無絕佳賞荷之處，其餘北京之澱園扇子湖、十剎海
南河泡、濟南之大明湖、天津之勝芳、漢陽之琴台、南京之元武湖、嘉興之
南湖、蘇州之石湖、杭州之西湖等地也已遍地煙塵，社員僅能回憶昔日足跡，
聊填數闋。

　　由上表可知，前七集詞課所填，計 160 闋詞，參與成員有 15 位，全程參與並完成社課者有廖恩燾、林葆恒、冒廣生、仇埰、夏敬觀、吳庠、龍榆生、呂貞白、何嘉、黃孟超等 10 位，所填詞計 133 首，當中，又以廖恩燾 17 首、仇埰 17 首、夏敬觀 16 首、吳庠 16 首居多，此四人當為社課填詞之核心要角。其餘 5 位，包含金兆蕃、林鵾翔、冒廣生、夏承燾、鄭昶等，詞作數僅 27 首而已。〔註78〕據《日記》載，夏承燾七次社課均出席，僅完成 3 首，與其他社員相較，比例明顯偏低。

　　第 7 次集社後，前輩林鵾翔於 1940 年 1 月 16 日逝世，成員也不如往日富有熱情，缺課情形屢見不鮮。作品則散見於刊物《群雅》、《同聲月刊》，以及社友個人作品集與夏承燾《日記》中。午社中後期活動，僅就《天風閣學詞日記》載，略知一二，社課情形如下：

次數、時間	詞　調	詞　題	到社成員
第8次 1940 年 2 月 25 日	黃鸝繞碧樹	（不詳）	廖恩燾、林葆恒、冒廣生、仇埰、夏敬觀、吳庠、吳湖帆、夏承燾、龍榆生、呂貞白、何嘉、黃孟超（金兆蕃退社，胡宛春補入）
第9次 1940 年 3 月 31 日	春從天上來	（不詳）	廖恩燾、林葆恒、冒廣生、仇埰、夏敬觀、吳庠、吳湖帆、夏承燾、龍榆生、呂貞白、何嘉、黃孟超
第10次 1940 年 4 月 28 日	（不詳）	（不詳）	廖恩燾、仇埰、夏敬觀、吳庠、吳湖帆、夏承燾、龍榆生、呂貞白、何嘉、黃孟超、鄭昶、陸微昭、胡宛春（冒廣生、林葆恒未到）
第11次 1940 年 6 月 2 日	夏初臨	（不詳）	廖恩燾、林葆恆、仇埰、夏敬觀、吳庠、夏承燾、呂貞白、鄭昶、陸微昭、胡宛春（冒廣生欲退社）
第12次 1940 年 6 月 30 日	定西番	效溫飛卿	（夏承燾告假，出席人員未知）
第13次 1940 年 8 月 10 日	（不詳）	（不詳）	（林葆恆家詞社集宴，出席人數未記載）

〔註78〕袁志成：〈午社與民國後期文人心態〉，《湖南人文科技學院學報》（2015 年 6 月第 3 期），頁 86

第 14 次 1940 年 9 月 15 日	（不限）	題郭頻伽、奚鐵生諸君〈西湖踐春圖〉	廖恩燾、夏敬觀、仇埰、吳庠、夏承燾等人
第 15 次 1940 年 10 月 27 日	惜黃花慢	（不詳）	林葆恆、仇埰、夏承燾等人
第 16 次 1940 年 11 月 16 日	（不限調）	放翁生日	吳庠、夏敬觀、廖恩燾、呂貞白、夏承燾等人
第 17 次 1940 年 12 月 15 日	長亭怨慢	（不詳）	廖恩燾、仇埰、夏敬觀、吳庠、吳湖帆、夏承燾、龍榆生、呂貞白、何嘉、黃孟超、鄭昶、陸微昭、胡宛春、冒廣生（林葆恆未到）
第 18 次 1941 年 1 月 16 日	（不限調）	東坡生日	陳蒙廣、胡宛春、吳庠、夏敬觀、夏承燾、廖恩燾等人
第 19 次 1941 年 2 月 23 日	瑤華	（不詳）	仇埰、廖恩燾、夏承燾、夏敬觀、呂貞白、陸維昭、胡宛春七人
第 20 次 1941 年 3 月 22 日	醉春風 卜運子	（不詳）	仇埰、吳庠、林子有、夏承燾等人
第 21 次 1941 年 5 月 11 日	唐多令 惜雙雙	（不詳）	夏承燾、廖恩燾、仇埰、吳庠、鄭昶、夏敬觀等各社社友在滬者皆到
第 22 次 1941 年 6 月 14 日	玲瓏四犯	（不詳）	仇埰、夏承燾、吳庠、呂貞白、林葆恆、冒廣生、陸微昭等
第 23 次 1941 年 8 月 15 日	（不詳）	（不詳）	仇埰、夏敬觀、吳庠、夏承燾、龍榆生、呂貞白、何嘉、黃孟超、鄭昶、陸微昭、胡宛春、冒廣生、林葆恆（廖恩燾、吳湖帆未到）
第 24 次 1941 年 10 月 12 日	紫萸香慢	（不詳）	仇埰、廖恩燾、冒廣生、金兆蕃、夏承燾等人
第 25 次 1941 年 12 月 21 日	八寶妝 六么令	題蔣蘇盦〈鳥榜新邨圖〉	廖恩燾、夏敬觀、吳庠、夏承燾、鄭昶、林葆恆等十人

第 26 次 1942 年 4 月 3 日	（不詳）	（不詳）	夏敬觀、林葆恆、吳庠、呂貞白、仇埰、廖恩燾、胡宛春等人

（表五：午社社員創作一覽表（二））

由 26 次集社情形，可窺見數端：其一、午社屬師生、友好唱和型詞社。如夏承燾師承林鷗翔，為其《半櫻詞》撰序曰：「此吾師鐵尊先生戊辰以後詞也。予之獲聞緒論，始於辛酉、壬戌之交。師時觀政甌海，暇嘗舉甌社以倡詞學，唱酬之雅無虛月也。今秋與師同避難海上，暌違垂二十年，師鬢髮皤然矣。」（《《半櫻詞續集》序》，冊 8，頁 253）何嘉為夏敬觀學生。夏敬觀《和陽春詞・序》稱：「何生之碩從余學詞有年，規撫《陽春》，得其神韻。」〔註79〕龍榆生與夏敬觀、夏承燾為至交契友，夏敬觀稱之：「吾友萬載龍君榆生，好學深思，以能詩詞。」〔註80〕

其二、午社集社時間，據 1941 年 3 月 22 日《日記》載：「夕赴多福里林子有翁家社集，仇、林二翁值課。……仇翁主詞社兩月一課，課出兩題。十時散，拈醉春風、卜算子二調。」自此之後，社課由原本每月一次，改由隔月或不定期舉辦。

其三、午社社課規定較為彈性，每次由值課者選調，社員隨個人意願填詞，據《日記》所示，僅第一次、第二次、第十六次、第十八次限題。由於社課規定鬆散，以致後期成員頗有微詞，如 1941 年 1 月 16 日《日記》載：「今日臘十九，東坡生日，在廖懺翁家舉詞社。陳蒙廣、胡宛春值課。席間眉孫談明年社約，須每人每期必作，且須限題限調。值課者選題拈調，他人不得批評。」（冊 6，頁 266）

其四、夏承燾出席意願與填詞成果不符正比。夏承燾僅於第 12 次集社、第 15 次集社，因故缺席。然夏承燾應社課要求所填的詞，就可蒐得的資料顯示，僅完成 5 首，包含第一次〈歸國謠〉及〈荷葉杯〉各一首、第二次〈卜算子〉一首、第 18 次〈洞仙歌〉一首、第 21 次〈唐多令〉一首，作品如下：

〔註79〕何嘉為夏敬觀門人。曾任中央大學教授、南方大學教務長，「反右」運動中獲罪，遠放青海。所著《顋齋甲乙稿》皆毀於十年動亂，惟《陽春集》一卷尚存。夏敬觀：《忍古樓文鈔・和陽春詞序》（臺中：文听閣圖書有限公司，2008 年 12 月《民國文集叢刊》），第 1 編，冊 89，頁 322。
〔註80〕夏敬觀〈東坡樂府箋序〉，龍沐勛：《東坡樂府箋》，（臺北：臺灣商務印書館，1995 年 2 月），頁 1。

〈歸國謠〉（鶴望、欣夫各屬題餞春圖時，吳門淪陷逾年矣）

哀曲。聽水聽風愁斷續。為君傾盡醽醁。去輪無四角。　　望中曲
池高閣。夢歸春似昨。斷紅休怨漂泊。半林雲漸綠。〔註81〕

〈荷葉盃〉（賀唉翁新居並謝招飲）

卷葉勸傾家醞。休問。門外又斜陽。人間無此北窗涼。魏晉倦思量。

　　寂寞十年心跡。消得。一榻鬢絲風。西江只在畫屏中。揮手
幾歸鴻。〔註82〕

〈卜算子〉

何處冷香多，愁憶凌波路。千舸圍燈夢裡湖，有淚如盤露。　　待
問幾時蓮，驚散雙飛羽。夜夜秋塘聽雨心，商略陰情苦。〔註83〕

〈洞仙歌〉

　　劉白小令，本蛻自唐絕。飛卿一以梁陳宮體為之，實是別調。東坡合詩詞之
　　裂，世顧以為非本色，予夙惑之。臘月十九，坡生日，午社會飲，歸和此曲。

溫尷賀鬼，望驚塵喘汗。回首高寒一輪滿。試夔門隻手，倒挽詞源，
看天際，九派分明不亂。　　竹枝三兩曲，過峽銅琶，打作新聲滿
江漢。嫋嫋後庭腔，付與紅兒，歌荷背、露珠風轉。但鶴氅黃樓幾
時歸，怕腰笛重吹，夢遊都換。　　（冊6，頁268）〔註84〕

〔註81〕《午社詞》，《清末民國舊體詩詞結社文獻彙編》，頁317。另見《天風閣詞集》，
　　　　詞題「為金松岑、王欣夫題餞春圖」：「哀曲。聽雨聽風愁斷續。為君揮盡醽
　　　　醁。去輪無四角。　　望中曲池高閣，夢歸春似昨。翠蛾休怨漂泊，遠山無
　　　　際綠。」（冊4，頁153）
〔註82〕《午社詞》，《清末民國舊體詩詞結社文獻彙編》，頁 316～317。另見《天風
　　　　閣詞集後編》，詞題「飲唉庵靜村新居」：「捲葉勸酬家醞。休問。門外又斜陽。
　　　　人間無此北窗涼。晉宋倦思量。　　寂寞十年心跡。消得。一榻鬢絲風。西
　　　　江只在畫屏中。招手幾歸鴻。」（冊4，頁305）
〔註83〕《午社詞》，《清末民國舊體詩詞結社文獻彙編》，頁 337～338。另見《天風
　　　　閣詞集》，冊4，頁153。
〔註84〕《日記》載吳庠代改定上片：「詞場幾輩，總望塵喘汗。回首高寒一輪滿。料
　　　　仙山今夕，一曲清歌，看下界，多少絲繁絮亂。」（冊6，頁269）另見《天
　　　　風閣詞集前編》，詞題「庚辰臘月，東坡生日，與諸老會飲，歸和坡韻」：「詞
　　　　流百輩，總望塵喘汗。回首高寒一輪滿。料仙山、今夕伴唱鈞天，笑下界，
　　　　無限箏繁筑亂。　　竹枝三兩曲，出峽銅琶，打作新腔滿江漢。忽聽大河聲，
　　　　四野衰鴻，盼天外、斗橫參轉。但羽氅黃樓幾時歸，怕腰笛重吹，夢遊都換。」
　　　　（冊4，頁161）

〈唐多令〉

溝水易西東。苔苔有異同。捲羅衣心字重重。斟酌眉尖深淺畫，春
恨在，有無中。　　鈿約負鴛龍。星期隔雨風。賸寶奩雙袖長紅。
玉作參差金作玦，但相憶，抵相逢。　　（冊6，頁307）

以上5首和作，僅〈唐多令〉未選入《天風閣詞集》。夏承燾社課和作的成果，
與其他社員相較，比例偏低，可推斷夏承燾對於制式化的拈調填詞，並不熱
衷，甚至厭其無聊，「草草應社而已」（冊6，頁122），有「頗欲永不著筆」
（冊6，頁226）之嘆。

其五、午社詞人多以懷念京華，書寫民族情懷為題材。民國以來，歷國
共內亂、日軍侵華等紛擾，令人感嘆不已。然而詞人對家國的民族情結，也
隨時間的推移而逐漸沉澱，原本強烈的民族意識轉向追憶過往、懷念故跡的
書寫。如第一次社課，眾人分題洗玉清〈舊京春色卷〉二幅「極樂寺海棠」、
「崇效寺牡丹」，均屬之。如夏承燾〈歸國謠·鶴望、欣夫各屬題餞春圖時吳
門淪陷逾年矣〉即是，又如金兆蕃〈荷葉杯·用皇甫子奇體詠極樂寺海棠〉：

景物曲江非舊。春瘦。猶仗此花肥。佛堂深處華欄圍，楨工萬絲亜。
　　誰看綠章深訴。應許。從借幾分陰。老來還有借花心。遊跡
畫中尋。〔註85〕

呂貞白〈荷葉杯·題洗玉清舊京春色卷第二幅極樂寺海棠〉：

燦爛錦窠明夜。嬌奼。風拂晚妝時。佩環羅袂費禁持。凝露染胭
脂。　　紺宇雕櫳前跡。堪惜。回首念芳塵。生綃初點惹愁新。
忍寫故枝春。〔註86〕

另有詠荷之作，如夏承燾、林葆恆、吳庠的〈卜算子〉，以及仇埰〈垂絲釣〉。
林葆恆〈卜算子〉序云：

社課拈此限詠荷花，回憶平生所遊，如北京之澱園扇子湖、十刹海、
南河泡、濟南之大明湖、……杭州之西湖，雖累十紙不能盡，今皆
淪落，而海上無荷花，爰就私衷所感，聊填二闋以塞責，己卯荷生
日識。

吳庠〈卜算子〉序云：

〔註85〕《午社詞》，《清末民國舊體詩詞結社文獻彙編》，頁307～308。
〔註86〕《午社詞》，《清末民國舊體詩詞結社文獻彙編》，頁319。

己卯六月，午社第二集詠荷花效白石詠梅八首，此花掌故多涉詞人
勝蹟，流連餘風馨逸，自遭喪亂，遍地煙塵，追憶前遊，情懷惘惘，
亦昔賢所謂風景不殊，舉目有何山之感也。

仇埰〈垂絲釣〉序云：

> 題〈流行坎止圖〉。戊寅秋，余自鄂粵轉滬，舊時從遊諸子由各地流
> 浪到此者先後達數十人，離亂相逢，況經久別，班荊道故，荏苒經年，
> 感淪落於天涯，聊潛藏乎人海。己卯冬月，撮影為記……。〔註87〕

詞人面對國家遭遇，無法在場上衝鋒殺敵，僅能藉詞中蘊含的流離之感、黍
離之悲，表達他們故鄉淪陷後的沉重感嘆及鬱悶情懷，在他們的詞中，呈現
了民國詞特有的面貌，反映了歷史，也凸顯了詞人的心境。

2. 商榷詞學議題

午社成員常利用社課或課餘時間，商討詞學議題，夏承燾《日記》所載，
極為詳盡，茲以夏承燾為核心，將社員與之商榷的詞學議題舉列如下：

（1）詞人行實商榷

1939 年 8 月 26 日《日記》載：

> 冒疚翁（冒廣生）來，謂近細閱予〈白石行實考〉，覺石帚非白石之
> 說，終甚可疑。已為文千餘字，駁予所舉之四證。謂學術商量，勿
> 爭意氣。　　（冊6，頁126）

1939 年 10 月 21 日午社第五次集會，《日記》載：

> 吳眉翁（吳庠）謂江都秦嬰庵（？）先生見予〈白石行實考〉，於卒
> 年有商量。謂吳履齋（吳潛）之說，不及韓澗泉（韓淲）。此與唐立
> 廣（唐蘭）同意。秦有長函在吳翁處。吳翁謂為予文作一長序。　（冊
> 6，頁144）

同年 12 月 18 日《日記》載：

> 心叔交來吳眉孫（吳庠）時跋予〈白石行實考〉一文，引揚州秦君
> 嬰闇信，謂白石卒年，當從韓淲詩注及陳慈首說，定為開禧三年。
> 眉孫亦同此意。燈下細讀一過，仍未盡安。韓淲詩注，自勝於吳潛
> 詞序。予舊說當改。曩唐立廣來信，亦主淲說，謂白石當卒於嘉定
> 十四年．此較秦吳二君之說為較妥矣。　　（冊6，頁158）

〔註87〕林葆恆〈卜算子〉、吳庠〈卜算子〉、仇埰〈垂絲釣〉三詞序，見《午社詞》，
《清末民國舊體詩詞結社文獻彙編》，頁328、335、373～374。

南宋詞人姜夔，獨領一代風騷，沾溉後人之廣，影響詞壇之甚，無人能出其右。然姜夔終身未仕，《宋史》無傳，幸有夏承燾為之繫年、箋校《白石道人歌曲》，並著有〈行實考〉，姜夔一生行跡始得昭彰天下。然而夏承燾所持之論點，非全然被學界認同，他在 1938 年發表〈白石道人行實考〉〔註88〕一文後，冒廣生即撰〈駁白石帚為二人說〉，逐一反駁夏氏論點，該文收錄於《冒鶴亭詞曲論文集》〔註89〕中。又，關於白石卒年問題，吳庠、秦嬰庵、唐蘭等人，各有見解，最終，夏承燾依韓淲詩注採唐蘭說，將姜夔卒年定為嘉定十四年前後，〔註90〕自此，幾成學界定論。

　　此外，夏承燾編唐宋詞人年譜之際，對於生平不確定的詞人，不知該以「年譜」冠之，抑或以「行實考」冠之，時常拿不定主意，《日記》載：「念飛卿、夢窗、白石諸家不可作年譜者，皆為行實考匯為一卷，與詞人年譜並行。」（冊6，頁99），並以此請益夏敬觀，《日記》載：

> 予問詞人年譜可改行實考否。映翁（夏敬觀）謂：年譜體裁較正，
> 若溫、柳、姜、吳，無生年可考者，不妨別為行實考。又謂馮正中
> 譜時事不必刪。　（冊1，頁279）

夏承燾為年譜歸類、定名一事請益夏敬觀，夏敬觀中肯的建言，為夏承燾解決心中的疑問。今見已出版的《唐宋詞人年譜》，改溫庭筠、姜夔、吳文英年譜為繫年，附於他家年譜之後；馮延巳年譜，也夾雜大量時事以觀歷史，可見此乃夏承燾就教方家後所作的調整。

　　又關於王沂孫與周密之輩分問題，1940 年 4 月 28 日《日記》載：

> 夜午社社集，新加入鄭午昌、陸微昭、胡宛春三君，冒鶴翁（冒廣
> 生）以病、林有翁（林葆恆）以事未到。吳眉孫（吳庠）、仇亮卿（仇
> 埰）二翁作東。映翁（夏敬觀）謂石湖園中有凌霄花，白石（姜夔）
> 詩所謂「來看凌霄數點紅」，確為題石湖像。碧山（王沂孫）年當長
> 於草窗（周密）十餘歲，其稱草窗為丈，或由年輩小於草窗。　（冊
> 6，頁196）

夏敬觀以景論詩、以稱呼論輩分，亦頗切當。午社成員能彼此切磋，列舉證

〔註88〕該文最早發表於《燕京學報》第 24 期（1938 年 12 月）。
〔註89〕冒廣生著、冒懷辛整理：《冒鶴亭詞曲論文集》（上海：上海古籍出版社，1992年 8 月），頁 107～110。
〔註90〕參夏承燾：《夏承燾集・姜白石詞編年箋校・行實考》，冊 3，頁 272。

據，樂於接受異言，實為學界「吾尤愛真理」之典範！

（2）詞四聲說之論辯

詞之四聲，向來是詞學界極為重要的議題，遑論聚集上海詞學家的午社。午社活動中，有客觀分析四聲演變之例，亦有意見相左而互相攻擊之例，前者如 1940 年 3 月 31 日《日記》載：

> 夜赴林子有家（林葆恆）午社社集。……從子有處假得《閩詞徵》〔註91〕首卷。子有謂閩人除上聲不分陰陽外，餘七聲皆甚分明。此可證三變（柳永）辨上去辨入之例也。 （冊 6，頁 189）

柳永乃福建崇安人，夏承燾以《閩詞徵》對應柳永詞四聲讀法，以今證古，便可考析詞四聲說之演變歷程。又如 1940 年 11 月 26 日，第十六次午社集會，會中夏承燾與夏敬觀、吳庠、呂貞白等人談及宋詞譜一字一聲云：

> 與映翁（夏敬觀）談宋詞譜一字一聲，映翁謂絕句填虛聲為實字而成詞。是詞本一字一聲。眉孫（吳庠）當筵唱崑曲。映翁謂：崑曲一字多繁聲，若填其繁聲為實字，又成一新文體。予甚韙其說，而眉孫、貞白、蒙庵（陳運彰）不以為然，謂繁聲盡填實字，則不可歌。然詞由填虛聲而來，何以可歌。特詞體既成，實字外又有虛聲，故後變為南曲為崑腔。在白石時代，或僅有一字一聲，其十七譜可見。因悟唐立庵（唐蘭）謂宋詞以句為拍，亦甚可信。映翁自謂陰陽平亦不能分，則是怪論。謂詞本無韻書，僅以詩韻參之方言，此說甚是。 （冊 6，頁 246）

夏敬觀主「詞本一字一聲」，吳庠、呂貞白、陳運彰（1905～1956）三人不以為然，吳庠當筵唱崑曲駁之；夏承燾則引姜夔十七譜及唐蘭「以句為拍」之論附議夏敬觀。

後者以「詞守四聲否」為例。1939 年 10 月 21 日午社第五次集會，《日記》載：

> 夕，吳湖帆、榆生為東，邀集延平路自由農場舉午社。五時半往。八時半乘懺庵翁（廖恩燾）汽車歸。席間疚翁（冒廣生）排擊作詞

〔註91〕林葆恆將宋以來閩籍詞人詞作匯集成《閩詞徵》一書，收錄自宋‧徐昌圖、楊億至民國何惟深等二百五十餘名福建籍詞人作品，凡六卷，後附閨媛之作。林葆恒輯、陳叔侗點校合刊：《閩詞鈔‧閩詞徵》（福州：福州人民出版社，2014 年 12 月）。

守四聲者，頗多議論。　（冊 6，頁 144）

冒廣生在第五次集會中，為「詞守四聲」之論起了頭，從此便難以平息。1940 年 6 月 21 日，夏承燾接吳庠函，吳謂「私心不喜，約有三端：一填澀體，二依四聲，三饾飣餖襀，土木形骸，毫無妙趣。」（冊 6，頁 209）《日記》亦載：

> 彼（吳眉孫）於仇述翁（仇埰）每詞死守四聲極不滿。謂此期社課
> 〈定西番〉，仇翁作三首，盡守飛卿（溫庭筠）四聲，一字不易。不
> 知飛卿詞但有平仄而無四聲。又謂崑曲唱去由低而高，唱上由高而
> 低，舉聞鈴首句萬里二字為證，確是如此。鶴亭翁（冒廣生）說與
> 此相反，云得之王君九（王季烈）。　（冊 6，頁 215～216）

午社成員對於詞是否死守四聲之說，意見分歧，一是以吳庠為代表，反對詞死守四聲，認為如此填詞，猶土木形骸，毫無妙趣；吳庠並以崑曲中「去」、「上」兩聲唱法為證，加以駁斥。一是以仇埰為代表，主張詞必須守四聲規律。兩方僵持不下，《日記》載：

> （吳眉孫）謂近以撰午社詞刊序，隱譏社中死守四聲者，仇述翁（仇
> 埰）不以為然，堅欲其改，眉翁執不肯易，各甚憤憤。眉孫欲退社，
> 予勸其何必認真遊戲事。　（冊 6，頁 271）

> 述翁（仇埰）為論守四聲事，與眉翁（吳庠）意見參商。席間頗多
> 是非。　（冊 6，頁 279）

仇埰、吳庠勢不兩立，吳庠繼而憤然退社。事後或許是聽了夏承燾百般勸說，吳庠在第 21 次集會時復社，席間「諧笑甚適」（冊 6，頁 303），顯然已放下昔日恩怨。至於夏承燾之主張，大致上與吳庠相同，其〈四聲平亭〉一文，受到吳庠肯定，《日記》載：

> 眉孫（吳庠）甚愛予〈四聲平亭〉，謂先後共閱五過，記其疑問於書
> 眉，細如蠅頭。謂有長函與予，已具草稿。……燈下看其所批小注，
> 有數處依其說改去。舊學商量，此公最誠篤可愛。　（冊 6，頁 215
> ～216）

夏承燾〈四聲平亭〉與冒廣生〈四聲鉤沉〉論點不同，除闡明己見外，亦兼評之，《日記》載：

> 彼（冒廣生）於予詞〈四聲平亭〉頗不以為然，謂譬之刑法，例不
> 能通之於律。凡詞一調必不止一譜，歌詞者可以工尺就平仄。白石
> 詞一字一聲，乃止有主腔而無花腔，凡主腔與詞平仄不合者，歌者

可以花腔斡旋之云云。此論歌曲自是，但與予書無涉。彼似不悅平
亭二字。以予書於彼舊作〈四聲鉤沉〉略有評贊，故少拂其意。予
請為舉例駁之，彼謂近治管子，已無意於詞。　（冊6，頁218）

夏、冒兩人顯然也因四聲之論而傷了和氣，而有「辛苦為文字而損人情誼，
亦何苦哉」（冊6，頁218）的感嘆。夏承燾日後曾在讀張福崇（世祿）《中國
音韻學史》「論反切及四聲節」後云：

永明四聲，確為句中字調，非限於韻腳。周顒宮商朱紫，發語成句
八字，可證知董研樵（董文渙）唐詩碎用四聲之說，亦甚可信。……
宋詞之用四聲，於此有歷史根據。予之詞〈四聲平亭〉，自信顛撲不
破矣。　（冊6，頁304）

夏承燾為〈四聲平亭〉所持之觀點，找到有力的證據，也為莫衷一是的爭論，
尋得滿意的答案。

3. 交流訊息、展現成果

午社集結上海諸位詞學家，席間成員時常分享學術資訊，也不時向社員
展現研究或著作成果，如《日記》載唐圭璋出版《全宋詞》的定價、印量及銷
售情形：

（第14次集會）仇述翁（仇埰）謂圭璋《全宋詞》已出書，價須四
十餘金。　（1940年9月15日，冊6，頁230）

（第17次集會）仇述翁（仇埰）交來圭璋十二月三日函，謂編譯館
允贈《全宋詞》六折購書證。　（1940年12月15日，冊6，頁255）

（第21次集會）仇翁（仇埰）示圭璋函，《全宋詞》可以三十元六
折購得。　（1941年5月11日，冊6，頁303）

（第23次集會）映翁（夏敬觀）謂：《全宋詞》只印二百部，已銷
去一百九十四部。　（1941年8月15日，冊6，頁327）

唐圭璋於1937年編成《全宋詞》，1940年由商務印書館出版，一部書售價近
五十元。當時夏承燾接之江大學聘，代理國文系主任兼教授，月薪不過二百
元（冊6，頁209），如此高單價的書籍，初刷兩百部，一年內竟售出194部，
可見在動盪時代之下，《全宋詞》受歡迎的程度，以及學界對唐圭璋學術成果
的認可。又如：

（第7次集會）榆生謂近以齊魯大學國學研究院約編清詞，欲仿汲

古閣六十家詞例，分集影印善本清詞，每種附小傳、像片、手跡及提要。　（1940 年 1 月 2 日，冊 6，頁 163）

（第 21 次集會）席間唊翁（夏敬觀）謂文道希（文廷式）有《純常子枝語》四十大厚本，為葉遐庵購得，未刊。中有數卷考遼金元史。……。是夕眉孫（吳庠）重入社，諧笑甚遍。謂《文鏡秘府》不日可得。近方作一文，駁靜安（王國維）五聲說以沈約譜專為屬文而作之說。　（1941 年 5 月 11 日，冊 6，頁 303）

明末毛晉輯《宋六十名家詞》，清光緒十四年（1888）刻印，自此流傳甚廣。龍榆生便向社員分享他應齊魯大學國學研究院之邀，欲仿其詞例編印清詞的計畫。夏敬觀亦於席間分享《純常子枝語》中可考遼金元史的部分；吳庠也分享《文鏡秘府》的出版情形及駁斥王國維一說的文章。以上諸例，可知集會席間不僅是和作唱酬而已，社員對於學術成果的展現及學術訊息的關注，多能積極分享；與填詞唱和相較，夏承燾更鍾情於此。又如：

（第 22 次集會）微昭於民國廿四年於松江費龍丁硯處見白玉蟾草書手卷，有詞廿餘首，不具調名，皆其集中不載者。　（1941 年 6 月 14 日，冊 6，頁 311）

陸微昭分享在費龍丁處所看到的白玉蟾草書手卷，內有詞二十餘首，未見收於詞集，若能補入，常具文獻價值。

4. 討論名人事蹟

午社集會中除了討論詞學相關論題外，亦時常論及近代名人事蹟，尤以較年長之廖恩燾、冒廣生、夏敬觀、仇埰等人最常言及，例如《日記》所載：

（第 8 次集會）夜午社在廖懺庵翁（廖恩燾）家會讌。席上仇亮翁（仇埰）談葉譽虎《清詞抄》。冒鶴翁（冒廣生）談傅彩雲、況夔生事，夏唊翁（夏敬觀）談夔生、梅蘭芳事。　（1940 年 2 月 25 日，冊 6，頁 181）

（第 9 次集會）席間聽鶴翁（冒廣生）談陳石遺赴粵事及其修《福建通志》為林琴南、林燉穀，多微詞。唊翁（夏敬觀）談黃、梁交關事，何名人之多遺行也。　（1940 年 3 月 31 日，冊 6，頁 189）

（第 17 次集會）席間唊翁談端陶齋事、南京圖書館書籍之存佚及華山遊蹟。　（1940 年 12 月 15 日，冊 6，頁 255）

（第 25 次集會）眉孫謂：《越縵堂日記》第三函有罵戈氏《詞林正
韻》語，又有罵章實齋語。眉孫謂：實齋於並時名輩，無不詆毀，
諸名輩亦不理之。　（1941 年 12 月 21 日，冊 6，頁 356）

讀者便可透過以上記載，瞭解午社社員於集會席間，所關注的對象與議題；
甚至間接透過吳庠之口，瞭解李慈銘、章學誠等大家在著作中所體現的主觀
批判與激進態度。此乃一般研究者容易忽視，也不易察覺的面向，卻在夏承
燾《日記》中一一呈現，實可全面認識他們的治學及為人。

　　總之，甌社與午社均屬地域性社團，前者脫胎自溫州最大文人社團——
慎社，由林鵾翔主持，別立一詞社。夏承燾青年階段，對詩詞創作的興趣濃
厚，甌社的創立，給予夏承燾學習填詞的機會；林鵾翔的指導，也讓夏承燾
接觸張惠言、周濟諸家書，略知詞體的源流正變。對於夏承燾而言，甌社的
參與為其填詞創作與詞學研究開啟了一扇大門。可惜目前僅見《甌社詞鈔》
第一集、第二集，難以論定夏承燾的創作取向與詞風嬗變的情形，夏承燾的
論詞主張也尚未明確；但我們仍可就甌社的創立與參與者的積極態度，觀察
當時詞壇的概況。

　　1938 年，夏承燾隨之江大學遷至上海，停留近四年韶光，並加入了具有
影響力的「午社」。夏承燾在加入午社之前，早已確定治學方向，並以校勘、
考訂入手，作各家詞人年譜。對於詞學論題的看法，頗熱衷與社友商討，實
事求是，考證精細，即使難免意見不合，夏承燾仍以不傷和氣為原則，公私
分明；反觀其拈調唱和之作不多，可知夏承燾參與午社的用心並不在此。

第三節　　學會參與及刊物發表

　　民國時期除詞人「社團」活動的興盛外，各大學也出現以「學院」為中
心的群體生態，以及以「刊物」為中心的詞人群體。學院型詞人群體，或由學
者為主體，如南京中央大學有吳梅、汪東、王易（1889～1956，字曉湘，號簡
庵）等；開封河南大學則有邵瑞彭（1887～1937，一名壽籛（壽錢），字次公）、
蔡楨、盧前（1905～1951，字冀野）等。〔註92〕他們既在大學教授專門課程，
指導學生填詞技能，又能與師友唱和酬作，並以師長領袖風範，間接培養以

〔註92〕《詞學季刊》創刊號（上海：民智書局，1933 年 4 月），「詞壇消息・南北各
　　　大學詞學教授近訊」，頁 220。

學生為主體的詞人群體。如吳梅在南京大學組織「潛社」〔註93〕，邵瑞彭在河南大學組織「夷門詞社」〔註94〕；海上正風文學院在潘飛聲（1858～1934）、胡樸安（1878～1947）、王蘊章（1884～1942，字蓴農）等人指導下，由學生唐克標、蕭子英、周留雲等組織「因社」〔註95〕等，均是其例。

刊物型的詞人群體，一是以詞社社刊為中心，如上揭《甌社詞鈔》、《午社詞》；又如1924年創立於太倉的甲子吟社，刊有《甲子吟社》月刊；〔註96〕1928年創立於天津的須社，刊有《煙沽漁唱》；〔註97〕其刊物的性質、宗旨、成員都以社團為核心，組織性強，群體關係密切。一是以期刊為中心，大範圍的網羅各地詞壇菁英，藉通訊方式廣邀稿件、發表作品、分享成果、散佈消息等，然群體之間的關係並不如社團或學院緊密，唯志趣相投的詞人學者，便可以期刊為紐帶，突破空間與時間的藩籬，進行多向交流，極具學術傳播之價值。

夏承燾曾在之江大學指導「詞學研究會」及「之江詩社」，並加入龍榆生創辦之《詞學季刊》作者群，可見他在「教」、「研」、「創作」上積極活躍的態度。

〔註93〕潛社，1926年，由東南大學愛好詞曲的學生組成的業餘學術團體，公推吳梅主盟。時間自丙寅（1926）至丙子（1936）合十一年。1936年，徐益藩又賡續之。此社規定月集兩次，大家輪流出題，當時填詞作曲，一一評定，列出名次。先後參加的達70餘人，多是東南大學（1928年該校易名為中央大學）和金陵大學的歷屆學生。後來彙集成冊，名為《潛社彙刊》，共十二集，收詞曲306首。唐圭璋、王季思、任中敏、盧前、沈祖棻等均為社員。參曹辛華：《民國詞史考論》（北京：人民出版社，2017年4月），頁104～105。

〔註94〕夷門詞社，民國初成立於河南大學，由邵瑞彭、盧前與眾多學生組織而成，該社團屬典型的大學師生型社團，有《夷門樂府》（1933年，河南大學鉛字朱印本）。參曹辛華：《民國詞史考論》，頁80～81。

〔註95〕唐克標《因社集》：「因社集者，吾友楊君愷齡、蔣君廷猷、江君克農等編次吾社諸君唱和之作也。華池之劍，藏以雌雄，詩傳之錄，登兼師友。集中除潘師蘭史（即潘飛聲）、胡師樸安君復、王師蘇峰西神、陳師彥通、鄭師師許，及胡寄塵、林岳威兩先生外，餘皆正風同學。」見唐克標：《因社集》，1933年。另見曹辛華：〈民國詞群體流派考論〉，《民國詞史考論》，頁28。

〔註96〕甲子吟社，1924年由陸冠秋、顧息分創立於太倉。該社簡章「以陶詠性情、提倡風雅為宗旨。凡涉標榜聲華，及黨同伐異之見者，概不敢存」，刊有《甲子吟社》月刊。參曹辛華：《民國詞史考論》，頁100。

〔註97〕須社，1928年於天津創立，至1931年春散。社友有陳恩澍、章鈺、林葆恒、郭則澐、唐蘭等，刊有《煙沽漁唱》二冊，1933年刊行。參曹辛華：《民國詞史考論》，頁105。

一、夏承燾與學院群體

根據 1931 年 8 月 16 日《日記》載夏承燾致任中敏函云：

開學後擬就敝校文學系組一詞學會，集同志十餘人，就湖上圖書館輯宋元佚詞，並編一詞選集，專集總目，列分人分調二種。選集自《花間》、《草堂》下迄《歷代詩餘》。專集就毛、王、朱、吳各刻，旁及宋元別集、各家筆記、地志等。……為尊擬全宋詞及校訂詞譜之初步工作。　（冊 5，頁 228）

1933 年 4 月，《詞學季刊》創刊號「詞壇消息‧各大學詞學研究會近訊」亦載：

上海暨南大學及杭州之江文理學院中國文學系，經龍、夏兩教授之指導，並有詞學研究會之組織，同學對此亦極感興趣。近聞暨南方從事編纂《詞調索引》一書，之江則多致力於校勘，為編輯《全宋元詞》之準備，且傳兩校研究會，擬分工合作云。〔註98〕

夏承燾於 1930 年經邵祖平引薦，赴杭州任之江大學教席後，以指導教師之姿，在課餘時間籌組詞學會，集結師生同好十餘人，就《花間》、《草堂》下迄《歷代詩餘》等選集，及毛晉、王鵬運、朱祖謀、吳昌綬各刻總集，並旁及宋元別集、各家筆記、地志等材料，補足各家之缺漏，為日後全宋元詞及校訂詞譜作準備。詞學研究會由師生組成，共同校勘、合力編纂，不但奠定學生治學的基礎工夫，也培養一群詞界生力軍；透過指導教師的跨校合作，也得以雙向交流，合力為詞壇作一番貢獻。

此外，夏承燾亦擔任「之江詩社」的指導教師，根據 1932 年學生彭重熙（生卒不詳）於《之江年刊》發表〈之江詩社小史〉云：

本校風景孕吳越之奇，人物盡東南之美，耳目所即，莫非詩境。中國文學系同學於攻讀之餘，於是乎乃有之江詩社之組織。社之組織始於去歲，加入者有鍾鍾山、夏瞿禪、李雁晴諸先生及同學十餘人。凡二星期一會，每會各出近作，以相研討，諸先生誨人不倦，賜益良多。自九一八事件爆發後，因抗日事忙，遂停會數次。然本社同仁丁此國難，情之所之，志之所在，每有言之所不堪者，初未嘗不欲發之於吟詠也。本學期開學後旗鼓重振，加入者尤為踴躍，城內邵潭秋、程天放諸先生亦聞風來歸，曾假理安寺虎跑寺黃莊集會數

〔註98〕《詞學季刊》創刊號，頁 222。

次，風前覓句，花下聯吟，一觴一詠，頗極冷嘯之樂。歷次集會詩
篇甚多，佳作不少，一俟經濟寬裕，擬出版詩刊以廣風雅之緒，凡
有志於斯道者盍興乎來。〔註99〕

之江詩社成立於 1931 年 11 月，是由之江大學國文系詩歌愛好者所成立的學
生社團，指導教師除夏承燾外，尚有鍾泰（1888～1979，字齋，號鍾山）、李
笠等人擔任；同時也吸收了邵祖平、浙江大學校長程天放（1899～1967）加
入。〔註100〕其中，夏承燾、邵祖平擅作詩詞，與社員唱和尤多，頗受學生愛
戴。詩社雅集地點不定，據《日記》載：

午後之江詩社在理安寺開會，與諸生同往，晚六時歸。　（1932 年
5 月 1 日，冊 5，頁 287）

午後之江詩社集清波門學士橋黃汪氏午園黃生蘭蓀家，鍾山為東
道，潭秋邀程天放、陳伯遵、項君及盧韻秋女士來，男女共十餘人。
潭秋欲當場拈韻為詩，韻秋先離席。程、陳繼往，項君及維周則攝
影後去。　（1932 年 5 月 28 日，冊 5，頁 293）

午後雁晴（即李笠）作東道，集虎跑，到詩社同人及王默思，五時
過珍珠寺歸。　（1932 年 6 月 5 日，冊 5，頁 296）

午後之江詩社在滿覺弄賞桂，同往者徐逸休先生及學生二十餘人。
（1934 年 9 月 22 日，冊 5，頁 321）

午後往虎跑甘露寺開詩社，予演說作詩用韻可參古詩及唐宋詞，對
聯亦可用韻。到者鍾山、逸休及男女生十五、六人，來往步行甚適。
（1934 年 10 月 27 日，冊 5，頁 331）

詩社成員在指導教師的帶領下，尋幽訪勝，花前聯句，湖畔行吟，唱酬之樂
無比。1934 年，社員朱生豪曾將歷年積存的詞稿，包括詩友們酬和的篇章，
精心甄簡，匯抄成《芳草詞擷》一冊，最後贈予同詩社的彭重熙。〔註101〕朱
生豪不但在警句上標注密圈，還對作者的風格作了精當的評價，如彭重熙的

〔註99〕1932 年彭重熙於《之江年刊》發表〈之江詩社小史〉，參 2019 年 1 月 16 日
　　　網頁檢索：http://www.sohu.com/a/72715055_184726。

〔註100〕1931 年 11 月 12 日《日記》載：「夜學生邀開之江詩社第一次常會，予寫出
　　　月輪樓紀事詩四首。」冊 5，頁 243。

〔註101〕朱尚剛整理：〈朱生豪的生平及其翻譯《莎士比亞戲劇》的過程（二）〉，參
　　　2019 年 1 月 16 日網頁檢索 https://chuansongme.com/n/2580476。按：朱尚剛
　　　為朱生豪、宋清如的後人。

評價是「早作風流宛轉，神似飲水。邇來風骨既備，清俊蘊藉，洵是詞人本色。」對張荃（1911～1959，字蓀簃）的評價是「清華縣麗，徘徊無厭，有李易安之風神」。對才學超群的任銘善，則許為「造句生新冷雋，逸才無兩，然頗自珍重，不多作。」〔註102〕為當時的之江詩社留下珍貴的記載。關於詩社的運行，夏承燾《日記》載：

> 選之江詩社詩付刊，頭目為眩。予以十九年秋來之江，詩社即倡於此時，迄今六年，詩可選者二三百首。　（1936 年 5 月 21 日，冊5，頁 448）

詩社活動自夏承燾任之江教席始，每次集會，夏承燾都不忘記錄於日記中；1936 年 5 月 21 日，夏承燾擬選詩付刊，然 12 月 15 日以後，卻不見任何記載。〔註103〕社刊也跟著石沉大海。社員的作品僅能從 1931 年、1936 年出版的《之江年刊》及《芳草詞擷》中見得。〔註104〕

　　此外，夏承燾先後任教的之江大學、浙江大學，均開設「文學研究會」，夏承燾都能參與其中，如之江大學期間：

> 夜學生開文學研究會，邀予列席演說。十時散。　（1930 年 11 月13 日，冊5，頁 165）

> 夜在鍾山家開中國文學系研究會。　（1931 年 10 月 30 日，冊5，頁 240）

> 夜間文學研究會。鍾山健談，擺擺動聽。席間學生疑〈五帝本紀〉舜死蒼梧事，鍾山謂遊牧民族不足奇，太伯入荊蠻，夏之後人來越可證。　（1932 年 5 月 25 日，冊5，頁 293）

浙江大學期間：

> 早聽聲越在文學研究會演講，羅列西洋文學成例甚多，甚佩其淹博。（1943 年 3 月 28 日，冊6，頁 476）

> 早文學研究會聽季思談牡丹亭，甚好。　（1943 年 4 月 18 日，冊6，頁 483）

〔註102〕朱尚剛整理：〈朱生豪的生平及其翻譯《莎士比亞戲劇》的過程（二）〉，參 2019 年 1 月 16 日網頁檢索 https://chuansongme.com/n/2580476。

〔註103〕夏承燾：《天風閣學詞日記》第 5 冊 1933 年 1 月至 1934 年 8 月缺漏。

〔註104〕少部分作品可見夏承燾《日記》，如邵祖平〈水龍吟〉，題作「之江詩社集韋齋、瞿禪作主人，有詞感時，倚此報之，並求同社諸君教。」（冊5，頁 305）

午後二時，在文學研究會講大人物之小品文。聽者擁擠甚熱，講時
不安。在龍泉共講六次，似有進步。　（1944 年 5 月 13 日，冊 6，
頁 556）

午後三時赴甌海中學文學研究會講此身合是詩人未，一小時餘畢，
聽者百餘人。　（1945 年 12 月 6 日，冊 6，頁 621）

夏承燾無論在何校服務，均能積極參與系上學術活動，並且不以詞學為限，
透過研究會的參與，夏承燾得以向徐聲越（1901～1986）、王季思等其他領域
的教師請益切磋，增進彼此的知識見聞；聽眾踴躍，也足以證明夏承燾的演
講魅力。

二、夏承燾與《詞學季刊》

　　詞學刊物是詞學家或詞人群體藉以發表研究心得、創作成果以及互通聲
息的平臺，它改變傳統上以書籍作為傳播唯一途徑的侷限。群體之間圍繞在
這樣一個傳播載體上，同時扮演著作家與讀者的雙重角色，一方面在詞學園
地中發表成果，一方面與其他讀者進行高效率的多向交流與回饋，而適當的
發行管道以及高效率的傳播速度，也促使詞學的普及與流通。

　　在現代詞學的確立和發展進程中，龍榆生扮演了舉足輕重的角色，尤其
相繼創辦了《詞學季刊》、《同聲月刊》兩大刊物，成為民國三十、四十年代
間，無可取代的專門型刊物。《詞學季刊》於 1933 年 4 月出刊，1936 年 9 月
（第 3 卷第 3 號）停刊，歷時三年，計出版 11 期；唯第 3 卷第 4 期已排版
完畢，後因抗戰爆發未能出版；迨及 1985 年，上海書店重印合刊本，始將
殘稿一併刊入。《詞學季刊》係有史以來第一部專門匯集詞學研究及創作的
刊物，它揭示詞學由傳統文本走向現代化的進程，也標誌著現代詞學研究的
群體自覺。〔註 105〕《同聲月刊》繼《詞學季刊》而起，創立於 1940 年 12 月
迄至 1945 年 7 月，歷時 5 年，共計 39 期，兩者均是三、四十年代的代表性
刊物，各地詞學家均以此作為研究陣營，唯夏承燾僅於《同聲月刊》第 3 卷
第 4 號發表 1 闋詞，〔註 106〕故略而不談，本節以《詞學季刊》為中心，析

〔註 105〕熊舒雅、許和亞：〈夏承燾與新舊詞學之轉型——以《詞學季刊》為中心〉，
　　　　　《紹興文理學院學報》第 34 卷第 5 期（2014 年 9 月），頁 59。
〔註 106〕夏承燾〈鷓鴣天·辛巳冬，送仲聯返虞山，即題其夢苕盦圖〉，《同聲月刊》
　　　　　第 3 卷第 4 號（1943 年 6 月），頁 87。

論夏承燾與《詞學季刊》群體之關係。

（一）《詞學季刊》的創辦

　　詞學刊物的出現，取決於時代風氣的推進，刊物內容的質與量，也是攸關刊物能否穩定發展的重要關鍵。《詞學季刊》創辦人龍榆生師承朱祖謀，著作等身，憑著卓越才識，深獲詞壇肯定。朱祖謀臨歿前將其一生墨硯及遺稿相贈，囑託龍榆生整理，期盼之至可以想見。〔註107〕再者，龍榆生總以謙遜態度，與各地學者專家結識，進而切磋砥礪、分工治學。例如龍榆生曾於1928年隨夏敬觀拜訪寓滬文人時云：

> 先後見過了陳散原、鄭蘇戡、朱彊村、王病山、程十髮、李拔可、
> 張菊生、高夢旦、蔡孑民、胡適之諸先生，我不管他們是新派舊派，
> 總是虛心去請教，所以大家對我的印象，都還不錯。〔註108〕

1929年，龍榆生經李笠引薦，得知夏承燾撰有〈詞有襯字考〉一文，並從事編撰詞人年譜工作，馬上表示願與夏承燾締交及合作治詞的想法（1929年10月19日，冊5，頁124），兩人自此之後即成莫逆。唐圭璋於1931年前後輯校《全宋詞》之際，也多得師友之助，如趙萬里、盧前、任中敏、龍榆生、夏承燾、王仲聞、周泳先、趙尊嶽等均是。另據夏承燾《日記》（1931年6月14日）載：

> 接任中敏復……。又謂南京有唐圭璋，約翰大學有蔡正華，北平有
> 許守白、趙斐雲，皆於詞造詣甚深，囑署中同約榆生、瞿安、冀野、
> 唐君等，集吳門或上海，商榷一一。晚復一函，問假精校本《花草
> 粹編》，並堅吳門上海之約。　　（冊5，頁209）

任中敏於1931年擬策劃招攬上海、南京、杭州等地的詞學家，包括蔡正華（1895〜1952）〔註109〕、許之衡（1877〜1935）〔註110〕、趙萬里〔註111〕、

〔註107〕朱祖謀《彊村遺書》由其弟子龍榆生整理出版，於1933年8月刊印。

〔註108〕龍榆生〈苜蓿生涯過廿年〉，於1943年寫成，值龍榆生42歲，連載於周黎庵主編之《古今》半月刊第19期至第23期（同年3月至5月）。張暉：《龍榆生先生年譜》（上海：學林出版社，2001年5月），卷3，頁123。

〔註109〕蔡正華，名瑩，字振華，一作正華，別號小安樂窩主人，別署味逸，浙江吳興（今浙江湖州）人，吳梅著名詞曲弟子之一。

〔註110〕許之衡，字守白，號飲流齋主人、曲隱道人，室名飲流齋，廣東番禺（今廣州市）人。是康有為入室弟子。曾任北京大學、北平師範大學、北平女子文理學院教授。

〔註111〕趙萬里曾從吳梅習詞學，並得王國維指導，在文史、戲曲、金石、版本、目

龍榆生、吳梅〔註 112〕、盧前〔註 113〕、唐圭璋、夏承燾等人，組一詞學會，可惜最終未能如願。但可證明的是，1920 年代後期至 30 年代之間，一群跨地域、跨學院的詞人群體已見雛形。至 1932 年 1 月，龍榆生擬組織刊印彊村先生遺書會〔註 114〕，隨即開始籌辦詞學雜誌，預備先出版「彊村專號」，先後致函夏承燾、吳梅、唐圭璋、趙尊嶽等人，邀請他們撰稿；〔註 115〕1932 年 9 月，趙尊嶽建議龍榆生將詞學雜誌交書局出版，謂可長久維持。〔註 116〕迨至 1933 年 4 月《詞學季刊》創刊，由民智書局發行，第二年始，改由開明書局發行。〔註 117〕在規模及聲譽兼具的出版社加持下，《詞學季刊》可透過穩定的發行管道得以正常運作。而合理的繳費制度資助《詞學季刊》出版的經費；〔註 118〕嚴格的版權規範，維持了該刊物在學界公平、公正的形象；〔註 119〕適度的稿酬回饋，也鼓勵了詞學家積極的撰稿與創作。〔註 120〕《詞學季刊》在主編龍榆生的號召下，學者專家便以此為載體，自覺的形成堅固的詞人網絡，跨越

錄、校勘等學科上有卓越成就。先後仕教於北京大學、清華大學、中法大學、輔仁大學等校。

〔註 112〕 吳梅於 1922 年秋至 1927 年春，在南京大學的前身國立東南大學（後改為中央大學，49 年更名南京大學）任教。1928 年秋至 1932 年春，1932 年秋至 1937 年秋在中央大學任教。

〔註 113〕 盧前師從吳梅、王伯沆、柳詒徵、李審言、陳中凡等人。曾受聘在金陵大學、河南大學、暨南大學、光華大學、四川大學、中央大學等大學講授文學、戲劇。

〔註 114〕 夏承燾：《天風閣學詞日記》（1932 年 1 月 11 日），《夏承燾集》，冊 5，頁 266。

〔註 115〕 夏承燾：《天風閣學詞日記》（1932 年 7 月 28 日）：「接榆生片，謂詞學雜誌決於秋間著手，先出彊村專號，囑子與圭璋各撰一文。」《夏承燾集》，冊 5，頁 302。

〔註 116〕 夏承燾：《天風閣學詞日記》（1932 年 9 月 2 日），冊 5，頁 303。

〔註 117〕 上海民智書局設立於 1921 年，由辛亥革命志士國民黨元老朱執信創辦，後由劉廬隱、楊幼炯主持編務，以出版發行革命黨人書刊為主。開明書局於 1926 年成立，創辦人章錫琛，夏丏尊、葉聖陶、王伯祥、周予同、徐調孚等人為編輯。

〔註 118〕 《詞學季刊・詞學季刊社簡章》：「本社社員應繳納社費五元。」創刊號，頁 225。

〔註 119〕 《詞學季刊・投稿簡章》：「除與本社有特別約定者外，投寄之稿一經揭載，不得再在他處發表，其有成本著作經陸續登出後，可由本社介紹至民智書局出版單行，由作者抽取版稅。」創刊號，頁 1。

〔註 120〕 《詞學季刊・投稿簡章》：「投稿經揭載後，由本社酌奉本刊或其他新刊詞籍藉酬雅意。」創刊號，頁 1。

時間、地域的限制，進行多面向的交流。

（二）夏承燾與《詞學季刊》作者群體

根據《詞學季刊・編輯凡例》，刊物內容分為九大項：（一）論述：刊載詞學研究論文；（二）專著：刊載最新詞學專書；（三）遺著：刊載前人尚未刊行或絕版的詞學著作；（四）輯佚：刊載古人佚詞或佚稿；（五）近人詞錄：刊登近現代詞人作品；（六）圖畫：刊登相關圖像攝影（七）僉載：刊載詞話或相關詞學紀述或詩文；（八）通訊：刊載相關的詞學書札；（九）雜綴：詞籍介紹及詞壇消息。〔註121〕而「創刊號」中依次設有：「圖畫」、「論述」、「專著」、「遺著」、「輯佚」、「雜俎」、「近人詞錄」、「現代女子詞錄」、「詞林文苑」、「通訊」、「雜綴」、「附錄」、「補白」等欄位；第二期開始，又增設「詞話」一欄。

其中，「詞錄」欄中幾乎網羅了全國第一流詞人的新作，茲將發表名單及闋數臚列如次：

卷　　數	近人詞錄（含現代女子詞錄）
創刊號	楊鐘羲（1）、陳洵（1）、夏敬觀（4）、張爾田（7）、邵瑞彭（5）、邵章（1）、葉恭綽（4）、林鵾翔（5）、黃孝紓（4）、易大廣（4）、龍沐勳（4）、呂碧城（8）、丁寧（7）、陳家慶（6）
1卷2號	汪兆鏞（2）、金兆蕃（3）、郭則澐（4）、汪兆銘（4）、洪汝闓（3）、陳匪石（3）、黃侃（1）、吳梅（2）、汪東（2）、劉永濟（1）、程善之（1）、夏承燾（2）、呂碧城（7）、湯國梨（1）、羅莊（11）、葉成綺（3）、翟貞元（1）、章璠（1）
1卷3號	夏孫桐（3）、汪曾武（1）、陳洵（1）、夏敬觀（2）、張爾田（8）、仇埰（3）、邵瑞彭（6）、邵章（2）、黃孝紓（4）、趙汝績（2）、王易（3）、謝覲虞（3）、陳文中（1）、龔逸（2）、龍沐勳（5）、蔡伯雅（1）、楚士錚（1）、陳配德（1）、章柱（2）、陳大法（1）、陳家慶（2）、丁寧（6）、李澄波（6）
1卷4號	陳洵（1）、邵章（4）、冒廣生（4）、譚祖壬（1）、邵瑞彭（3）、易孺（2）、陳世宜（1）、石淩漢（4）、黃濬（1）、路朝鑾（1）、蔡楨（4）、嚴既澄（4）
2卷1號	汪兆鏞（1）、邵章（4）、夏敬觀（2）、廖恩燾（4）李權、（4）、葉恭綽（4）、譚祖任（1）、路朝鑾（2）、黃濬（3）、曾仲鳴（3）、黃孝紓（3）、錢十嚴（3）、楊易霖（4）、盧前（1）、唐圭璋（1）、朱衣（1）、呂鳳（2）、陳翠娜（4）、丁寧（3）、陳家慶（3）、王蘭馨（5）、翟貞元（1）、張荃（1）

〔註121〕《詞學季刊・編輯凡例》，創刊號，頁226。

2卷2號	夏孫桐（2）、張爾田（1）、邵章（4）、邵瑞彭（10）、橋川時雄（1）、向迪琮（4）、溥儒（3）、朱師轍（5）、廖恩燾（2）、胡漢民（1）、吳梅（5）、汪東（1）、黃濬（8）、李宣倜（1）、黃孝平（2）、夏承燾（3）、辛際周（2）、何達安（3）、龍沐勳（5）、陳大法（1）、張默君（5）、李瑷燦（1）、馬素蘋（7）、丁寧（1）、俞令默、（2）劉嘉慎（1）
2卷3號	邵章（10）、張爾田（3）、蔣兆蘭（6）、冒廣生（2）、易孺（2）、胡漢民（13）、葉恭綽（1）、壽鐫（6）、黃濬（1）、林鷗翔（1）、黃福頤（2）、梁啟勳（4）、任援道（2）、鄭秋鐸（1）、鮑亞白（1）、甘大昕（2）、詹安泰（2）、陳配德（3）、胡坤達（2）、徐小淑（21）、蒯彥範（6）、劉敏思（4）
2卷4號	陳洵（2）、路朝鑾（5）、廖思燾（3）、夏仁虎（2）、林葆恒（3）、向迪琮（1）、陳世宜（1）、蔡寶善（1）、李權（2）、唐蘭（1）、雷崧生（2）、陳方恪（3）、趙尊嶽（2）、黃孝紓（3）、盧前（1）、龍沐勳（4）
3卷1號	汪兆鏞（3）、張爾田（4）、冒廣生（1）、李宣龔（2）、趙汝績（5）、向迪琮（9）、李權（1）、吳梅（4）、溥儒（3）、黃濬（5）、楊熙績（2）、蔡楨（5）、李宣倜（1）、黃孝紓（1）、魏在田（2）、夏承燾（6）、唐圭璋（2）、龍沐勳（11）、朱守一（4）、羅時晹（2）、孔憲銓（2）、丁寧（3）、陳家慶（5）、翟卓元（4）、翟兆復（2）、程倩薇（1）、黃慶雲（1）
3卷2號	汪兆鏞（2）、張爾田（6）、汪曾武（10）、邵瑞彭（2）、路朝鑾（2）、易孺（2）、胡漢民（5）、李權（2）、仇埰（5）、葉麐（2）、繆鉞（2）、夏承燾（1）、盧前（2）、汪怡（4）、陳家慶（8）、丁寧（8）
3卷3號	汪兆鏞（1）、夏敬觀（5）、汪曾武（3）、郭則澐（10）、李宣龔（1）、董康（2）、葉恭綽（2）、吳湖帆（1）、壽鐫（5）、陳方恪（7）、黃孝紓（1）、黃孝平（3）、江國垣（7）、蔡楨（6）、柳肇嘉（3）、郭延（4）、鮑亞白（2）
3卷4號	（缺）

（表六：《詞學季刊》詞錄作家一覽表〔註122〕）

　　綜上所列，就總發表次數而言，主要發表詞人為張爾田、黃孝紓（1900～1964，字頵士，號匑庵）、邵章（1872～1953，字伯絅，號倬盦）、丁寧（1902～1980，字懷楓）等四人，各收詞六次；其次為邵瑞彭、汪兆鏞（1861～1939，字伯序，號憬吾）、黃濬（1890～1937，字秋嶽）、龍榆生、陳家慶（1904～1969？，字秀元），各收詞五次。至於夏承燾則收詞四次，分別刊載於第1卷第2號、第2卷第2號、第3卷第1號、第3卷第2號，計收詞12闋。

　　作者群的研究著述及成果，多見於「論述」、「專著」、「輯佚」、「詞話」、

〔註122〕據《詞學季刊》內容統計；另參朱惠國：《中國近世詞學思想研究·《詞學季刊》所刊文、圖一覽表》，頁370～388。

「詞林文苑」、「通訊」等欄位中。〔註123〕據此統計，夏承燾24篇；龍榆生22篇；張爾田19篇；唐圭璋17篇；趙尊嶽、夏敬觀各10篇；吳梅、葉恭綽（1881～1968，字裕甫，號遐庵）、邵瑞彭各6篇；周泳先5篇；查猛濟4篇；盧前、冒廣生、陳三立（1853～1937，字伯嚴，號散原）、潘飛聲、黃孝紓等人各有3篇；陳匪石、汪曾武、楊易霖（生卒不詳）、汪兆鏞、汪瀅、繆鉞、陳思各有2篇。〔註124〕其他如王易、夏孫桐（1857～1941，字閏枝，號閏庵）、呂澂、程善之、楊鐵夫、路朝鑾（1880～1954，別名金波）、許之衡、梁鼎芬（1859～1919，字星海）、俞平伯（1900～1990，原名銘衡，字平伯）、詹安泰、戴正誠（生卒不詳，字亮集）、蔡嵩雲等人僅發表1篇。〔註125〕因此，除主編龍榆生外，夏承燾、張爾田、唐圭璋、趙尊嶽、夏敬觀均為刊物的核心作者；其中，夏承燾篇數居冠，自創刊號至最末一期，夏承燾均有文章發表。他人與之隔空對話的相關篇章亦相當可觀，一併臚列如下：

卷　數	作者、篇章
創刊號	夏承燾：張子野年譜（專著） 夏承燾：夢窗詞集後箋（專著） 程善之：與朧禪論詞書（通訊）

〔註123〕《詞學季刊》「補白」欄，乃編輯群為了補白頁數而增添的內容，並不屬於刊物的主要欄位。「遺著」欄內的文章作者，已不在人世，故不屬於本節所規範的發表作者群，故略而不計。

〔註124〕傅宇斌〈《詞學季刊》的創辦與1930年代詞學圈〉一文，根據《詞學季刊》的作者群及撰稿篇章作一簡表，此表錯誤不少，逐一列出如下：夏承燾撰稿23篇（論述4、專著11、詞林文苑3、通訊5），「通訊」實為6篇，見1卷3號，頁193；2卷1號，頁196～197、197～198；2卷4號，頁199；3卷1號，頁171；3卷2號，頁172，故宜正為24篇。張爾田撰稿20篇（詞話1、詞林文苑1、通訊17），「詞話」實為1篇，見2卷4號，頁174，故宜正為19篇。夏敬觀撰稿9篇（詞話9），「詞話」實有10篇，除創刊號及3卷4號未刊載外，其餘均有。潘飛聲撰稿4篇（詞林文苑2、詞話2），「詞話」僅1篇而已，見1卷4號，頁169，另有「遺著」1篇，見2卷1號，頁125。汪兆鏞於「詞話」撰稿1篇，另「詞林文苑」亦有1篇而未計入，見3卷2號，頁161。汪瀅於「詞林文苑」撰稿1篇，實有2篇，見1卷3號，頁180、2卷1號，頁188。詳參《現代詞學的建立——《詞學季刊》與20世紀三、四十年代的詞學》，頁96～105。又該文將「補白」欄一併列入，故數量與筆者所計，有所出入，如龍榆生多出2篇、趙尊嶽多出1篇，特此說明。

〔註125〕《詞學季刊》1卷4號、2卷4號之「輯佚」欄中有彭貞隱、謝覲虞之遺稿各1篇；3卷3號「詞林文苑」欄中有況周頤遺稿1篇；應收入「遺著」欄中為宜。參1卷4號，頁157；2卷4號，頁154；3卷3號，頁165。

1 卷 2 號	夏承燾：賀方回年譜（專著） 夏承燾：紅鶴山房詞序（詞林文苑）　（按：作者為金松岑，1873～1947） 吳梅：與夏瞿禪論白石旁譜書（通訊）
1 卷 3 號	夏承燾：白石歌曲旁譜辨校法（論述） 查猛濟：與夏瞿禪言劉子庚先生遺著書（通訊） 查猛濟：與夏瞿禪言劉子庚先生遺著第二書（通訊） （按，劉毓盤，1867～1927，字子庚） 夏承燾：與龍榆生論陳東塾譯白石暗香譜書（通訊）
1 卷 4 號	夏承燾：姜白帝非姜白石辨（論述） 楊鐵夫：石帝非白石之考證（論述） 夏承燾：韋端己年譜・附溫飛卿（專著）
2 卷 1 號	夏承燾：晏同叔年譜・附晏叔原（專著） 許之衡：與夏瞿禪論白石詞譜（通訊） 夏承燾：與龍榆生論白石詞譜非琴曲（通訊） 夏承燾：再與榆生論白石詞譜（通訊）
2 卷 2 號	夏承燾：晏同叔年譜（續）（專著） 夏承燾：束坡樂府箋序（詞林文苑）　（按：作者為龍榆生）
2 卷 3 號	夏承燾：馮正中年譜（專著）
2 卷 4 號	夏承燾：南唐二主年譜（專著） 夏承燾：與龍榆生言謝玉岑之死（通訊）
3 卷 1 號	夏承燾：南唐二主年譜（中）（專著） 夏承燾：楊鐵夫夢窗詞箋釋序（詞林文苑） 夏承燾：徵求謝君玉岑遺詞啟（通訊） 張爾田：與夏瞿禪論詞人譜牒（通訊） 周泳先：與夏瞿禪言船子和尚〔註 126〕事（通訊）
3 卷 2 號	夏承燾：令詞出於酒令考（論述） 夏承燾：南唐二主年譜（下）（專著） 陳思：與夏瞿禪論詞樂及白石行實（通訊） 陳思：與夏瞿禪論詞樂及白石清真年譜（通訊） 夏承燾：與張孟劬論樂府補題（通訊）　（按：張爾田，字孟劬）

〔註 126〕船子和尚（生卒年不詳），名德誠。唐代高僧、詞人。四川武信（今四川省遂寧市）人，後長期居住在華亭朱涇（今金山朱涇）一帶。他節操高潔，度量不群。受法於澧州藥山弘道儼禪師。盡道三十年。離藥山後，飄然一舟，泛於朱涇、松江之間，接送四方來者，綸釣舞棹，隨緣度世，時人莫測其高深，稱他為船子和尚。參「百度百科」2019 年 1 月 16 日網頁檢索：https://baike.baidu.com/item/%E8%88%B9%E5%AD%90%E5%92%8C%E5%B0%9A。

3 卷 3 號	夏承燾：南唐二主年譜（四）（專著）
3 卷 4 號 （殘稿）	夏承燾：俞理初易安居士事輯後案（論述） （按：俞正燮，1775～1840，字理初）

（表七：《詞學季刊》收錄夏承燾撰述及他人相關篇章一覽表）

　　夏承燾位於《詞學季刊》作者群中的核心地位，除第 1 卷第 3 號及第 3 卷第 4 號外，均於各期「專著」欄中發表詞人年譜，依次為張先、賀鑄、韋莊、溫庭筠、晏殊、晏幾道、馮延巳、李璟、李煜等，計 6 部 9 家。張爾田於第 3 卷第 1 號〈與夏瞿禪論詞人譜牒〉讚之曰：「湛深譜牒之學，文苑春秋，史家別子，求之進古，未易多覯。」〔註127〕夏承燾開創詞人譜牒之學的貢獻，乃藉《詞學季刊》的發行與傳播得以落實。

　　《詞學季刊》作者群中與夏承燾往來的詞家學者，來自各行各業，大部分是大學教授，如龍榆生、張爾田、黃孝紓、邵瑞彭、吳梅、陳匪石、許之衡等；〔註128〕或為報社編輯，如查猛濟；〔註129〕或為政府官員，如冒廣生、葉恭綽；〔註130〕或為民間詞人，如丁寧〔註131〕、程善之〔註132〕等。渠等原有

〔註127〕張爾田：〈與夏瞿禪論詞人譜牒〉，《詞學季刊》第 3 卷第 1 號（1936 年 3 月），頁 172。

〔註128〕龍榆生時任教於暨南大學、張爾田時教於燕京大學、黃孝紓時任教於上海南洋公學、邵瑞彭時任教於河南大學、吳梅與陳匪石時任教於中央大學、許之衡（1877～1935，字守白，號飲流齋主人）任教於北京大學。據《詞學季刊》「通訊」欄，龍榆生、張爾田、吳梅、許之衡與夏承燾均有書信往來；據《日記》（1934 年 11 月 27）、（1936 年 4 月 8 日）、（1936 年 8 月 9 日）載，夏承燾與黃孝紓、邵瑞彭、陳匪石往來。參《日記》，冊 5，頁 338、440、457。

〔註129〕查猛濟，字太爻、寬之，別號寂翁，海甯袁花人。五四運動時，參與創辦《浙江新潮》週刊，積極鼓吹新思想，遭校方開除。1923 年前後，先後擔任《新浙江報》、《之江日報》編輯，杭州英文專修學校教師，浙江省民政廳秘書及省貧兒院院長。抗戰勝利後任英士大學哲學系教授。

〔註130〕冒廣生任江浙等地海關監督時與夏承燾結識，時任國民政府考試院委員，廣州勤勤大學。兩人往來之記錄，可參《日記》（1935 年 3 月 16 日），冊 5，頁 373。葉恭綽曾任交通總長，1949 年後任政務院文化委員。《日記》（1930 月 11 月 3 日）致陳思書中，已見兩人往來之經過。冊 5，頁 162。

〔註131〕丁寧自幼喪父，十三歲能吟詠，廿歲能散文，才華洋溢，然身世畸零，孑然一身，依母而活，神經屢逢激刺，幾乎成顛。《日記》，1932 年 5 月 29 日，冊 5，頁 294。

〔註132〕程善之，字慶餘，安徽歙縣人，僑居江蘇揚州，南社社員，鴛鴦蝴蝶派作家，有《漚和室詞存》。

各自的群體生活，例如以學院區分的中央大學〔註 133〕、暨南大學〔註 134〕、之江大學〔註 135〕的師生群體；以師承關係為取徑的詞學群體，如林鵾翔、龍榆生、劉永濟、趙尊嶽等師承朱祖謀、況周頤。他們因填詞、治詞而匯聚一堂，在主編龍榆生的號召下，以《詞學季刊》為載體，形成一圈又一圈，交叉又重疊的群體網絡，提升了《詞學季刊》的多元性與內容的精彩度。

再者，夏承燾與主編龍榆生的往來最為密切，相關論述有 5 篇。兩人早在 1929 年 10 月互通書信，當時的夏承燾一心治學若渴，盼求師友幫助。與龍榆生成為摯交後，不但分享治學之樂，也能彼此請益，切磋酌商。1932 年 7 月，龍榆生決定籌辦詞學雜誌之際，馬上致函通知夏承燾（冊 5，頁 300）；又謂「詞學雜誌決於秋間著手，先出彊村專號，囑予（夏承燾）與圭璋各撰一文，並問蔡松筠（即蔡嵩雲）君，盼予早寫定《詞例》。」（冊 5，頁 302），可見《詞學季刊》早在出刊前兩年已開始醞釀，夏承燾即是龍榆生一開始鎖定的邀稿對象。此外，夏承燾與查猛濟、張爾田、陳思之往來，各有 2 篇；與程善之、金松岑、吳梅、楊鐵夫、周泳先之往來，各有 1 篇。綜上所列，內容包括（　）詞集序跋，如夏承燾為龍榆生《東坡樂府箋》、金松岑《紅鶴山房詞》、楊鐵夫《夢窗詞箋釋》三書所作的序；（二）詞樂考辨，如夏承燾〈與龍榆生論白石詞譜非琴曲〉及〈與龍榆生論陳東塾譯白石暗香譜書〉、陳思〈與夏瞿禪論詞樂及白石行實〉、吳梅〈與夏瞿禪論白石旁譜書〉；（三）詞人批評，如夏承燾〈與龍榆生言謝玉岑之死〉、查猛濟〈與夏瞿禪言劉子庚先生遺著書〉（通訊）二篇；（四）詞學議題商榷，如張爾田〈與夏瞿禪論詞人譜牒〉、夏承燾〈與張孟劬論樂府補題〉、程善之〈與瞿禪論詞書〉等。

夏承燾與詞友之間的往來，並非點與點的單向連結而已，它以龍榆生為中心，將來自於四面八方的詞友層層相連，形成密不可分的網絡。透過《詞學季刊》的傳播，讀者可以在短時間內看到詞家學者首次公開的作品與研究成果；並再次藉由刊物的傳播，將讀後心得或疑問，立即響應，給予回饋，因此形成了一種互動密切的往來關係，縱使是原本互不相見的個體，也得以隔空對話，進行筆談。

〔註 133〕吳梅、陳匪石、汪東任教於中央大學，唐圭璋、盧前師承吳梅，師生共組「如社」，相互唱和。

〔註 134〕周泳先、朱衣（1908～1967，字居易）畢業於暨南大學，師承龍榆生。

〔註 135〕張荃、沈茂彰（生卒不詳）畢業於之江大學，師承夏承燾。

第四節　著述構想及成果展現

夏承燾以其博大精深的研究，著作縈夥，浙江古籍出版社和浙江教育出版社合刊《夏承燾集》全八冊，雖未能齊全，卻足以代表夏承燾在現代詞學史上的卓越貢獻；而《夏承燾全集》出版在即，屆時更能一睹其畢生成果全貌。夏承燾治學的著作構思、成書過程、治學課題，均在《日記》中娓娓道出，現身說法外，亦能金針度人。其研究歷程，除詞學之外，尚涉獵史學、理學、詩學、音韻學等領域，可參陶然〈規模宏度　金針度人——記夏承燾先生未及成書的著述〉一文所列書目；研究成果有公開發表於刊物或付梓出版者，也有不少是未及發表或成書者。探究其著述構想、經過及成果，可以瞭解夏承燾治學根基的奠定，以及思想轉向的過程，此乃值得重視的議題。以下就夏承燾詞學重要著作與著述計畫進行分析，一探箇中消息。

一、年譜與編年事輯

（一）《唐宋詞人年譜》與《詞林繫年》

夏承燾治詞，自詞人年譜入門，將詞學與史學結合，進而知人論世，開創詞人譜牒之學，乃詞壇津津樂道之一大貢獻。根據夏承燾於 1927 年、1928 年間致友人的多封信札可知，夏承燾從事詞人年譜的研究，始於執教於嚴州中學之際。夏承燾除了自行至溫州籀園圖書館、嚴州中學圖書館廣泛蒐集各種詞話、詞集外，主要是向詞友謝玉岑商借相關書籍。如 1927 年 11 月 17 日致謝玉岑函云：

> 《花草蒙拾》、《皺水軒詞鑒》、《詞統源流》、《詞藻》已于杭友處假得，請勿寄惠。錢葆酚之《蓴鱸詞話》，據馬一浮謂盛氏所刻常州叢書中似或有之，能助我一覽否？各詞話如能搜集具備，有四種詞書可輯。便中乞時時賜教。

同年 12 月 11 日致謝玉岑函云：

> 年來欲盡搜清人詞書，在徐釚《叢談》之後者，匯為一編。見聞不廣，求書又難，因循未就。朋輩師資，惟有閣下有異聞，乞不吝賜示。月前尊札謂吳門畢壽頤君藏詞書甚富，知曾有書疏往復否？梅冷生君頃寫一目來，新購清人詞集數十種，詞話亦闕如也。

1928 年 1 月 12 日致謝玉岑函云：

> 《詞學集成)、《賭棋山莊詞話)、《詞塵）及《蕙風詞話》、《蕙風詞》

共十二本，茲以奉寄。《銅鼓書堂詞話》及蔣劍人《詞話》，甚不足觀，篇幅亦少，容以抄本奉閱。《聽秋館詞話》極盼一閱，明正能轉假付抄否？胡、陳兩公有新得，亦請告我。冷生藏清人詞百餘種，囑乞兄向吳門畢君，抄一詞目來。

1928 年 4 月 23 日致謝玉岑函云：

> 擬取王灼《碧雞漫志》、淩廷堪《燕樂考原》、沈義父《樂府指迷》、張炎《詞源》、陳澧《聲律通考》（東塾叢書）諸書一閱。尊處如可代借，乞與丁、況二書同惠。（徐仲可《清代詞學概論》亦乞假我，此間求之不得。）費神，謝謝！江陰繆氏《藕香簃叢書》中有論詞書否？曾見吳瞿庵《詞學通論》講義，唐段安節《樂府雜錄》（學海類編）、元陸輔之《詞旨》（同上）否？有新得詞書，並乞假我一閱。〔註136〕

以上所列的信函內容，正可呼應夏承燾於 1927 年 10 月時所說的「擬以四、五年功夫，專精學詞，盡集古今各家詞評，匯為一編。再盡閱古今名家詞集，進退引申之」〔註137〕 一段話，是知夏承燾專精治詞，係從蒐集古今各家詞評及名家詞集著手。

　　其次，夏承燾詞學研究第二步，係佐以史書、筆記、小說等文史資料予以參證，從考據下手。1928 年 7 月 20 日《日記》載：

> 再翻《宋史》一過，查詞人傳作《詞林年譜》。日來頗復厭此，以屬稿將半，勉強成之。擬割捨唐及五代，改名《宋詞年表》。　　（冊 5，頁 1）

隔日又載：

> 翻《宋史》及古今詞話，擬於年表外再仿俞正燮《癸巳存稿》、〈李易安事輯〉（按：俞正燮《癸巳類稿》收有〈易安居士事輯〉）例作《唐宋詞人事輯》。南宋若《絕妙好詞箋》大體已具，可再羅正史及小說廣之，摘錄數紙，又憚煩報去。　　（冊 5，頁 6～7）

23 日載：

> 札《絕妙好詞箋》作《宋詞年譜》。翻《宋史‧藝文志》，考詞人著述。　　（冊 5，頁 7）

〔註136〕沈迦：《夏承燾致謝玉岑手札箋釋》，頁 50、58、70、81。
〔註137〕李劍亮：《夏承燾年譜》，頁 27。

夏承燾據《宋史》有傳之詞人，仿俞正燮《癸巳類稿·易安居士事輯》體例，考訂其生平故實，取之作詞人事輯之用；並採《絕妙好詞箋》、廣搜正史及筆記小說史料，以作《宋詞年譜》。夏承燾一方面以詞人為主，一方面以作品為主，雙管齊下，為《唐宋詞人年譜》奠定基礎。

又夏承燾深受蔡上翔（1717～1810）《王荊公年譜》影響，其《唐宋詞人年譜·自序》云：

> 《唐宋詞人年譜》十種十二家，予三十前後之作也。早年嘗讀蔡上翔所為《王荊公年譜》，見其考訂荊公事蹟，但以年月比勘，辨誣徵實，判然無疑；因知年譜一事，不特可校核事蹟發生之先後，並可鑒定其流傳之真偽，誠史學一長術也。時方讀唐宋詞，因翻檢群書，積歲月成此十編。其無易安、清真、稼軒者，以已有俞正燮、王國維及友人鄧廣銘之論著在；鄙見足為諸家補苴者，別具於《唐宋詞繫年總譜》中（《繫年總譜》將另出），此不贅及。瑣瑣掇拾，聊為初學論世知人之資。　　（冊 1，頁 1）

夏承燾苦求蔡上翔《王荊公年譜》一書不得，輾轉自錢名山（1875～1944，名振鍠，字夢鯨，號名山，以號行世）處得此一書後（冊 5，頁 83），便日日抄讀。此書以年月比勘，辨誣徵實，因知年譜之於歷史真偽的重要性，夏承燾謂年譜編撰「誠史學一長術也」，不得馬虎。在此之前，有俞正燮〈易安居士事輯〉、王國維《清真先生遺事》二書導夫先路；〔註 138〕梁啟超《辛稼軒先生年譜》、鄧廣銘《辛稼軒年譜》的撰書時間也與夏承燾著手考證的時間重疊。〔註 139〕因此，夏承燾為免重複，李清照、周邦彥、辛棄疾三家資料，僅作為

〔註 138〕 清·俞正燮《癸巳類稿》刻印出版於道光 13 年（1833），收有〈易安居士事輯〉一文，廣泛搜羅李清照的遺文、佚事及有關評論資料，略以年代編次，間附考證、初具年譜規模，是第一篇全面輯考李清照生平事蹟之作。夏承燾撰〈易安居士事輯後語〉一篇，針對俞正燮之論及諸家說法，再次予以考辨。見《夏承燾集》，冊 2，頁 170～179。王國維《清真先生遺事》對周邦彥生平事蹟詳徵博引，被學界奉為圭臬，遂為不少當代學者，如鄭騫、葉嘉瑩、羅慷烈、薛瑞生、孫虹等，加以繼承、發揚，甚而考辨真偽，糾正舛誤。見《王國維全集》（杭州：浙江教育出版社、廣東教育出版社，2009 年 12 月）。

〔註 139〕 《辛稼軒先生年譜》乃梁啟超晚年絕筆之作，未及成書；1928 年 9 月 22 日，梁啟超〈致擽初叔通季陰振飛諸公書〉：「日來撰成《辛稼軒年譜》，並為稼軒詞作編年……。」參梁啟超著、張品興主編：《梁啟超全集》（北京：北京出版社，1997 年 7 月），冊 10，頁 6074。鄧廣銘《辛稼軒年譜》則在梁啟超《辛稼軒先生年譜》基礎上編成，其《稼軒詞編年箋注》載：「今案梁氏

補苴之用，且別見於《唐宋詞繫年總譜》（即《詞林繫年》）。其他譜主，或已有前人著手而創草未成者，夏承燾仍不辭心力，重新編撰，如夏承燾於 1929年著手進行《韋端己年譜》之際，旋聞陳思有《韋浣花年譜》，因之中輟，迨至陳思過世，夏承燾自謝玉岑處見其手稿，其中排比譜主詩詞及引用史料，僅寥寥十餘頁，夏承燾旋即梳理舊稿，以示大眾。〔註140〕又如《周草窗年譜》，時有馮沅君發表於北京大學研究所國學門月刊 1 卷 4 號中，夏承燾於 1929年11 月 20 日見之，以舊作與馮稿相較，實多出七、八條，可見夏承燾資料之齊備，令人望塵莫及；儘管如此，夏承燾仍不敢貿然出手，迨至 1955 年 10 月才將此譜公開示眾。

張先、賀鑄、韋莊、溫庭筠、晏殊、晏幾道、馮延巳、李璟、李煜等人的年譜，依序刊載於《詞學季刊》各期中；夏承燾接連完成〈周草窗年譜〉、〈吳夢窗繫年〉、〈姜白石繫年〉。1954 年 8 月 29 日夏承燾主動發函致北京人民出版社、上海新文藝出版社，詢問出版詞人年譜事（冊 7，頁 416），程千帆又向上海新文藝出版社古典文學部主任錢百城推薦，詞人年譜出版一事遂拍板定案（冊 7，頁 419）。此書有程千帆為之作序，馬湛翁為之題簽，出版規格、印刷數量與售價，如《日記》載：

> 上海古典文學出版社寄來《唐宋詞人年譜》十一冊，每冊五百頁，
> 三十四萬一千字，第一版印三千一百冊，定價一元七角七分。二十
> 年前舊著，居然能在今日問世，亦出於意料者。稍稍翻閱一過，尚
> 有須改訂處，如韋莊譜記韋應物卒年。　　　（冊 7，頁 498）

《唐宋詞人年譜》自起草至成書，前後歷經二十餘年，直到付梓出版的前一刻，夏承燾仍一再修訂、增補，以求完善。程千帆為《唐宋詞人年譜》作序云：

> 夷考作家行實，以供學者知人論世之助者，自海寧王氏清真先生遺
> 事外，亦不數覯。蓋舊史傳人，例尚簡約。諸家逸事散在短書者，
> 又往往傳聞異辭，互相乖牾，或至不可究詰。……（夏承燾）既承
> 諸老之業，而思補其所未備，因創為《唐宋詞人年譜》十種，……

所舉各例，如謂甲集無丁未除夕以後之作，乙集無帥閩以後之作等，均未為
精當，然其所定區劃年限之方法則甚是。茲編之編年及彙列年分不甚明確諸
詞，大體均以梁氏所提出之方法為準則。」（臺北：華正書局，1989 年 3 月），
頁 3。按：此書於 1938 年完成（《天風閣學詞日記》，冊 6，頁 17）。
〔註140〕夏承燾：《唐宋詞人年譜・韋端己年譜・後記一》，《夏承燾集》，冊 1，頁 30。

自屬草迄今且二十餘載，旁搜遠紹，匡謬決疑，遂使譜主交遊經歷，
朗若列眉，為後之論次詞史者闢其疆理，俾得恣採伐漁獵其中，豈
徒備博聞之資而已，力勤而功亦偉矣。　（冊1，頁1）

所謂「舊史傳人，例尚簡約。諸家逸事散在短書者，又往往傳聞異辭，互相乖
牾，或至不可究詰。」史料蒐集本屬不易，何況辨訂字句、研討字義、考訂生
卒、辨偽生平等工夫，非經年累月絕不可駕馭。夏承燾作為民國詞壇譜牒、
考訂之學的中堅分子，他繼承前輩詞學家未竟之業，又有所發展，碩果纍纍，
詞人譜牒之學，遂臻於巔峰。

《唐宋詞人年譜》以單篇形式在《詞學季刊》發表時，即得到詞學界的
高度肯定，趙尊嶽稱之「前無古人」（冊5，頁478），趙百辛（1901～1943）
謂「十種並行，可代一部詞學史，此彊村未為之業，不但足吞任公而已」。（冊
5，頁361）陳寅恪作韋莊〈秦婦吟校箋舊稿補正〉時，亦頻繁引用夏承燾《韋
端己年譜》資料（冊7，頁170）。至結集出版後，更是得到學術界的普遍推
崇，並造成搶購熱潮。如1956年《光明日報‧文學遺產》105期刊顧學詰（1913
～1999）〈唐宋詞人年譜評介〉一文，謂「詞人十譜乃前人所未為者」，並舉出
四優點：一、材料豐富。二、辯正作家史實（如馮正中）。三、考定作家年代。
四、考定作品本事。〔註141〕《文學研究》創刊號亦載陳瀅（生卒不詳）評《唐
宋詞人年譜》一文。〔註142〕1956年3月20日《日記》載：「天五示浦江清
信，謂詞人年譜到北大書亭時，中文系搶購。」（冊7，頁517）海外學界也
熱衷討論，如日本京都大學吉川幸次郎（1904～1980）主編之《中國文學報》
刊有清水茂（1925～2008）教授評介文〔註143〕，新加坡報紙以鮮明廣告報導
此事〔註144〕。吳熊和〈追懷瞿禪師〉三首之二云：「溫韋諸家考信難，詞人十
譜筆如磬；浙東史學升新派，班馬也應領首看。」注云：「唐宋十人年譜十種，
為詞史奠基，近世文史名著也。以史學治詞學，始於王國維《清真先生遺事》，
師則繼之為集大成者。」〔註145〕

〔註141〕《日記》1956年5月23日載，冊7，頁528。
〔註142〕陳瀅評《唐宋詞人年譜》一文，刊載於《文學研究》創刊號（1957年3月）。
〔註143〕參夏承燾《唐宋詞人年譜‧承教錄》中「清水茂先生」條，《夏承燾集》，冊
　　　　1，頁503。另參《日記》1957年2月13日，冊7，頁591。
〔註144〕《日記》1958年2月22日載，冊7，頁666。
〔註145〕錢志熙：〈首屆全國夏承燾學術研討會綜述〉，《中國韻文學刊》第26卷第3
　　　　期（2012年7月），頁118。

　　讀者對於《唐宋詞人年譜》的接受與回饋，並非一味贊揚，其中不乏批評的意見，如錢伯城（1922～）嫌「詞人十譜與詞之本身發生關涉之資料尚成不足」（冊7，頁435）；學生徐步奎指出二點：一為年譜探研社會史實不深，二為不可盡信之傳聞與可信之史實並列不分（冊7，頁524）；龍榆生提出四項缺點：一、忽略社會經濟情況，影響作家作品的深入研究；二、不忍割愛之材料反成累贅；三、白石懷人詞考，有陷入鑽牛角尖的危險；四、飛卿等繫年三譜，對各人假定的年歲來排列，總覺得不很妥當。（冊7，頁543～544）夏承燾對於他人之批評，均樂於接受，並提出增補、修訂的辦法，如《日記》1955年9月10日載：

> 作函與新文藝出版社錢伯城，……附去《唐宋詞繫年總譜》稿樣，
> 分四格：一作家行實，二作品可考年代者，三各種文學藝術有關詞
> 學者，四政治經濟大事對詞有直接間接影響者。告一年內可整理增
> 輯完成，問能與詞人十譜（按：即《唐宋詞人年譜》）出版並行否。
> （冊7，頁479）

《唐宋詞繫年總譜》（即《詞林繫年》）可謂《唐宋詞人年譜》進階版，集結夏承燾二十餘年的工夫，考訂唐、五代、兩宋詞人生平行實，以及作品繫年的鉅作。就夏承燾向出版社提供的編撰大綱可知，夏承燾實有意彌補《唐宋詞人年譜》的不足。

　　1964年8月9日，夏承燾原擬定《詞人年譜續編》編寫計畫，目次如下：一、柳三變繫年；二、東坡詞事繫年；三、蘇門詞事繫年（黃庭堅、秦觀、晁補之、趙令畤、毛滂）。四、李清照年譜，稼軒詞事繫年；五、大晟樂府作家繫年，周美成年譜會箋；六、張于湖年譜；七、張蘆川年譜；八、胡邦衡年譜；九、陳龍川詞事繫年；十、劉後村年譜；十一、劉辰翁年譜；十二、王碧山年譜；十三、趙青山年譜；十四、張玉田年譜。（冊7，頁979～980）且預計交由上海中華書局出版，無奈此計畫最終因「文化大革命」被迫中斷，無疾而終。

　　吳蓓近年主編《夏承燾全集》，將夏承燾當年編陳亮、陸游、張元幹、向子諲、張孝祥、劉克莊等人之年譜餘稿匯編整理為《唐宋詞人年譜續編》，於2017年5月由浙江古籍出版社出版。夏承燾正式出版的年譜，已由原本10種12家，擴及至15種18家。

　　夏承燾終身致力詞人譜牒之學，通過考證和鑒別，判斷史料和作品的真

偽；藉由史料的歸納、排比，梳理歷史事件的來龍去脈與作品的寫作背景，充分呈現詞人的生平事跡、創作歷程與風格演變。夏承燾的《唐宋詞人年譜》雖非完善，但是就其學術意義和研究方法來講，它在詞人譜牒之學的研究史上無疑是一座里程碑，是傳統詞學走向現代化、科學化、系統化的一個重要標誌。〔註 146〕

夏承燾初期編撰「詞人十譜」以外，亦同時根據其他唐、宋、金、元詞人進行繫年，如范成大、朱敦儒、王衍、孟昶、和凝、孫洙、劉辰翁、郭應祥、王結、劉將孫、王奕、趙文、吳存、黎廷瑞、蒲道源、段克己、段成己、王義山、蔡松年、蔡圭、党懷英、任詢、李獻能、趙秉文等人均是，並計畫納入《詞林繫年》〔註 147〕中。據夏承燾於 1955 年 9 月 10 日致上海新文藝出版社錢伯城函，1956 年 7 月 24 日《日記》，以及 1958 年 3 月 29 日人民文學出版社致夏承燾函（冊 7，頁 673），夏承燾原預計 1960 年前後完成此編。1962 年 1 月 19 日，夏承燾復余冠英函，並寄去完成的科研計畫，內含《詞林繫年》67 萬字；1964 年 6 月 1 日，又提下學期科研計畫，預計與學生著手進行《詞林繫年》4 萬字（冊 7，頁 967）；1964 年 7 月 5 日《日記》載：「發上海中華復，……告《詞例》與《詞人續譜》、《繫年》三書可付上海。」（冊 7，頁 975）8 月 4 日又載「午後接上海中華書局約稿合同三份（《唐宋詞人年譜續編》、《詞林繫年》、《詞例》）（冊 7，頁 979）。夏承燾用盡悠悠三十餘年歲月，《詞林繫年》終於完稿，探究對象之浩繁，內容之豐富可以想見。此書出版在即，最後仍因文化大革命而石沉大海。夏承燾去世後，弟子王榮初節錄《詞林繫年》中 960 年至 1030 年間的時事及詞人行實，分別發表於《中國韻文學刊》中。就其刊出的內容而言，可知夏承燾編《詞林繫年》之際，係涵括整個詞壇及詞家；就體例而言，則是《唐宋詞人年譜》的簡編。〔註 148〕吳蓓主編《夏

〔註 146〕 曾大興：〈夏承燾的考據之學與批評之學〉，《20 世紀詞學名家研究》（北京：中華書局，2011 年 8 月），頁 300。

〔註 147〕 《詞林繫年》，即《唐宋詞繫年總譜》、《唐宋金元詞人繫年總譜》，初期又名《詞林年譜》、《宋詞年表》、《宋詞年譜》、《詞林年表》、《詞人年表》等。

〔註 148〕 王榮初整理夏承燾《詞林繫年》自 960 年至 1030 年間的舊稿，依序發表於《中國韻文學刊》創刊號（1987 年），頁 95～106；（1990 年第 1 期），頁 40、98～104；（1990 年第 2 期），頁 116～124；（1992 年），頁 118～123；（1993 年第 2 期），頁 97～100；（1995 年第 1 期），頁 105～107、124；（1995 年第 2 期），頁 97～104；（1996 年第 1 期），頁 121～124；（1998 年第 2 期），頁 101～128。

承燾全集》，預計為《詞林繫年》舊稿進行整理，彙編成冊，此編一出，非但完成夏承燾遺願，亦能嘉惠學界。

（二）其他

據《日記》載，夏承燾尚有《唐宋詞人事輯》、《詞人地表》、《詞林補事》（即《詞林索事》）、《宋詞大事考》（曾名《宋詞考故》）、《宋詞繫》（原名《宋詞考事》、《宋詞微》、《宋詞事繫》、《南宋詞事》）等重要著述。1928 年 7 月 21 日，夏承燾仿俞正燮〈易安居士事輯〉作《唐宋詞人事輯》。（冊 5，頁 6～7）可知編纂《唐宋詞人事輯》為夏承燾於 1928 年治詞的首要目標；1944 年 4 月 27 日，夏承燾以《詞人事輯》與《詞例》、《詞林繫年》三書作為二、三年間預計完稿的工作。（冊 6，頁 552）然而《唐宋詞人事輯》一書卻不了了之，蓋資料之蒐錄與運用多有互通，各家詞人事輯或許一併列入《詞林繫年》或《年譜》之中。夏承燾作《詞人地表》，首見日記 1928 年 12 月 25、26 日；及至 1941 年 10 月 25 日，夏承燾計畫將此書納入《詞學考》（冊 5，頁 63；冊 6，頁 342）中，除此三處外，沒有其他記載，內容為何，不得而知。

夏承燾於 1931 年擬編《詞林索事》，嘗云：

> 擬作《詞林索事》，以補清人作紀事之不備，卷帙甚繁，擬先輯宋南渡及宋亡事為一卷，考其時事、年代及作者身世，蒐羅不厭甚詳。目營而已，卷中感慨世劫，羌無事實，以小字附入考中。專集以外，亦及選本材料，必甚豐富。惟作紀事者，目營而已，此則須細心考證，自恐體弱不能蕆事耳。　　（冊 5，頁 224）

1931 年 8 月 31 日，夏承燾為《詞林索事》作序，更清楚揭示此書之用意：

> 清人仿計有功《唐詩紀事》，掇詞家事實者，有李良年、徐釚諸家，而集成於張宗橚之《詞林紀事》。雖未具備，亦聲家大觀矣。惟所輯域於有本事之詞，未遑就詞人之時代、身世為疏證闡明之業，則猶為憾事也。……因念有宋一代詞事之大者，無知南渡及崖山之覆。當時遺民孽子，身丁種族宗社之痛，辭愈隱而志愈哀，實處唐詩人未遑之境。酒邊花間之作，至此激為西臺朱鳥之音，尋天水一朝文學之異彩矣。而自來聲家選錄所未及，豈非遺憾哉。茲摭南宋數十家集為此編，亦旁涉選集野記，名曰《詞林索事》，雖考證未精，亦不敢稍涉附會。　　（冊 5，頁 232）

李良年《詞壇紀事》、徐釚《詞苑叢談》、張宗橚《詞林紀事》三書，係仿計有

功《唐詩紀事》體例，然對於詞人時代、身世之考證未精，附會不明；又南渡之際，詞人身陷國破家亡之慟，作品蘊含的「西臺朱鳥」〔註149〕之音，係時代下的產物，此乃前人編撰時未及之處。故夏承燾擬編《詞林索事》一書，用以補充清人紀事之不備，以彰詞人心聲。可惜今僅見夏序一篇，而不見其內容；然夏承燾著書之構想與用心，可以想見。

夏承燾另有《宋詞大事考》（曾名《宋詞考故》），著手於 1936、1937 年間，夏承燾為此熟讀《宋史》、廣蒐詞家別集、筆記小說等史料，曾說「作《宋詞大事考》甚勞心，欲罷不能。」（冊 5，頁 486）惟此書終究未能脫稿。

夏承燾《宋詞繫》數度異名，原名《宋詞考事》，經丁寧建議，改為《宋詞微》（冊 6，頁 92）；1939 年 5 月 5 日，夏承燾引〈詩大序〉「一國之事，繫一人之本，謂之風」，改名為《宋詞事繫》，內容分為三卷：一倡恢復；二哀亡國；三弔死節。（冊 6，頁 97）1940 年 1 月，又名之為《宋詞繫》。1940 年 8 月 21 日，吳庠建議此書不及北宋，故又再度更名為《南宋詞事》（冊 6，頁 223）。至 1962 年 1 月 15 日後，又見夏承燾改用《宋詞繫》為之定名。（冊 7，頁 927）此書成於抗戰期間，夏承燾有感時局之變動，故擇選足以鼓舞人心、砥礪節概之作，匯為一編，以發揚民族氣節，凸顯「一國之事繫一人之本」的宗旨。此書選錄對象以南宋詞人為主，計 23 家 56 首，每位詞人均附上簡明小傳，夏承燾亦針對每一首詞的寫作背景及內容進行史實之考訂。《宋詞繫》不僅作為選本之用，它更充分體現夏承燾在文獻整理及史實考據方面的成就，也反映夏承燾以詞記史的用意。

二、詞學綜論

（一）《唐宋詞論叢》

《夏承燾集》第二冊之《唐宋詞論叢》、《月輪山詞論集》、《瞿髯論詞絕句》以及《夏承燾集》第八冊《詞學論札》，是夏承燾在考據基礎上治詞成就的總結和延伸。《唐宋詞論叢》原名《讀詞論叢》，據 1956 年 2 月 18 日《日

〔註149〕文天祥抗元失敗被殺後八年（即元世祖至元 27 年，西元 1290 年），謝翱與其友人登西臺祭之，作〈登西臺慟哭記〉以敘其事，語多悲哀沉痛、以泣國破家亡之情。文有「魂朝往兮何極？莫歸來兮關塞蒙。化為朱鳥兮有咮焉食」等句。參宋・謝翱〈登西臺慟哭記〉，曾棗莊、劉琳主編：《全宋文》（上海：上海辭書出版社、合肥：安徽教育出版社，2006 年 8 月），冊 360，頁 210～212。

記》載，此書擬收錄〈唐宋詞字聲之演變〉、〈詞律三義〉、〈李易安事輯後語〉、〈陽上作去入派三聲說〉、〈姜白石詞樂說箋證〉、〈夢窗詞後箋〉、〈詞韻述例〉、〈姜白石詞譜說〉、〈南宋詞事〉、〈姜白石詞譯譜〉、〈顧貞觀金縷曲本末〉、〈詞籍辨訂〉二篇、〈姜白石議大樂辨〉、〈四庫詞集提要校議〉等十四單元（冊7，頁513）。1956年12月由上海古典文學出版社印成，初版計一萬五千冊，夏承燾得稿酬四千七百元。〔註150〕其最終出版之目次，不見〈南宋詞事〉，而〈姜白石詞樂說箋證〉、〈姜白石詞譜說〉、〈姜白石詞譯譜〉、〈姜白石議大樂辨〉四篇改作〈姜白石詞譜與校理〉、〈白石十七譜譯稿〉，〈顧貞觀金縷曲本末〉擴充為兩篇，此與原先設想的內容稍有出入。

　　此書一出，可與《唐宋詞人年譜》相媲美，詞壇反應熱絡，出版社一版再版。〔註151〕夏承燾並將各方建議錄於書末〈承教錄〉中。其中，任中敏指出「白石詞是否入琴樂」、「宋詞是否入琴樂」宜分作兩事下斷；羅薝園（1898～1980）謂「文字聲韻部分，字字珠璣；用曲律之四聲陰陽以說詞律，細緻入微；較之萬樹詞律，已更進一步矣。至以喉舌齒牙唇五音論宋詞一字之協與不協，弟未敢贊同。……」王仲聞謂此書「對於唐宋詞之聲律，剖析入微，前無古人」，並舉二十事與夏承燾請益。浦江清（1904～1957）謂「白石詞譜說」中的「起調畢曲」問題「指點清楚，掃除積疑，極為欣快」，對於「易安居士金石錄後序紀年」之問題，列出己見與夏承燾商榷。繆鉞謂書中「考訂詞律及白石詞譜諸作，精審細密，能發千載之覆。……考訂易安行年之作，亦足為弟袪疑解惑。」〔註152〕夏承燾虛心求教，對於諸友之批評指教，大都能一一記載，並與之商榷。這也是造就夏承燾治詞成績卓越的具體表現。

（二）《月輪山詞論集》與《詞學論札》

　　《月輪山詞論集》所收20篇文章（不含附錄：「唐代詩人長安事蹟圖」），是夏承燾三十餘歲至六十餘歲陸續寫成的詩詞研究文稿，1966年完成排版，

〔註150〕1956年6月25日，夏承燾發新文藝出版社函，謂《讀詞論叢》改名為《唐宋詞論叢》（冊7，頁538）。1957年1月19日《日記》載印行數量及稿酬，冊7，頁584。
〔註151〕1957年6月24日《日記》載《唐宋詞論叢》二版印成一萬冊；1958年1月13日《日記》載三版印6000冊。1958年7月14日《日記》載，此書交由上海中華書局印行，預計10月印行四版，唯《日記》9月21日至10月13日之前日記缺漏，印行情況不明。冊7，頁622、660、690
〔註152〕夏承燾：《唐宋詞論叢‧承教錄》，冊3，頁232～235。

遲至文革結束後，得以出版。〔註153〕其中關於校勘、考訂方面諸篇，如〈《白石道人歌曲》校律〉、〈姜夔詞譜學考績〉、〈四聲繹說〉，〔註154〕係夏承燾寫於1949年之前。當時夏承燾的主要工作是《詞律》、《詞例》的探索以及《詞林繫年》的編纂；這些篇章對夏承燾而言，僅是校勘、考訂之下的「副產品」。〔註155〕中共政權成立後，夏承燾因朋友鼓勵與教學需要，開始進行個別詞人研究，分論李清照、陸游、辛棄疾、陳亮諸家及其作品。然而對於這樣的成果，夏承燾卻深感不安，他說：

> 這幾篇詞論大都只是以資料作底子，以舊時詩話、詞話鑲邊。論李清照、陸游、辛棄疾、陳亮諸家詞往往只肯定他們的作品在歷史上的地位，而忽視了從今天的社會要求和思想高度揭示其局限，因之便忽視了他們在今天社會所產生的不良影響。 （冊2，頁240）

又提出三大缺點：

> 一、單純追求所謂「真實」而往往不問它的作用；二、善褒古人，曲護其短；三、論作品論人論世，各自一事，不探索其必然的聯繫。
> （冊2，頁240）

1978年5月，夏承燾作《月輪山詞論集》前言，回顧四十多年治詞經過，自認對於文藝理論的知識過於淺薄，對毛澤東（1893～1976，字潤之）的批判繼承、古為今用的教導體會不深，所寫的幾篇作家作品論「只是從古紙堆中尋求自己的天地」（冊2，頁240）而已。然夏承燾對自己著述的檢討與自省，與當時政治、社會上「自我批判」的風氣有關，尤其是1958年中共思想大躍進運動，夏承燾亦在高壓控制下受到嚴厲的批判，故不得不如此。

　　另有5篇為〈論杜甫入蜀以後的絕句〉、〈杜甫與高適〉、〈杜詩札叢〉、〈評黃徹《碧溪詩話》之論杜詩〉、〈據《白氏長慶集》考唐代長安曲江池〉。夏承

〔註153〕《月輪山詞論集》所收21篇，含內編14篇，外編7篇；外編除〈詞人納蘭容若手簡前言〉外，其餘6篇為〈論杜甫入蜀以後的絕句〉、〈杜甫與高適〉、〈杜詩札叢〉、〈評黃徹《碧溪詩話》之論杜詩〉、〈據《白氏長慶集》考唐代長安曲江池〉、〈唐代詩人長安事蹟圖〉。

〔註154〕1928年至1937年間，值夏承燾作詞人年譜及《白石道人歌曲》校律諸篇，《白石道人歌曲》校證》一文，於1933年4月13日寫成第四稿；〈姜夔詞譜學考績〉一文，於1932年寫成，二文於1962年7月再改。〈四聲繹說〉初稿寫定於1941年6月，1963年1月再改。參夏承燾：《天風閣學詞日記·前言》，冊5，頁2；《月輪山論集》，冊2，頁369、399、430。

〔註155〕夏承燾：《月輪山詞論集·前言》，冊3，頁239。

燾運用最擅長的考據工夫，考證曲江故址外，同時可發現夏承燾小專精於杜甫研究。

《詞學論札》所收諸篇的寫作時間，自 30 年代至 60 年代，前後歷經三十餘年。其中〈填詞四說〉〔註 156〕、〈書張炎《詞源》後〉、〈唐宋詞敘說〉等論詞類計 13 篇，〈《南宋二家詞考證》序〉、〈《紅鶴山房詞》序〉、〈《元名家詞輯》序〉等詞集序跋類 9 篇，〈與龍榆生論陳譯白石《暗香譜》書〉、〈與張孟劬論《樂府補題》書〉等與友人論詞書信 5 篇；其他非詞學類的如〈說蘇軾的西湖詩〉、〈《離騷正義》序〉、〈關於陸機《文賦》的三個問題〉、〈教書樂——三十年教學的體驗〉等詩文批評及治學心得計 16 篇，以及《唐鑄萬學考》專著一編。這些篇章，是夏承燾早年及中年時期寫定，未及編定成集，由後人編次而入《夏承燾集》的著述，大部分篇章，已刊載於《詞學季刊》、《東方雜誌》、《文瀾學報》、《浙江師範學院學報》、《光明日報》、《語文學習》、《文學遺產》等各學報、期刊之中，少部分著作，則尚未公開發表，如《唐鑄萬學考》〔註 157〕一編。後人將夏承燾諸篇進行彙整，編次成冊，足見作者堂廡之大。

（三）《瞿髯論詞絕句》

《瞿髯論詞絕句》的寫作時間，自草創、續作，經出版、修訂再版，橫跨五十餘年，它的誕生，朱祖謀居功甚偉；文化大革命的浩劫，更促使夏承燾完成了早年未完成的心願。夏承燾云：

> 予年三十，謁朱彊村先生於上海。先生見予論辛詞「青兕詞壇一老兵」絕句，問：「何不多為之？」中心藏之，因循未能著筆。六十餘歲，禁足居西湖，乃陸續積稿得數十首，亦倉卒未寫定。一九七三年，无聞撿篋得知，取以相玩，謂稍加理董，或可承教通學。爰以

〔註 156〕〈填詞四說〉即《作詞法》增訂版，共分為「說調」、「說聲」、「說韻」、「說片」四節，是夏承燾早期探討詞體填製技巧之著作。1934 年 12 月 13 日，《作詞法》寫定，夏承燾云「此編再取《詞例》一部分為之，雖甚草率，然材料皆予所搜集，與坊間聊爾淺薄之書不同，惟費精神於此等短書，甚恨恨耳。」（冊 5，頁 346）夏承燾對於《作詞法》這類「無謂之作」（冊 5，頁 345）頗以為悔。該書於 1937 年 4 月由世界書局出版印行。

〔註 157〕《唐鑄萬學考》作於 1925 年 5 月 25 日，6 月 11 日完成第二稿，內容是關於清初奇人唐甄及其《潛書》的全面考述。陳慶惠：《詞學論札·編後記》，《夏承燾集》，冊 8，頁 296、306。

暇日，同斟酌疏釋。近三年來，以宿疾來京治療，出版單位諸同志
時來督勉，乃隨改隨增，至一九七八年初春脫稿，共得八十餘首。
上距初謁彊村先生時，將五十年矣。　（《瞿髯論詞絕句‧前言》，
冊 2，頁 505）

夏承燾於 1929 年 11 月 28 日作〈題稼軒詞〉（幽窗一卷）一首；隔年 10 月 15
日又作〈題稼軒詞〉（青兕詞壇、不教橫槊）二首。1930 年 10 月 20 日，夏承
燾將「歐晏槃槃」〔註 158〕、「青兕詞壇」二首「偶成論詞小詩」寄予朱祖謀請
誨賜教（冊 5，頁 157），隔月即得到「論詞二首，持論甚新，何不多為之，
以補厲氏（厲鶚）所不及」的勉勵（冊 5，頁 163），夏承燾遂將此教誨謹記於
心，揭示《瞿髯論詞絕句》創作的序幕。1930 年 11 月 19 日，趙尊嶽嘗致函
夏承燾，一併出示況周頤所藏論詞詩目次，《日記》載：

接叔雍掛號信……。附示蕙風所輯論詞詩目，計王僧保三十六首，
周稚圭十六首，朱依真二十八首，孫爾準二十二首，譚玉生一百八
十首，楊恩壽三十首，潘蘭史二十首。未鈔者有厲樊榭、馮夢華、
及彊村之詞，予所知二家，為蕙風所未收。一為沈初蘭韻堂集十八
首，一為江昱十八首。　（冊 5，頁 168）

清人論詞絕句這類批評載體，夏承燾早年即與趙尊嶽一同關注，夏承燾更是
早一步尋得沈初、江昱二人的論詞絕句。11 月 24 日，夏承燾作〈秋日理書，
各題一絕〉八首，分論《詩品》、《樊川集》、某公詩集、《漁洋集》、《後主詞》、
《中州樂府》、《文史通義》、《張華集》，其中論李後主詞及《中州樂府》二首，
屬論詞範圍。據此可知夏承燾於 1930 年前後，最少完成的論詞絕句，即有六
首。除「歐晏槃槃」一首內容未知外，其餘五首載錄如下：

幽窗一卷稼軒詞，風雪刁刁燈火遲。小倦支頤夢何許，聽笳夜度二
陵時。　（〈題稼軒詞〉，冊 5，頁 136）

青兕詞壇一老兵，偶能側媚倍移情。好風只在朱闌角，自有千門萬
戶聲。

不教橫槊建安間，典質相疑信等閒。我為嶽生續狂語，百篇獻壽不
如刪。　（〈題稼軒詞〉二首，冊 5，頁 154）

〔註 158〕「歐晏槃槃」一首，未收入《天風閣學詞日記》，就首句四字，可推測係論
　　　　　歐陽脩、晏殊二人。

　　櫻桃落後破重城，揮淚宮娥別國行。千古真情一鍾隱，誰鑴心血寫
　　詞經。　　（〈秋日理書，各題一絕‧後主詞〉，冊 5，頁 172）

　　畫堂座客聽琵琶，往事承平公子誇。若向詞壇分種界，納蘭以上此
　　名家。　　（〈秋日理書，各題一絕‧中州樂府〉，冊 5，頁 172）

然而夏承燾當時的首要工作，是著重於考訂、校勘工夫上，所作論詞絕句，
僅是即興偶成之作。迨至文化革命浩劫，夏承燾拘禁牛棚期間，才正式執
筆，嘗云：「《論詞絕句》是我在『文化大革命』期間蹲『牛棚』的收穫。」
〔註 159〕1973 年，妻子吳无聞尋得夏承燾於文革期間所作舊稿後，便建議夏
承燾稍加理董，出版單位亦時時督勉、積極催促，夏承燾遂依舊稿隨增隨
改，並與吳无聞共同斟酌疏釋。至 1979 年 3 月脫稿，計 82 首論詞絕句，
由中華書局出版。此書一出，便被譽為文革十年詞學荒漠上的一朵奇葩。
〔註 160〕至 1983 年 2 月再版，在原有的基礎上增加 18 首，包括：李珣 2 首、
李煜、林逋、趙佶、李清照、辛棄疾、張掄、張鎡、張炎、陳亮、龔自珍等
各 1 首，以及域外詞人嵯峨天皇、野村篁園、森槐南、高野竹隱、李齊賢、
阮綿審等 7 首。新增論李煜及辛棄疾的二首絕句，即是夏承燾於 1930 年前
後寫定的舊篇（「櫻桃落後」、「青兕詞壇」）。《瞿髯論詞絕句》以百首絕句品
評歷代詞家及其作品，涉獵對象綜觀古今、中外，兼論詞的起源及詞壇新
境，精義迭出，引人入勝。它不僅是夏承燾晚年讀詞、論詞、評詞的總結，
更可視為一部簡明詞史。

（四）《詞源注》

　　張炎《詞源》上下卷，上卷闡述音律，探本窮源，自「五音相生」至「謳
曲指要」；下卷除第一、二條「音譜」、「拍眼」外，主要闡述詞學理論，第三
條「製曲」至「雜論」，後附「楊守齋作詞五要」。《詞源》箋注本最早為鄭文
焯《詞源斠律》。鄭文焯自稱「嘗博徵唐宋樂紀，及管色八十四調，求之三年，
方稍悟樂祖微眇，悉取詞原之言律者，銳意箋釋，斠若畫一。」〔註 161〕可見

〔註 159〕楊牧之：〈千年流派我然疑──《瞿髯論詞絕句》讀後〉：「夏承燾先生多次
　　　　和我說起，他對《瞿髯論詞絕句》最有感情，……《論詞絕句》是我在『文
　　　　化大革命』期間蹲『牛棚』的收穫。」《讀書》1980 年第 10 期，頁 45。
〔註 160〕曹辛華：《20 世紀中國古代文學研究史‧詞學卷》（上海：東方出版中心，
　　　　2006 年 1 月），頁 301。
〔註 161〕〔清〕鄭文焯：《詞源斠律‧自敘》（光緒書帶草堂叢書本），頁 131。

校勘、箋注用力之深。然《詞源斠律》僅校注音律部分，參以《白石道人歌曲》旁譜與《燕樂考原》之說。對於《詞源》下卷理論批評的部分，未能兼顧。鄭氏之後，蔡楨《詞源疏證》繼之，曾聲明：「律呂宮調各圖表及燕樂譜字……本編悉據《斠律》改正，並參以《聲律通考》諸書。」〔註 162〕可見蔡氏乃依《詞源斠律》為底本，進行疏證。

　　夏承燾完成《白石歌曲考證》後，便著手箋注《詞源》，時間約略晚於蔡楨。《日記》有載：

> 思輯《香研居詞塵》、《燕樂考原》、鄭文焯集諸家書，為《詞源》作注　（1929 年 9 月 15 日，冊 5，頁 118）

> 擬著手重斠《詞源斠律》，作白石詞斠證已成，可引證《詞源》者頗多。　（1931 年 9 月 9 日，冊 5，頁 234）

> 閱《燕樂考原》，注《詞源》。　（1931 年 10 月 19 日，冊 5，頁 239）

> 作《詞源前記》。　（1931 年 12 月 7 日，冊 5，頁 253）

夏承燾於 1931 年 12 月 14 日接唐圭璋函，謂「南京蔡楨亦有《詞源疏證》，在河南大學以授學生。」夏承燾「即復一函詢之，告予書大意，並托雁晴（李笠）向河南大學學生索之。」（冊 5，頁 255）唐圭璋於 12 月 31 日函復夏承燾，附來蔡楨《詞源疏證·導言》，夏承燾閱後稱「甚詳備，余書可以輟筆矣」（冊 5，頁 259）。遂後夏、蔡二人結交，夏承燾亦就此擱筆。然蔡楨之疏證並非無懈可擊，夏承燾曾與之討論「詞拍」之說；友人唐蘭也曾囑其為《詞源疏證》補正。（冊 5，268）夏承燾對於舊稿亦是念念不忘，《日記》1932 年 10 月 20 日云：

> 近思舊稿《詞源疏證》，既已有蔡嵩雲先我為之，擬擴之為《詞樂考》一書，體裁效《燕樂考源》，分總論、考調、考譜、考拍諸章，取《詞源》、《碧雞漫志》、《音樂舉要》諸說臚列之。　（冊 5，頁 306）

夏承燾《詞樂考》惜未見成書。最終，夏承燾《詞源注》的出版，已是後期的事了。

　　1959 年 5 月《天風閣學詞日記》載：「得人民文學出版社黃肅秋函，問《詞源註》」、「夕，註《詞源》，得五頁」、「註《詞源》畢，寫前言。」（1959 年 5 月 8～13 日，冊 7，742～743）」夏承燾《詞源注》僅限於理論批評，上

〔註 162〕蔡楨：《詞源疏證·述例》（臺北：學海出版社，1988 年 1 月），頁 5。

卷論詞樂的部分，以及下卷「音譜」、「拍眼」二條一概不選；下卷末條「楊守齋作詞五要」，是張炎記錄楊纘（字守齋）作詞的見解，移作「雜論」一節的注文。故夏承燾《詞源注》主文，主要針對張炎《詞源》下卷之「製曲」、「句法」、「字面」、「虛字」、「清空」、「意趣」、「用事」、「詠物」、「節序」、「賦情」、「離情」、「令曲」、「雜論」等十三小節進箋釋。

> 寫《詞源》下卷註前言成，午後連註寄與人民文學出版社。此註無
> 足觀，前言或可刪存入《詞史札叢》。　（1959 年 5 月 14 日，冊 7，
> 頁 743）

夏承燾應出版社之請，倉促箋註《詞源》下卷，卻割捨他畢生用力最深的音律部分，難免為之可惜。這大概也是夏承燾認為此編無足觀的原因之一。施議對論夏承燾《詞源注》曰：

> 夏注本對於蔡氏的《詞源疏證》，在某些方面有些補充及提高。例如
> 對於「清空」與「質實」的解釋，夏注本闡明要義，有助於加深理
> 解張炎的詞學觀。夏注本《前言》並將張炎論詞標準，概括為「意
> 趣高遠」、「雅正」、「清空」二點，頗為中肯。而且，對此三點有所
> 闡發，可作研究《詞源》之參考。〔註163〕

施議對論夏承燾《詞源注》，給予公允的評價。

（五）《詞例》

夏承燾每讀一書，必作札記。1932 年 1 月 2 日《日記》載夏承燾受到清末俞樾《古書疑義舉例》的啟發，欲仿其體例擬編一書，題為《詞例》，以梳理填詞的創作技巧。當時夏承燾在《日記》中記下五十八例，便是《詞例》目次的原型，舉證不厭其詳（冊 5，頁 261〜264）。1941 年 1 月 10 日《日記》載「剪《詞例》札記，分類藏之。來上海兩年餘，共得《詞例》札記六本，約一千四五百條，聲韻兩類最多。」（冊 6，頁 264）《詞例》內容糾正並補充了萬樹《詞律》、戈載《詞林正韻》二書之不足，嘗謂「《詞律》以外不可無此一書」（冊 5，頁 265）。1941 年 10 月 25 日夏承燾擬將《詞例》與《詞譜考》、《繫年考》、《詞籍考》、《詞人行實考》、《詞人年譜》諸書，匯為《詞學志》一編（冊 6，頁 342），其著述志向之遠大可以想見。1960 年，《詞例》仍未定

〔註163〕施議對：《施議對詞學論集》（澳門：澳門大學出版中心，1996 年 12 月），卷
　　　　1，頁 157。

稿，夏承燾開始嘗試發動青年同學一齊整理這部舊稿，他曾說「兩三年內擬招青年同學以集體力量寫出《詞史》、《詞林繫年》、《詞例》各稿，如再延擱，將無精力為此矣。」（冊7，頁811）並於1964年將《詞例》的撰寫列入下學期的科研計畫中，在《詞例》條下註明「聲、韻部分，五萬字，合作」（冊7，頁967）。而在同年8月，夏承燾已收到上海中華書局的稿約合同三份，除《詞例》外，另兩部為《唐宋詞人年譜續編》、《詞林繫年》。由此可知，《詞例》在1964年已出版在即，然夏承燾後來經歷文化大革命的衝擊，原本的出版計畫也隨政治因素而停滯。

　　《詞例》係夏承燾由中學轉任高等學校之後的一部鉅作，經歷了嚴州中學、之江大學、浙江大學、浙江師範學院、杭州大學各階段。在漫長的整理過程中，耗費夏承燾畢生心血，最終仍無法於夏承燾在世時完稿。其主要的原因大抵有三：其一、世道不平；其二、著作本身的難度；其三、編撰的構想有所變化，如書名曾擬改為《詞形釋例》、《唐宋詞藝術形式特徵》等，或欲「廓充《詞例》兼及詩及曲，為《中國韻文例》」，或「擬著手為《唐宋詞約例》，刪節《詞例》為之」，或「抽出詞聲韻一種與徐書（徐益修《詩經聲韻譜》）及《杜詩雙聲疊韻譜》諸書併作一叢書，名《中國詩歌聲韻例》」等，都可見夏承燾著書想法的前後差異。〔註164〕

　　儘管《詞例》一編在夏承燾在世時未能圓成，然其中有許多相關議題，可在夏承燾所撰寫的單篇文章中一窺究竟，例如《唐宋詞論叢》中〈詞律三義〉、〈「陽上作去」、「入派三聲」說〉、〈詞韻約例〉、〈唐宋詞字聲之演變〉；《月輪山詞論集》中的〈犯調三說〉；《唐宋詞欣賞》中的〈填詞怎樣選調〉、〈詞調與聲情〉、〈詞的轉韻〉、〈詞的分片〉；《詞學論札》中的〈填詞四說〉、〈唐宋詞聲調淺說〉、〈詞調約例說「犯調」〉、〈讀詞隨筆‧形式〉，以及《怎樣讀唐宋詞》、《讀詞常識》（與吳熊和合作）中的部分章節等。這也是在《詞例》問世之前，探究夏承燾對於詞體「創作論」的重要依據。

　　2018年5月，浙江古籍出版社出版《夏承燾全集‧詞例》上、下二冊，包含字例、句例、片例、換頭例、調例、體例、辭例、聲例、韻例等。此編一出，足以與上述篇目相表裡，夏承燾對於填詞的「創作論」終能一目了然。

〔註164〕吳蓓主編：《夏承燾全集‧詞例‧出版說明》，頁3。《天風閣學詞日記》載：「舊作《詞例》，可改名《詞形釋例》」（冊6，頁88）；「擬作一書曰《唐宋詞藝術形式特徵》，摭拾舊作《詞例》各稿為之」（冊7，頁540）。

（六）其他

夏承燾於《日記》中提及之著述，論詞篇章方面，夏承燾擬集論詞文章十篇成《詞學十錦》，目次如下：一、《樂府補題》考；二、四庫總目詞書題（「題」宜改作「提」）要校議；三、姜白石晚年手定集辨偽；四、陳元龍白石詞選跋；五、《詞旨》作者考；六、俞正燮〈易安居士事輯〉後語；七、詞四聲說；八、吳仲方詞跋，九、詞律三義，十、詞韻約律。（冊6，頁740）

音韻方面尚有《詞學討源》、《詞樂考》、《詞樂叢考》等書，《詞學討源》係集結歷代宮調、詞譜之鉅製；《詞樂考》分總論、考調、考譜、考拍諸章；《詞樂叢考》則彙整〈白石歌詞樂考〉、〈旁譜辨〉、〈姜詞斠律〉、〈依月用律考〉諸文，夏承燾嘗云：

> 昔張文虎嘗囑杜小舫合刻《白石詞》、《子野詞》、《三變詞》、《碧雞漫志》、《詞源》五書，以存宋人詞譜之一隅。今按唐宋詞分編宮調者，張、柳、姜外，今尚有《尊前》、《金奩》，可合《宋史・樂志》、《太和正音譜》諸書合列一表，一一注明各書異同，以存唐宋詞之宮調。《碧雞漫志》、《詞源》二書外，若《教坊志》、若《詞旨》、《樂府指迷》、《樂府雜錄》、《高麗史・樂志》，下逮王國維《大曲考》等，可一一校正，彙為一編，以補詞學叢書之不備不純，可名曰《詞學討源》。（冊5，頁214～215）

> 近思舊稿《詞源疏證》，既已有蔡嵩雲先我為之，擬擴之為《詞樂考》一書，體裁效《燕樂考源》，分總論、考調、考譜、考拍諸章，取《詞源》、《白石集》、《碧雞漫志》、《音樂舉要》諸說臚列之，惟《詞例》未成，不遑旁涉此業耳。（冊5，頁306）

> 枕上思集〈白石歌詞樂考〉、〈旁譜辨〉、〈姜詞斠律〉、〈依月用律考〉諸文為《詞樂叢考》。昔年欲作有系統之《詞樂考》，頗畏其難。姜詞譜篇，若入《白石歌曲考證》，又慮太繁重，似可抽出為二書。（冊6，頁150）

夏承燾三部鉅製的著書構想，成於1931年至1940年之間，此時即是夏承燾專治《白石道人歌曲》諸篇之際，對於宮調、樂譜的探究及應用，極為熟稔。此三書即是夏承燾當下的研究心得彙編。

詞史方面，有《詞史》、《唐宋詞史四部稿》等著述構想。《詞史》是夏承燾於1935年5月，原應正中書局之邀，用心著墨的一部著作。1947年，吳天

五曾勸夏承燾專心寫成《詞史》,《日記》載:

> 天五勸予寫成《詞史》,謂要有宗旨,文字不必多,要有我在,勿為
> 著書匠,當如賀方回筆下驅使李商隱、溫庭筠,當如鄭漁仲《通志》。
> 謂朱子學程子,而自有我在。王白田輩則但能為朱子功臣,不能自
> 立。 (冊6,頁710)

然而僅憑一己之力,實難以駕馭浩繁瑣碎的詞史資料,一經拖延即耗盡近三十年歲月。1961年6月22日,夏承燾接中華上海編輯所寄來《詞史》合同(冊7,頁864),可知此編大局將定,然結果卻又不了了之。《唐宋詞史四部稿》之著述構想,起於1956年12月,分年代學、聲律學、目錄學、作家論四部,預計一百六、七十萬字(冊7,頁578),作者之著述抱負,可以想見。

　　詞集考證方面,夏承燾於1959年1月擬編《唐宋金元詞集提要》(一度稱為《全唐宋詞集提要》、《全宋詞提要》。冊7,頁719),此構想於二十年前即已醞釀,1938年3月9日,夏承燾曾云「各大家集皆須精讀詳批,為詞集提要之初步」(冊6,頁11),並逐步精研《樂章集》、《樵歌》、《遺山詞》、《後村別調》、《花間集》、《後主詞》、《雲謠集》等詞集。1938年,趙尊嶽以詞總集提要十冊相示,唐至近代之總集皆具備(冊6,頁49),更加深夏承燾擬編詞集提要的企圖,他認為此工夫乃編《詞史》的初步工作,詞集提要未成,不能先寫詞史。(冊6,頁105)1940年初,夏承燾閱余嘉錫(1884～1955,字季豫)《四庫提要辯證》,以為「四庫提要亦須作一詳提要,述其利病,如考訂之疏,議論之隘,平斷矛盾,刊本與原書寫本不同,與簡明目錄不同等等,各須分別細舉,為讀此書者導其先路。」(冊6,頁214)因此而撰成〈四庫全書詞籍提要校議〉(收入《唐宋詞論叢》),計考證22部詞集。〔註165〕此篇可說是夏承燾著手詞集提要的額外收穫。1950年4月17日,夏承燾云:

〔註165〕夏承燾〈四庫全書詞籍提要校議〉,計考證22部詞集:柳永《樂章集》、歐陽脩《六一詞》、蘇軾《東坡詞》、秦觀《淮海詞》、程垓《書舟詞》、晏幾道《小山詞》、晁補之《晁無咎詞》、李之儀《姑溪詞》、毛滂《東堂詞》、周邦彥《片玉詞》、王安中《初寮詞》、方千里《和清真詞》、盧炳《哄堂詞》、趙長卿《惜香樂府》、姜夔《白石道人歌曲》、韓玉《東浦詞》、楊無咎《逃禪詞》、吳文英《夢窗詞》、《樂府補題》、《尊前集》、《歷代詩餘》、《樂府指迷》。參夏承燾:《夏承燾集‧唐宋詞論叢》,冊2,頁183～206。

> 予念詞學今日亦應結帳，頗思發願為《全唐宋詞集提要》。心叔謂可
> 勿如四庫提要之謹嚴拘束，不妨多引原作，介紹批評。予意諸大家
> 集別為詳細札記，縮為提要，每家不避冗蔓，或多加小注，徵引原
> 作，令讀者可不檢原書。舊讀各集，皆有札錄，再參之《詞例》、《年
> 譜》，五年內或可成書也。　（冊7，頁85）

詞集提要之整理，乃夏承燾精讀歷代詞總集、選集、別集的心得，儘管友人
勸夏承燾不必如《四庫全書》輯詞籍提要一編謹慎拘束，夏承燾仍堅持治學
態度，不避冗蔓，徵引原文，詳加注解，俾讀者可不檢原書。可惜此編最後仍
石沉大海，未及出版。

　　彙編方面的著述，夏承燾又擬編詞學叢書，如《詞學六書》，欲擴大詞史
研究範圍，將《詞史》、《詞史表》、《詞人行實與年譜》、《詞例》、《詞籍考》、
《詞樂考》六書編入（冊6，頁159）；又如《詞學考》，欲將《詞譜考》、《繫
年考》、《詞籍考》、《詞人行實考》四書編入；若再加上《詞例》、《詞人年譜》，
則成《詞學志》（冊6，頁342）。

　　此外，《日記》小提及《詞通考》（冊5，頁489）、《詞學叢考》（冊6，頁
724）、《讀詞札記》（冊5，頁80）、《詞逐》（冊6，頁743；冊7，頁54、415）、
《宋金元詞札記》及《唐宋詞綜合研究》（冊7，頁1000）諸書。

　　上揭所列，雖未及成書，然我們仍可自書目清單中，得知夏承燾有意為
中國詞學作總結性研究的宏願，所涉獵的領域，涵蓋詞學各方面。然而欲作
有系統之彙編，無論是時間上或體力上，著實力不從心，夏承燾嘗云：

> 思以十年力成《詞學史》、《詞學志》、《詞學考》三書……。頭緒太
> 繁，恐非一手所能了耳。　（冊5，頁488）

> 枕上念《詞學（考）》因循未能著手。……《唐宋元詞集提要》，可
> 與此互見。懷此二願有年，不知何日能了，亦不知天意人事能否允
> 予了此也。　（冊6，頁1）

夏承燾從三十年代至五十年代期間，一直構思著宏大的詞學研究計畫，倘若
以上諸編皆能順利付梓出版，將為二十世紀詞學研究奠定一塊紮實深厚的基
石。可惜隨著各種政治運動的開展，學術研究的環境每況愈下，「天意」、「人
事」的羈絆，中斷了著述計畫的進行。然而夏承燾所留下的「未竟之業」，卻
是可以作為後學擷之不盡的研究泉源，有賴後人繼續奮鬥。

三、詞集箋校與詞人研究

（一）詞總集

夏承燾於 1929 年即有意編《全宋詞》（冊 5，頁 89），曾試圖將劉毓盤《唐五代宋遼金元名家詞集六十種輯》所未見者，自《花間集》、《尊前集》、《花庵詞選》、《陽春白雪》、《樂府雅詞》、《梅苑》、《全芳備祖》、《花草粹編》、《歷代詩餘》、《詞綜》、《詞綜補遺》、《草堂詩餘》等，及宋元人筆記所載宋元人詞，總括為一集，並與《彊村叢書》、《四印齋所刻詞》及各詞選相對應，以作為編《全宋詞》之初步工夫。（冊 5，頁 224）同時，擬編《全唐五代宋金元詞注》，重考證及校讎，不徒抄轉輯佚而已。（冊 5，頁 193）後聽聞唐圭璋著手輯詞多年，便輟筆不與之重複。唐圭璋編《全宋詞》期間，亦時常與夏承燾通信，商榷成書體例及宋詞互見之情形；迨至《全宋詞》出版，夏承燾尤為欣慰，並稱之為「不朽之業」，且云「圭璋費十年心血為此，前懼其劫中失墜，今幸如願出書。予曩亦有獻替之勞，尤為欣慰。」（冊 6，頁 231）

（二）詞選集

夏承燾於 1931 年 3 月 14 日《日記》載：

> 擬選一詞冊，不主詞之優劣，專取各家本色特體。如飛卿固多穠澤而亦有清苦者；范仲淹讀《三國志》作俚詞，猶在東坡山谷前，《白石集》中有效稼軒之作，其事比摘豔擷芬為難。成書當在臬文止齋之上。俟見解稍老時為之。　（冊 5，頁 193）

夏承燾早年即有編撰詞選的意願，以「不主詞之優劣，專取各家本色特體」為選錄作品之宗旨。迨至中、晚年，以畢生治詞之經驗與體會，擇錄自唐宋迄明清的歷代詞作，並將觸角延伸至日本、越南、朝鮮等域外地區，集結成一系列跨時代、跨地域的詞選集，已出版者包括《唐宋詞選》（《唐宋詞選講》）、《金元明清詞選》、《域外詞選》等。與盛靜霞合作編選的《唐宋詞選》，作品以蘇辛一派的豪放詞為主，兼具其他流派，精選唐宋詞二百餘首。每首詞均有詳細的注釋和精當的賞析，概括性地反映唐宋詞的整體面貌。此書於 1959 年出版，其後不斷重印、再版，深受廣大讀者喜愛，漢學家施華滋（1916～2003）〔註 166〕甚至提議將此書譯成德文（冊 7，頁 801）。與張彰（生卒不詳）、

〔註 166〕恩斯特‧施華滋，奧地利漢學家。1958 年 9 月 17 日《天風閣學詞日記》記曰：「前旬王季梁先生告予，外文系新聘奧地利施君，甚諳華文，前旬在食

周篤文（1934～）、黃畲（1913～2007）、吳无聞合作的《金元明清詞選》，於
1983 年出版，選錄金詞 50 首，元詞 81 首，明詞 120 首，清詞 202 首，與《唐
宋詞選》正可相得益彰，補足了宋以後至清代八百年間詞作選本的空白。夏
承燾選校、張珍懷、胡樹淼注釋之《域外詞選》，於 1981 年出版，是中國第
一部域外詞人作品選集〔註 167〕。它的出版不但促進中外詞學交流，也成為學
者研究域外詞不可或缺的重要依據。此外，1954 年 6 月，應上海新文藝出版
社劉大杰之請，夏承燾、龍榆生二人合作，欲編選《唐宋詞選》一書，由龍榆
生承擔唐五代北宋詞選，夏承燾承擔南宋詞選。據夏承燾《日記》1954 年 6
月 28 日記載：「發榆生函，論詞選須注意系統性，每時代各有其特色，如何
繼承、如何發展，於其代表作皆當有發揮。寄去南宋詞選目共二百四五十首。」
（冊 7，頁 403）又，1954 年 7 月 10 日《日記》云：「發榆生掛號信，匯去新
文藝書局稿費一百萬元，並合同收據及稼軒詞注二頁。」（冊 7，頁 406）關
於夏承燾致函龍榆生之始末，書信原文如下：

> 榆兄如晤：
>
> 頃以旬餘日力，選了南宋詞，寫目奉上。各詞家專集外，惟參《絕
> 妙好詞》、《宋詞三百首》、鳳林書院《草堂詩餘》、《全宋詞》及兄選
> 《唐宋名家詞選》，共得二百四十餘首。似太多，請兄刪汰。其名作
> 未錄入者，幸兄代為增入。（此點更重要，寧可傷濫，不可有遺）。
> 唐五代北宋詞選目寫成，請早示我，以便著手工作。商務本《唐五
> 代宋詞選》拜登，謝謝！《導言》一篇甚好，但再深入一層作政治

堂遇一外國教師，予一問，果是施君。謂識錢鍾書，並知沈子培之名。昨今
兩訪不遇，今晚來答訪，操華語甚流利，維也納人，曾任奧國外交官（亞洲
司秘書），年四十餘，來中國二十年，以四書五經開始學中文，曾譯〈離騷〉
為德文，《古詩源》為俄文，又譯外國名著為中文。新自農學院調來，前月
德夢鐵告予，農院某外國教授，嘗譯中國民間故事為德文，即是施君。施君
問予知茅于美否，予謂嘗讀其夜珠詞，並知嫁外國人。施君謂即是我。嘗
阻其往美國不果（殆離異矣）。予以《唐宋詞論叢》、《姜白石詞箋》為贈，
君見書名即知是姜夔，云欲選中國名詩詞譯為德文，屬予相助。君名施華滋。」
（冊 7，頁 699）自此，兩人遂成莫逆。

〔註 167〕夏承燾選校、張珍懷、胡樹淼注釋：《域外詞選》（北京：書目文獻出版社，
1981 年 11 月）。該書出版後，有彭黎明、羅姍選注：《日本詞選》（長沙：嶽
麓書社，1985 年 11 月）、張珍懷箋注、黃思維校訂、施議對審訂：《日本三
家詞箋注》（森槐南、高野竹隱、森川竹蹊）（合肥：黃山書社，2009 年 8 月）
相繼問世。

經濟之分析，即可移冠新編矣。

承示選詞標準，甚是。思想性、藝術性之分析，自當僅就若干有代表為之，不必首首皆然。弟曩講宋詞，於北宋注意封建文士思想與市民思想之爭持推衍（蘇、柳二家代表此二種思想外，歐（？）之《琴趣外編》極可注意），於南宋則重視民族矛盾，尊意以為然否？

又注釋詳略，須以大學初級生及中學生程度為准，尤須釋全首作意及某些句意（如「山深聞鷓鴣」等），初讀詞者每於此不了了也。

南宋詞所選原文，弟已倩人鈔成，俟弟作箋釋後呈教。北宋五代詞容檢油印本（百首左右）寄上，或可作剪貼之用（需要否請示及）。項任心叔君過談，謂書名《唐宋詞選》，須注意系統性：每階段有其特殊風格，後階段如何繼承、如何發展。此等代表作不當遺，其後階段摹仿前階段作品無發展者、必不及前者，可不必選云云。奉告兄作參考。

大杰先生已有信來，亦及文學史事，項已有函複之。匆匆順承
著安
弟承燾

榆兄如晤：

旬來忙於期終總結，至今未畢。郵局匯款今日方取到，茲匯奉百萬元。新文藝出版社合同請兄簽名蓋章後連收據即寄去。試作辛詞注釋兩首奉上，請多多指正擲還。講義已檢得一份，明日奉上。耑此
敬承
著安
弟承燾上七月十日〔註168〕

由以上二函，可知夏承燾選詞，參照《絕妙好詞》、《宋詞三百首》、鳳林書院《草堂詩餘》、《全宋詞》及龍榆生《唐宋名家詞選》諸本；內容上以己身經驗，提醒龍榆生宜重視封建文士思想與市民思想之爭持推衍，以及民族衝突之差異。夏、龍兩人合作之《唐宋詞選》出版在即，然卻因種種原因，耽擱未果，終成詞界一大遺憾。

〔註168〕夏承燾致龍榆生二函，原藏於龍氏後人，見錄於王水照、朱剛主編：《新宋學》第五輯（上海：復旦大學出版社，2016年8月）。

　　夏承燾另有《永嘉詞徵》一部，自 1935 年開始構思，分內、外編，擬輯永嘉歷代詞人及外人有關永嘉地區之詞作。（冊 5，頁 378）1948 年 12 月，計累積四冊，包括宋元人專集、宋元明人選詞、清人詞選、附錄・存疑・題跋・待訪錄。1949 年 4 月 4 日，夏承燾整理舊稿，謂此編「粗已就緒，須繕清稿」（冊 7，頁 54）。可知《永嘉詞徵》的成書，歷經近十五年歲月，可惜此編當初未及出版。直至吳蓓主編《夏承燾全集》，於 2017 年 11 月編入，此書遂得以問世。

　　夏承燾於 1949 年 4 月 4 日整理藏書及舊稿，所列書目清單中，有《樂府補題校箋》皿「待謄清」（冊 7，頁 54），此書恐是夏承燾於 1930 年代著手從事〈《樂府補題》考〉（收入《夏承燾集・詞學論札》）之讀書札記。此外，夏承燾擬編之詞選，尚有：《十種宋人詞疏證》，為姜夔、辛棄疾、黃庭堅、秦觀、周邦彥、柳永、劉過、劉克莊、蘇軾、歐陽脩等十家詞作疏證。（冊 5，頁 116）《唐宋十家詞選》，選詞家十人，每人選代表作二、三首，詳論其作風、作法及來源去脈，並將《詞例》、《詞史》縮入於此二、三十首之中，為選家另開一面目。（冊 6，頁 167）《唐宋詞大系》，為了與繁重的《全宋詞》區別，僅選作品千首左右，二十萬字，並略加註解，以補歷代選本之不足。（冊 7，頁 406）此書後又擴寫為《唐五代宋金元明清七朝詞大系》，為朱彝尊《詞綜》後之一鉅編。（冊 7，頁 415）《蘇辛詞繫》（《蘇辛詞派》）一書欲分列蘇詞各種作風，以後人詞分繫於下，自劉過至文道希，為第一編。又分辛詞作風為蘇所無者，另為一編，以後人詞繫之。又後人此派作風，而為蘇辛所無者，亦另為一編。每詞皆附小評，說其流變，此效江西詩派之體。（冊 5，頁 499）以上諸書，或因時勢困擾，或因體力不足，未能實踐。

（三）詞人別集

　　夏承燾《姜白石詞編年箋校》，自 1930 年代開始整理，前後花費二十餘年工夫，至 1958 年 7 月由中華書局出版，乃夏承燾「二十年來費力最勤，觀成之望亦最切」的一編（冊 7，頁 563）。1961 年 12 月再版，夏承燾修訂補充，字數增至廿七萬二千字（冊 7，頁 923）；1963 年 12 月三版，1981 年 5 月四版，得到詞界廣大迴響。夏承燾於 1960 年 11 月的自序云

> 予為白石詞叢考數種，頗歷年歲，尚不能自信，茲寫詞箋、輯傳、版本考、行實考為此編，以求教通學。友人陳思、吳徵鑄兩先生曩於姜詞各有箋疏之作，二十年前，皆嘗通函討論，其為予書作先路

之導者，茲各著明，不敢攘善。……至若旁譜宮律之學，予另有校
律諸編，此不具錄。　（冊3，頁5）

陳思著《白石道人歌曲疏證》，刊於《遼海叢書》；吳徵鑄（1906～1992，字號
白匋、靈瑣）著《白石詞小箋》，載於《金陵學報》。二十年前，夏承燾皆與之
通函討論，二書可為夏承燾箋校白石詞之先路。此編就姜夔詞進行編年及箋
校外，並附上歷代輯評、版本考、版本序跋、行實考、集事、酬贈，及他人與
夏承燾論姜夔函數封。姜夔及其詞之研究，已然面面俱到。

　　《龍川詞校箋》是夏承燾在詞集箋校方面的另一重要作品，內容分上卷、
下卷及補遺三部分，每一闋詞下，分校、箋兩部分。此編成書之際，正與夏承
燾於 1960 年前後，為應學校之邀，所撰〈龍川詞論〉〔註 169〕之時間重疊。
1961 年 11 月由上海中華書局出版後，《人民日報》、《文匯報》相繼有短文評
介此書；王仲聞亦向夏承燾提供《龍川集》若干版本，趙萬里、周泳先二人均
自《全芳備組》中輯得佚詞數首，可供補入。（冊 7，頁 932）1982 年 4 月，
《龍川詞校箋》再版，內容更為完整。1964 年 8 月，夏承燾提詞人年譜續編
計畫，預計完成《陳龍川詞事繫年》，此書若成，即可與《龍川詞校箋》相呼
應，可惜力不從心，未及成書。

　　夏承燾另有指導學生箋注之詞人別集，一為劉金城箋注之《韋莊詞校注》，
於 1981 年 4 月出版。〔註 170〕二為與吳熊和合注之《放翁詞編年箋注》，1981
年 6 月出版。《放翁詞編年箋注》分上、下二卷，上卷收陸游入蜀前及蜀中作；
下卷收陸游東歸後作；末附無法編年之作。夏承燾早期即關注陸游及其作品
之考證，曾於 1939 年講學於之江大學期間，囑彭重熙作《放翁詞箋》（冊 6，
頁 238）；1959 年講學於杭州大學期間，囑劉遺賢為《放翁詞註》（冊 7，頁
742）。然二書尚有需要修改、增補缺漏之處。夏承燾原有意依據舊稿重寫《放
翁詞箋註》，後於 1963 年復囑吳熊和就彭、劉二著增刪寫定而成《放翁詞編
年箋注》，吳熊和致力尤勤於彭、劉，所作更是後出轉精。〔註 171〕

　　此外，夏承燾曾擬朱祖謀注草窗詞例，箋注名家詞集，如注東坡詞（冊

〔註 169〕參《天風閣學詞日記》1959 年 7 月 5 日，冊 7，頁 754；1964 年 8 月 10 日，
　　　　冊 7，頁 980。
〔註 170〕五代・韋莊著、劉金城注、夏承燾審訂：《韋莊詞校注》（北京：中國社會科
　　　　學出版社，1985 年 4 月）。
〔註 171〕〔宋〕陸游著，夏承燾、吳熊和箋注：《放翁詞編年箋校・後記》（臺北：木
　　　　鐸出版社，1982 年 5 月），頁 145。

6，頁 76）、後村詞（冊 5，頁 161）、山谷詞（冊 5，頁 222）、夢窗詞（冊 5，頁 297）等均是其例。並有為李煜輯詩詞文總集之構想（冊 7，頁 514），及為辛棄疾全集、劉辰翁《須溪詞》、陳其年《湖海樓詞》箋註之心願。（冊 7，頁 825；冊 5，頁 436；冊 7，頁 859）

（四）詞人研究

夏承燾於詞人之研究，除姜夔、劉過外，亦關注蘇軾、李清照、陸游、辛棄疾諸人。單篇論文收錄於《夏承燾集》中，有〈蘇軾最早的一首豪放詞——〈江城子‧密州出獵〉〉、〈蘇軾的悼亡詞〉、〈蘇軾的中秋詞〈水調歌頭〉〉等三篇；〈李清照詞的藝術特色〉、〈評李清照的詞論〉、〈李清照的〈醉花陰〉和〈聲聲慢〉〉、〈李清照的豪放詞〈漁家傲〉〉等四篇；〈論陸游詞〉、〈陸游的〈卜算子‧詠梅〉〉、〈陸游的〈鵲橋仙〉〉、〈陸游的〈夜遊宮‧記夢寄師伯渾〉〉等四篇；〈辛詞論綱〉、〈辛棄疾的〈水龍吟‧登健康賞心亭〉〉、〈辛棄疾的〈醜奴兒〉〉、〈辛棄疾的農村詞〉等十篇。其中，夏承燾尤鍾愛蘇、辛二家，1935 年前後，即萌生撰《蘇辛詞派》、《蘇辛詞繫》諸書之念頭（冊 5，頁 395、頁 504）；1955 年，有編選《蘇辛詞選》之構想（冊 7，頁 457）；1958 年，思得《蘇辛詞論叢》各題（冊 7，頁 661）；曾說：於「兩宋文學家如東坡、稼軒作詳傳，以一二人為中心，旁涉其交遊，成三四鉅冊。」（冊 7，頁 65）。然關於蘇、辛二家的研究專著，僅有《辛棄疾》（與游止水合著）普及讀物一編，於 1962 年 12 月出版。至於《辛稼軒及其詞》（《辛棄疾研究》）一書，雖預計 1955 年脫稿（另有《李清照》（《李清照研究》）一書出版之計畫，卻一延再延。（冊 7，頁 406）1959 年 3 月，夏承燾初擬辛棄疾《辛詞十札》研究論綱，包括：辛詞比興；辛詞用事、議論及其影響；辛詞體例；辛詞論陶潛；辛詞用魏晉間人語；辛與陳亮、朱熹；辛與韓侂胄；辛詞與山水；辛詞與楚辭；辛農村詞；辛與蘇軾比較；辛之階級侷限（冊 7，頁 726～727）等，以上細項，主要針對辛詞的比興、用事、議論等方面進行評析，內容可分為辛詞的特徵、辛詞與古代詩歌間的關係、辛詞的種類、辛棄疾與同時代詞人的關係等部分。夏承燾欲擺脫辛棄疾僅有豪放一格的侷限，為辛詞研究提供了另一種思路。整體來看，夏承燾為辛詞研究所擬訂的細目，可見其視野之廣度與深度，可惜終究未能成書。

四、辭典、普及讀物與選本

夏承燾早期有撰詞學典、詞辭典的意願，1935 年 12 月 29 日《日記》載：

> 擬擴充《詞迗》範疇為《詞學典》,四十以前擬成《詞學史》、《詞學志》、《詞學典》、《詞學譜表》四書。《詞學典》用辭典體裁。 （冊5,頁417）

1939年2月4日《日記》載:

> 中夜不寐,思為《詞學考》,分作家考、典籍考、樂律考、名物考、年表等各考,皆視作家地位,定其詳略。如名物不能盡考,但取名家十餘集為主,再匯為詞學辭典,以為此道總結束,亦編中國大辭典者所不可廢。 （冊6,頁76）

而後,夏承燾與王季思有合作韻文辭典的構想（冊6,頁635）,又以此作為科研計畫,與學生合作編《詞辭典》（冊7,頁858）。1961年接上海中華書局《唐宋詞辭典》合同（冊7,頁864）,1964年7月,與北京中華書局訂約（冊7,頁974）。可知《詞辭典》之出版事宜大致已定,可惜最終未能問世。

夏承燾於大陸解放後,為了適應社會主義文化事業蓬勃發展的需要,著手進行詞學研究的普及工作,直到文革開始。夏承燾先後寫了數十篇關於唐宋詞欣賞的文章,在各報刊上連載,最後匯為《唐宋詞欣賞》,〈前言〉云:

> 這本冊子所收三十九篇小文,都是有關唐宋詞欣賞方面的作品。解放以後,從五十年代到六十年代初期的十餘年中,我一直住在杭州的西湖之濱。當時教課之暇,為適應廣大讀者欣賞唐宋詞的需要,斷斷續續地寫了些評介性的短文,分別以「湖畔詞談」、「西溪詞話」、「唐宋詞欣賞」等專欄刊目,在《浙江日報》、上海《文匯報》、香港《大公報》等報刊上連載。所評所議,管窺蠡測,未必能中其肯綮。最近將這些小文收集一起,重加修訂,交天津百花文藝出版社出版,仍名之曰《唐宋詞欣賞》。目的是,希望得到專家和廣大讀者的指正。 （冊2,頁599）

《唐宋詞欣賞》至1980年始交由百花文藝出版社出版,然夏承燾早在1950年代開始,已著手編撰唐宋詞鑑賞文章,就教於大眾,也達到了詞學研究普及化的目的。

其他普及讀物與選本,包含:與吳熊和合著之《怎樣讀唐宋詞》,於1957年12月由浙江人民出版社出版;[註172] 與吳熊和合著之《讀詞常識》（初名

〔註172〕夏承燾、吳熊和:《怎樣讀唐宋詞》,由杭州浙江人民出版社於1957年12月初版;1958年5月再版。

《讀詞初步》）於 1962 年 9 月由北京中華書局出版。兩書內容大致相近，均根據詞的「特點」、「名稱」、「詞調」、「四聲」、「詞韻」、「結構」，提供初學者入門的基本概念。惟《讀詞常識》較《怎樣讀唐宋詞》一書，多了「詞的起源」以及「詞書」的介紹二節。另有《唐宋詞易讀》及《詞譜易讀》二種，前者未附唐宋詞警句索引，以韻分編，並作詞韻之借鑒；後者附詞譜、詞律、歷代詩餘諸書的索引。（冊 7，頁 1035）《人人詞》，此編作於 1958 年 3 月期間；1958 年 4 月 10 日，浙江日報徵稿，建議夏承燾間日登一、二首作品，以示大眾（冊 7，頁 668、675）。此外尚有《毛主席詩詞人人讀》（冊 7，頁 958）《為工農兵說詞》（冊 7，頁 951）等普及讀物。以上除《怎樣讀唐宋詞》、《讀詞常識》付梓出版外，其餘均未能出書。